湖南省发改委创新研发课题、湖南省社会科学院（湖南省人民政府发展研究中心）哲学社会科学创新工程资助项目。

阐释与批评丛书（第一辑） 卓今 主编

# "乡土文学的时代之变"

卓今◎著

中国社会科学出版社

## 图书在版编目（CIP）数据

乡土文学的时代之变/卓今著. -- 北京：中国社会科学出版社，2025.1. --（阐释与批评丛书）.
ISBN 978-7-5227-4453-7

Ⅰ. I206.7

中国国家版本馆 CIP 数据核字第 2024NZ5131 号

| 出 版 人 | 赵剑英 |
| --- | --- |
| 责任编辑 | 喻 苗　魏厚宾 |
| 责任校对 | 闫 萃 |
| 责任印制 | 李寡寡 |

| 出　　版 | 中国社会科学出版社 |
| --- | --- |
| 社　　址 | 北京鼓楼西大街甲158号 |
| 邮　　编 | 100720 |
| 网　　址 | http://www.csspw.cn |
| 发 行 部 | 010-84083685 |
| 门 市 部 | 010-84029450 |
| 经　　销 | 新华书店及其他书店 |
| 印　　刷 | 北京君升印刷有限公司 |
| 装　　订 | 廊坊市广阳区广增装订厂 |
| 版　　次 | 2025年1月第1版 |
| 印　　次 | 2025年1月第1次印刷 |
| 开　　本 | 710×1000　1/16 |
| 印　　张 | 16.75 |
| 插　　页 | 2 |
| 字　　数 | 225千字 |
| 定　　价 | 89.00元 |

凡购买中国社会科学出版社图书，如有质量问题请与本社营销中心联系调换
电话：010-84083683
版权所有　侵权必究

# 目　　录

导　论 …………………………………………………………（1）

## 第一章　新时代乡土文学批评的新任务 ………………………（12）
第一节　新时代乡土文学批评的必要性 ………………………（13）
第二节　新时代乡土文学与乡村文化发展的关系 ……………（19）
第三节　乡土文学的"文艺腔"顽疾 ……………………………（22）
第四节　乡土文学的美学倾向的新认识 ………………………（27）

## 第二章　现实主义文学再认识 ……………………………………（32）
第一节　人格意识与历史观的建构 ……………………………（32）
第二节　马克思主义文论的现实品格与文化主导力 …………（41）
第三节　当代乌托邦小说的叙事困境：格非的《山河入梦》，
　　　　刘继明的《人境》，于怀岸的《巫师简史》 …………（45）
第四节　乡土文学的丰赡之美：以冯良的《西南边》，
　　　　赵俊辉的《美人书》为例 ……………………………（63）

## 第三章　散文的"新乡土主义" …………………………………（82）
第一节　新时代散文写作的困境 ………………………………（82）

第二节　少数民族作家乡土散文写作的天然优势 …………（85）
　第三节　"新乡土主义"新景观——雍措的《凹村》，
　　　　　杨犁民的《露水硕大》，黄毅的《新疆时间》
　　　　　分析 ……………………………………………………（90）
　第四节　博物志式的乡愁散文：戴小雨的
　　　　　《大雪是被子》………………………………………（104）

**第四章　新时代文艺的引领作用**……………………………（107）
　第一节　新时代文艺的精神图谱………………………………（107）
　第二节　城乡差异的结构性反思：东西的《篡改的命》
　　　　　分析 …………………………………………………（114）
　第三节　乡村与自然的诗性辩证：谈雅丽的诗…………（127）

**第五章　乡村建设主题文艺创作的方法论探索**…………（132）
　第一节　乡村建设主题创作需处理的八大关系…………（132）
　第二节　少数民族作家笔下的扶贫主题文学……………（140）
　第三节　扶贫人英雄传：卢一萍的《扶贫志》…………（144）
　第四节　实景与光晕的平衡术：李文锋的《火鸟》……（157）

**第六章　文明创新与文学创新的关系**………………………（162）
　第一节　作家写作发生与人类文明新形态的关系………（162）
　第二节　鸟兽率舞　万物生长：沈念的《大湖消息》…（169）
　第三节　乡土文学的历史经验，副文本的对话关系研究：
　　　　　周立波的《山乡巨变》 …………………………（185）

**第七章　王跃文《家山》的新乡土主义探索**………………（209）
　第一节　乡村美学的氛围价值与情绪价值………………（209）

第二节　沙湾的两股理性力量及人物群像图……………………（222）
第三节　丰赡温情下阒然崛起的人格力量………………………（240）

**参考文献**……………………………………………………………（262）

# 导　　论

在中国当代文学历史化过程中，"新时代文学"区别于"新时期文学"，"新时期文学"是指1976年以后的中国当代文学发展的一个重要阶段，通常以1978年12月党的十一届三中全会为时间起点。中国的社会主义建设进入新的历史时期，思想文化界以广阔的视野对普遍人性进行反思，文学也发生了历史性的转折，开始广泛征用有价值的资源，古今对接、中西汇通。受启蒙主义现代性的影响，个人视角与宏大叙事获得同样的合法地位，"思想解放运动""文化反思""私人化写作"与随之而来的消费主义混合在一起。对"文艺从属于政治""文艺为政治服务"，从文学审美反映论、文学主体论的角度进行深刻反思，正如童庆炳所说："新时期把文学艺术与审美联系起来思考仍然是新鲜的、可贵的，它既有现实的针对性，也有理论的深刻性。"[①] 发现美是艺术的基本属性，重新让文学回到文学。文学作品深刻大胆地揭示人性，对过去诸多现象进行反思和批判，文艺理论与批评蓬勃发展，自此被称为"社会主义新时期文学"或"新时期文学"。"新时代文学"作为一种文学的历史性分期是指党的十八大（2012年）以来的文学。而"新时代

---

① 童庆炳：《新时期文学审美特征及其意义》《文学评论》2006年第1期。

文学"的概念并未固定下来,产生"新时代文学"这一专用术语是依据"新时代"这个具有政治学属性的名词。"新时代"这一概念的依据是党的十九大报告中关于中国发展新的历史方位——中国特色社会主义进入了新时代。这一时期的文学创作、文学理论与批评的主体、价值导向、方法路径也都发生了深刻的变革。自"新时代"以来的文学创作、文学理论与批评总体称为"新时代文学"。"新时代文学"迄今为止已10余年。"新时代文学"的内容和形式,在精准反映该时期社会发展的方方面面,真实、立体、全面地构建了中国形象的同时,也正在通过历史回顾、现实关怀和未来构想,建构属于中国本土并具有世界影响力的学科体系、学术体系和话语体系。

## 一 文艺理论与批评的主体意识和能动性的"时代之变"

王国维说:"凡一代有一代之文学:楚之骚、汉之赋、六代之骈语、唐之诗、宋之词、元之曲,皆所谓一代之文学,而后世莫能继焉者也。"[①] 一个时代有一个时代的文艺理论和批评的精神内涵,一个时代有一个时代的文艺理论和批评的发展道路。新时代文艺理论家、批评家调整方法,从理论到实践,向外拓宽视野,向内审视自我,实现自我革新,取得了相当的成绩,在思想文化建设上更加自信。文艺理论与批评在文学艺术发展中发挥了重要作用。10多年的中国文艺理论的建构,在思想资源上跳出了20世纪80年代兴起的西方文论热,学者理性地批判和对待西方资源,重新整理和阐释中国传统资源,对传统文化进行创造性转化和创新性发展。在把握丰富的理论资源的基础上,紧贴文艺现实,从社会生活和文艺实践中总结提炼术语和概念,并使之知识形态化和体系化。由于科学

---

① 王国维:《宋元戏曲史》,凤凰出版社2010年版,第1页。

# 导　论

发展带来的文艺生产和传播方式的改变，文学艺术的价值和意义也被重新定义。理论家和批评家结合文艺现实，对文艺发展提出新的要求，对文艺作品的思想、艺术、价值、意义等方面做出符合时代要求的判断。社会主义新时代文学依然走人民路线，延续延安文艺座谈会讲话精神，"我们的文艺应当为千千万万劳动人民服务"。[①] 根据时代发展广大文艺家还要"树立大历史观、大时代观，眼纳千江水，胸起百万兵"，[②] 新时代以来的中国文艺理论和批评在面临新任务、新问题、新挑战方面，进行了新探索，取得了新成绩，在历史观和时代观方面，又拓展了新视界。

一是修炼内功，注重知识积累和理论能力的提升。理论家批评家深刻意识到理解中国特色社会主义发展方向和发展目标、掌握马克思主义文艺理论精髓的重要性。马克思主义文论是一个动态的发展的过程，理论联系实际是马克思主义文论的立身之本。理论家和批评家从实践中高度提炼概括出新理论，再将新理论返还到实践中指导文艺创作。理论家和批评家深刻认识到马克思主义文论只有扎根文艺现实，解决实际问题才是有力量的活的理论。这个程序一旦被简化，脱离实际的理论或者僵死的理论就不再是真正的马克思主义文论。与20世纪八九十年代以及21世纪头十年不同，理论家批评家热心为民请命，强调民间立场，在为服务人民、扎根文艺现实的同时，能够熟练地区别反建制、反精英，精准识别反科学和反知识的民粹主义，有效避免极端情绪化和非理性。

二是深入文艺现场、细读文本。由于学术体制和学科属性的原因，学者们守在书斋，一辈子做抽象的理论和经典研究，很少有机

---

[①] 《毛泽东选集》第三卷，人民出版社1991年版，第854页。
[②] 2021年12月14日，习近平在"中国文学艺术界联合会第十一次全国代表大会、中国作家协会第十次全国代表大会"关于《增强文化自觉、坚定文化自信、展示中国文艺新气象，铸就文化新辉煌》的讲话。

会介入中国正在发生和发展的复杂文艺现实。学院派的理论家和批评家意识到理论与实践严重脱钩的问题，他们放下身段，深入文艺现场，深入了解文艺生产和传播过程。中国文论有知人论世的传统，文艺作品创作者的思想情感和人生经历本身是一本大书，是鲜活的研究对象或"活文本"。精神科学不同于自然科学，也不同于工业产品，精神科学的创作主体可以被看作作品的一部分。作者的意图在文本中只是部分呈现，另一部分需要通过阅读和了解创作主体，才可能获得作品的完整性。尽管世界上没有哪位接受者能全部理解文本的全部意义，但创作主体与主体所生产出来的"产品"在精神气息上是一体的。文艺批评也从过去热衷于宏大的大词向文本细读转化，并尊重文本原意与作者意图，倡导"接地气"理论和批评。

三是打开比较视野，吸收其他文明优长。孔子曰："见贤思齐焉，见不贤而内自省也。"这在文艺批评中就是一种比较视野。理性地与其他文明进行比较，发现他人的长处和自身的不足，优化自身的理论和批评方法，避免陷入极端民族主义，避免故步自封、不加辨别地排斥其他文化。民族主义作为增进自我民族的力量、自由或财富的一种愿望，常常是被肯定的。某些特殊时期需要强烈的民族主义。但在全球化、人类命运共同体的大前提下，过度的民族主义，容易变得内心封闭，自卑和盲目自大，从而陷入民族仇恨、与世界为敌的负面情绪中。新时代文艺理论与批评通过与其他文化和文明的交流，在创新方法方面持开放的姿态，积极接纳和拥抱新技术（如脑机接口、元宇宙、通用人工智能等），构建新的审美维度，在新式生活方面积极进取，避免被动地看或满足于做井底之蛙，应适当地跳出自己的专业性和局限性。

四是自我认知的调整。在如何把握新的文艺形式和内涵，如何阐释、概括和总结新时代文艺方面，新时代的文艺理论和文艺批评正在向构建新的话语体系、新的审美范畴和新的文明高度目标迈进。在这一过程中，就需要理论和批评的自我革新。社会发展了，从事文艺理论和文艺批评的工作者的主体意识和能动性也相应增强，努力扩展视野，更新方法，调整目标。在动态中把握世界，是马克思主义文艺理论和文艺批评的成长规律。文艺理论家和批评家的自我认知调整既有来自实践的经验，也有来自经典的理论文本。加强对理论文本的辨识力和判断力，避免陷入教条主义。自20世纪80年代以来对西方文论的学习和引进，造成不加辨别地照搬西方理论，用西方教条"强制阐释"[①]中国文艺实践，造成理论与现实的脱节，从而无法反映新发生的文艺现象和社会问题。新时代理论家、批评家及时反思修正，以避免陷入教条主义和历史虚无主义。

## 二 新时代文艺理论创新的"时代之变"

新时代文艺理论家和批评家认识到自己所处的时代和肩负的历史使命，批判性地吸收其他文明优长，拆掉西方文论脚手架，构建中国学派、中国理论。由于新时代文艺结构变得复杂化，人的生命样貌呈现出新样态和新气象，文艺现实从过去单一样式变为多元立体复杂样式。文艺样式既有可感触的实物现实、无触摸感的网络虚拟现实，也有全息影像的拟真化想象现实。文艺表现形式和内容极大地扩充，文艺生产、传播都交织在上述各种现实之中，文艺理论和文艺批评如何看待多维度现实，进而做出合理的评价？文艺理论家和批评家整合不断变化的文艺现实，调整视界，创新理论，并对

---

① 2014年，张江提出"强制阐释论"，批判学界以"前置立场""非逻辑论证""反序认识""词语贴附""硬性镶嵌"等方式重构文本、裁定文本的意义与价值。参考张江《强制阐释论》，《文学评论》2014年第6期。

未来文艺发展给予预见性判断和建设性的构想。

变化一：新时代文艺理论的反思与创新

自20世纪初"西学东渐"，中国理论界长期受西方话语体系影响，用西方理论裁剪中国文艺现实。面对新时代产生的诸多文艺新形势，学界意识到西方理论无法有效地解决中国自身的问题，这促使学者的群体意识崛起，形成反思与创新的风潮。其一，中国马克思主义文艺理论的"后理论"时代，产生"马克思主义空间理论""马克思文论后结构主义"，马克思主义工艺美学，马克思主义生产工艺学批判理论等。人工智能已经开启了文艺的"机械原创"时代，马克思主义文论在面对新的理论挑战时及时作出反应。其二，对西方文论的辩证性批判。出现"强制阐释论""公共阐释论"等重大理论突破和标识性概念。文艺理论家张江指出"强制阐释"是当代西方文论的基本特征和根本缺陷之一。各种生发于文学场外的理论或科学原理纷纷被调入文学阐释话语中。以"前置立场""非逻辑论证""反序认识"等方式强行阐释文本，或以"词语贴附"和"硬性镶嵌"的方式重构文本。这种强制阐释方法从根本上抹杀了文学理论及批评的本体特征，导引文论偏离文学。"强制阐释论"的持续理论大讨论，基本扭转了"言必称希腊"的学风，学者提出当代文学理论话语应该建构出符合文学实践的新理论系统。其三，根据文艺发展新形势，构建图像叙事和阐释理论。新时代以来，随着信息科学的高速发展，文学艺术载体也逐渐多样化和丰富化，文学表现形式向文字以外的领域拓展，文学研究者将图像艺术作为研究对象，文艺理论出现"图像转向"的趋势，研究者打开了图像叙事、图像阐释理论新视域，极大地拓展了文学的叙事空间和阐释空间。其四，媒介技术催生的多媒介传播互动新形态。这种新形态打破了传统的阅读与接受的固定模式，相关"硬件"也被纳入文学理论和批评的讨论范围，出现"媒介存在论"研究。网络媒介与数字媒介时代的文艺理论，还涉及"微时代""智能时代"的批评与审美，以及"微时代""智能时代"的理论发展问题。其五，对现象学与美学基本问题的反思。美学研究更加细化和具体化，如对环境美学、身体美学的探索。其六，"新文科"的提出与反思，新文科的核心是现代性的反思，是对传统的"人"的观念和人文主义的挑战。

变化二：新时代文艺批评的反思与重建

人的审美也呈现多层次、多维度状态。边远落后地区还处在以农耕文明为主要生活方式的情境，生产力发展缓慢，生活、娱乐、商品交换的方式简单单一，经济发展较好的地区以及发达地区生产力发展较快，工业化、信息化程度较高，其生活和生产方式基本与世界发达地区相当，人的观念超前。社会基本状况多元复杂，反映在文艺作品中就有千姿百态的形式和内容，所产生的每一种文明形态放在世界上都是可供参照的样本。单一的批评模式无法满足复杂的文艺现实。新时代的文艺理论家和批评家对此变化有足够的认识，在文艺批评领域，对曾经出现的错位予以批评，及时调和"审美的矛盾"，城市精英古典诗意想象与已经高度工业化信息化的乡村现代美的矛盾，城市人口对高消费都市生活的迷恋与中国特色社会主义"环境友好，资源节约"的发展远景的张力与矛盾等，批评家在通过批评实践进行大众美学提升，文艺批评进入"社会主义后现实主义"。

新时代文艺批评的多元批评话语，还反映在文本细读与反文本中心主义同时存在，文本研究与副文本研究交互进行，西方生态批评的借鉴与中国山水诗文传统的生态文学的融合发展。在文化批评方面还包括以性别平等为前提的女性主义批评，以文化差异化为研究对象的文学地理学，以神话传统为基础的文学人类学等。随着新媒介与文学的关系日益紧密，文学批评深入探讨空间与媒介、人工智能与文学、微时代文艺、图像与文学、网络文学批评等前沿性问题。在本土经验与世界性问题上，批评家认为文学"地方性"可以从书写对象延伸到地方性书写经验。并尝试建立由地方延伸出去，进而通达世界的理论构想，以此作为讲好中国故事、与世界沟通对话的有效途径。

变化三：新时代文化谱系和学术体系化的构建

学术史、文献综述、资料整理的兴起等历史性研究在十多年来成为重要研究方向。文艺理论和批评者在精准把握反映在文艺作品中的中国特色社会主义的文化动态和精神动态的同时，表现出世界视野、心怀天下的自我定位。在对中华传统文化进行创造性转化和创新性发展的同时，提炼和萃取中华文明的精华部分，使其知识形态化和理论体系化，以东方大国的气度将世界文明体系推向更高层次的文明，引领人类走向更高级的文明。新时代文化建设本身面临多层次的复杂局面，世界范围内的农耕文明在广大乡村仍然占主导地位，中国传统文化的知识谱系仍然可作为参照系。同时中国城镇的工业文明、信息化和智能化也已走在世界前列，系统地总结和思考前现代、现代与后现代相互交错的、多层级的文明，对不同发展阶段的文明进行比较，对历史的反思与借鉴，对前人智慧和思想资源的继承是学术现代化的重要组成部分。学术史、文献综述、资料整理广泛而深刻地开展标志着学术成熟期的到来。新时代以来国家重大课题招标项目集中体现了这一研究盛况。

变化四：网络文学研究的体系完善

网络文学研究尝试建立系统性、整体性的评价体系与批评标准。网络文学评价体系是由思想性、艺术性、产业性、网生性和影响力等因素构成的一个综合指标，同传统文学作品一样，重点强调作品的思想性，作家立场、历史观和价值导向。在此基础上强调艺术创新、传播模式、粉丝经济、IP分发、改编（二次创作）等，催生多媒体如游戏、动漫、影视等艺术形态，并通过粉丝互动，实现产业增值，充分体现新时代文艺生产的丰富性和多样性。经过磨炼、调整，网络文学的精品化发展趋势越来越明显。网络文学理论与批评正在探索和定义 AI 写作等问题。

### 三 新时代文艺理论与批评的职责与使命之变

进入社会主义新时代，中国文艺理论家和批评家在马克思主义理论、中华传统文化、西方理论资源的综合运用上，将马克思主义文论放在哲学社会科学研究中的指导地位，重点关注中华优秀传统文化的创造性转化和创新性发展，有选择地吸收西方优秀文化和理论资源。从事文艺理论研究工作的学者，在研究和探讨文艺理论的重大问题和发展方向上，在提出标识性概念、开拓学术新领域等方面，要取得突破性成绩，还有很大的提升空间。

一是方法路径的创新与提升。随着时代发展，某些脱离文艺现实的文艺教条依然被文艺批评界奉为圭臬。审美现代性批判并未完结，数字化、智能化时代正在重塑社会道德伦理结构。新时代文艺理论与批评有责任通过对文艺作品的阐释和评价来激发审美主体拥有饱满、健康的人格。中国特色社会主义发展之路正在向更高文明的发展方向迈进，在这个过程中，文艺往往是最先促其萌芽和发展的动力之一。准确地研究和判断文艺发展问题，对于新时代精神文明发展具有重要的现实意义。文艺创作与批评涉及大量的社会发展问题，精神领域的动荡和变迁，人类文明认知变化，观念的更替，是一部人类发展的精神现象史，新时代文艺理论与批评应该成为新时代文化建设的重要参考，文艺理论家与批评家积极把握变局，不断创新，为未来社会精神文明建设探索新路。

二是创作主体的观念的提升。文艺理论在某些领域有越来越封闭的倾向，理论远离时代发展和社会现实，无法回应当下重大的现实问题，无法为时代提供有用的思想。在学术体制与论文范式的规范下，许多学者在遵循规范时疏于表述自己的创新观点。文艺理论与批评存在固化倾向，尤其是文艺批评，批评家丢失了本能、直觉和最新鲜的感受力，单纯强调理性与逻辑，一味照搬自然科学的论文范式，缺乏人文科学的情感和温度。理论的封闭还造成故步自封、坐井观天的视野局限，没有能力把握世界大势和前沿问题。文化冲突很大程度上是一种视野冲突或者见识不对等的冲突。

三是文艺理论家批评家创新动力的提升。中国文艺理论与批评如何更好地把握本土经验与世界性的问题，在文献整理和历史研究方面尽管取得了重大突破，如逐渐淡化西方理论思想译介与研究，以及跳出对历史的反思与再阐释的循环研究。如何持续地激发当代文学理论的创新与生命力，依然是文艺理论家和批评家面临的重大任务和使命。古代文论的当代转化，在当下文学现场仍然停留在引用和点缀的层面，古代文论概念存在无法有效地解释当下的文艺现实的问题。如何从古代文论思想中发展出现代性概念，是理论家和批评家需要解决的问题。无论西方文论还是古代文论，强行嫁接都不是真正有效的转化。

此外，还存在着理论家批评家对自身要求不高，对学界不良风气的批评不够彻底的问题。新时代文艺理论和文艺批评更需要学者有问题意识、敢讲真话，共同建设良好学风和学术环境。讲好中国故事，推动文艺理论"走出去"仍处于探索阶段，存在处理现实性与学理性、前沿性与基础性的关系方面不够扎实的问题。新时代文艺理论与批评吸收了前30年的历史经验，全面地认识到了文艺与政治的深刻内涵和辩证关系，拆除了中国文艺理论界依附于西方理论的脚手架，建构中国学科体系、学术体系和话语体系，不断开拓出中国文学研究的新形式新方法。中国文艺理论经过新时代10年来的发展，更加确立了文艺为人民服务、为社会主义服务的信心和方向，同时以大历史观和世界视野，对世界范围的文艺现象和文艺现实表示热切关注。

新时代文艺理论与批评需要进行系统性反思和批判，并对该时期的文艺创作和文艺批评的历史经验和未来发展进行长时段观察和评估，通过学科交叉性的理论构建，创造新时代文艺理论与批评的新范式，理论家与批评家通过对历史经验的总结和反思，明确当前和今后的问题与价值指向，正视新时代文化发展中的真问题。避免抽象地、无目的地研究和理论空转，力图真正解决中国文艺重大发展问题和正在发生的具体问题。

# 第一章

# 新时代乡土文学批评的新任务

文学是一种光芒,一种精神力量,它不应该被定义为某种题材。这里将同类题材归纳起来,是文学研究者为了述说的方便。以乡土或乡村为书写对象的文学被称为乡土文学,乡土文学的内涵和外延并不是自在圆满的,"乡土文学""土改文学""合作化小说""农村题材文学""乡村主题写作"都被归为乡土文学,甚至知青小说、生态文学、扶贫主题文学都算作乡土文学的分支。乡土文学概念贯穿整个现当代文学史。每个历史阶段,乡土文学呈现出不同的形态,只有回到文学现场才能分辨出这个概念在各阶段的内在演变过程,以及它所承载的历史使命。自中国进入现代化以来,乡土文学一直是中国文学的一个大类,尤其是长篇小说,茅盾文学奖历届获奖作品,乡土文学共有15部之多,有《芙蓉镇》《许茂和他的女儿们》《平凡的世界》《白鹿原》《骚动之秋》《尘埃落定》《秦腔》《额尔古纳河右岸》《湖光山色》《你在高原》《天行者》《蛙》《一句顶一万句》《这边风景》,以及《江南三部曲》(3部长篇),占茅盾文学奖获奖作品的1/3。"解放区文学""十七年文学"也以农村题材为主,丁玲、周立波、赵树理、柳青、孙犁等作家都创作出优秀的乡土题材文学作品。"新时期文学"中的"伤痕文学""反思文学""寻根文学"也以乡土题材为主。进入新时代,乡土文学体量庞大，仍然是新时代文学中的重要板块。本章重点讨论新时代以来乡土文学的对象、写作方法、批评任务，以及对乡土文学进入新时代以后的整体性反思。

## 第一节　新时代乡土文学批评的必要性

新时代乡村结构变得复杂化，人的生命样貌呈现出新样态和新气象。文艺理论家和批评家需要高度整合不断变化的文艺现实，并给予预见性判断和建设性意见。如何把握新的文艺形式和内涵，如何阐释、概括和总结，需要创作者和批评者互相促进、共同完成，共同构建新的话语体系，新的审美范畴，新的文明高度。新时代文艺理论与批评的新任务，应该是精准把握和反映文艺作品中的中国特色社会主义的乡村文化和乡村精神，挖掘其独特性和不可复制性的内涵，并进行知识形态化和理论体系化。农耕文明正在消亡，新兴的工业文明、信息化和智能化时代已经来临，城市精英对乡村的审美还停留在古典时期的诗意想象，作家和批评家作为城市精英的一部分强化了这种想象，而真实的乡村景象被有意遮蔽。倘若人文知识分子没有实事求是的精神，文艺中的乡村就可能与现实中的乡村互不相干。文学是有原型的虚构艺术，读者明白这种虚构。乡村题材文艺是现实乡村的艺术投射。新时代乡土文学批评可能有很多新任务。一是反教条主义：正视乡村文化发展中的真问题。抽象地、无目的地研究乡土文学理论，不能真正解决中国文艺现实的具体问题。随着时代发展，某些脱离文艺现实的文艺教条依然被文艺批评界奉为圭臬。二是审美现代性批判：对精英审美与大众审美的反思，需要重新认识古典主义想象、工业化复制艺术品与现实的乡村美学的关系。三是对实用主义美学的辩证态度：辨明颠倒的美学及其特征，以实现高度文明的合目的的审美。四是"后乡村时代"

文学书写职责：重塑社会道德伦理结构（如数字化时代的伦理重塑），将乡村文明从自为的审美引向自觉的乡村美学，重新对美进行定义。例如，"十七年文学"中周立波的《山乡巨变》塑造的人物邓秀梅、盛淑君的健康美、劳动美、独立人格美，就是一种对美的重新定义。新时代乡村内部审美主体在消费主义大潮下迷失自我，形成病态扭曲的美，新时代乡土文学重塑饱满、健康的人格，倡导劳动、健康的美学风向，与时代的审美期待达到视域融合。五是新时代乡村题材的叙事向度：实现更高精神层次的乡村愿景。积极拥抱工业化信息化对乡村的改变，内在的智能与外在的田园牧歌合一的乡村，使农民从繁重的体力劳动中解放出来，享受同城市文明一样的现代文明。

从整体上来看，中国乡村题材写作是中国现当代文学的主要力量，对整个乡村现代化进程的跟进和促进有积极作用。中国乡土文学批评也取得了一定的成绩，已有的成果从不同的角度进行了广泛而深入的探讨。从类别上来看，不仅是乡土文学本身的发展，还涉及影响这一题材发展进程的其他领域：乡村社会建设和文化发展，以及学术制度、文艺政策、技术手段、文学出版等。不仅是核心题材研究，还扩展到少数民族、民间文学、文学人类学、乡村博物学、社会学等。从时间上来看，乡村题材的分期、分段都形成了明显特征。乡土文学的现代文学研究成果较多，而当代文学还来不及认真清理和反思。已有的研究成果主要将问题聚焦于三个方面：一是将问题聚焦于农业社会向工业社会转型时期，探索其中巨大的矛盾张力；二是将问题聚焦于社会形态变革中的生产力和生产关系的矛盾；三是将问题聚焦于叙事、文体、结构的探索。学界对于百年来乡村题材的"内部研究"和"外部研究"都比较充分。

新时期以来，马克思主义文艺批评从乡村题材转向工业化题材、城市题材，以及其他与社会发展相随的新题材。21世纪以后及新时代以来的马克思主义文艺批评对信息化、人工智能问题进行深入探讨，但对乡村题材文艺作品的学术指导和介入不够。乡土文学正处在观念、技术重大转型时期，因此，马克思主义文艺理论和批评还需要探索新的理论和方法。

回顾百年来的中国乡土文学发展历程，"乡土文学"概念本身也发生了变化，学界有大量学术成果对这一问题进行了资料整理和谱系研究，但对乡土文学批评的时代之变从内涵到外延的整体研究，还有必要从以下几个方面进行。

重新讨论乡土文学写作有六个必要：

第一，有必要对"乡土文学"的概念进行整体把握。很多学者的研究成果涉及"乡村题材""乡土文学"概念，但在研究的过程中，并未对其进行概念性的规定，而是就材料进行述评，或仅有一个大致模糊的方向。有些研究常常将各种概念混淆，在对百年来的乡村题材发展演变仅从文学文本内部进行分析和研究，过分强调语言和结构问题，从而忽略了这一题材发展的根本动因——社会、经济、文化等多方面因素对乡土文学的根本性影响。乡土文学的兴衰包含了极其复杂的文化心理因素，这些问题，通过对乡土文学发展的研究，对其进行总结和反思才能看得更清晰。

第二，有必要对乡土文学进行系统性批评。乡土题材专题研究，如就某一领域的局部分块，已有的成果都没有从整体上进行逻辑化和系统化研究。从内部问题来说，有对作家作品、文学现象、文学流派等的研究。就外部问题来说，则是学术制度、文艺政策等，针对某一个问题进行深挖的研究，这方面成果非常丰富。但对这些主题的整体性研究，尤其是前沿思想的把握还十分缺乏。

第三，在对乡村题材进行长时段观察和评估的前提下，有必要明确新时代乡村文艺题材批评的任务。从研究时段上来看，有些阶段性研究具有突出成就。目前，对于中国乡村题材的批评和研究集中在现代文学中的乡土小说、延安文学、十七年文学、新时期乡土题材等方面。新时代以来的乡村题材文学批评还有待进一步研究，这一时段恰恰是乡村题材以最激烈的演变方式摆脱既有的规定性，进行着最壮烈、最艰难的转型升级。对乡村文学进行分段式的观察和评估，再进行整体的系统性评价，有利于认清当下及未来对乡村文艺题材的问题，把历史与现实结合起来，避免得出片面的结论。乡村题材文艺的发展是阶梯式的，只有对上一阶段有足够深刻的认识，下一个阶段的发展才可能有质的飞跃。对于这种发展式的动态式的问题，做长时段的观察和研究方可得出相对科学的结论。在此前提下，根据新情况、新问题明确新时代乡土文学批评的任务。

第四，通过学科交叉性的理论构建，创造新时代乡土文学批评新范式。进入21世纪以后，信息化、智能化、全球化等特征更加凸显，新时代中国乡土文学应加强多学科间的互动：一是学科内的交叉互动，二是学科内和学科外的内外交叉互动。其一是学科内的交叉问题，它涉及文化意识形态、大历史观、文学应用等问题，与理论构建要求同步。其二是学科内外交叉的问题，已有的成果内外都有相对独立的、完整的研究，如学术制度、文艺政策、文化技术应用等纯粹的"外部研究"，加强乡土文学本身内部规律研究，做到内外观照、逻辑统一，根据新乡村社会建设和文化发展的需要，进行术语、概念、范畴的探索，创造新时代乡土文学批评的新范式。

第五，需要更明确的问题意识和价值指向。探寻中国当代作家写作发生的乡土文学意识，驱动中国当代作家写作的"精神动力"，批评者需要立足当代中国思想文化语境，审视新时代中国乡土文学之审美观念、文学思潮、文体样式的现代性变迁特征，从而揭示中国当代乡土文学生成的复杂动因和发展的内在规律。

当代作家写作发生与"社会主义文学生产机制"是息息相关的。"社会主义文学生产机制"是马克思主义文学理论中的一个重要概念,意指在社会主义条件下文学的运行机制与原理。马克思文论中的"艺术生产"受普遍生产原则支配,艺术生产不仅生产艺术,同时还生产社会意识形态包括上层建筑形式。资本主义社会的艺术生产是与资本主义社会意识形态紧密相连的,它承载着个人主义、消费主义等内容和形式。社会主义艺术生产的生产机制和交流机制,在审美情感、艺术形式上有着自我本身作为上层建筑形式的特别功能。针对以往的社会形态,社会主义制度本身就是人类文明发展的新形态。乡村文明形态作为中国特色的社会主义文明形态的重要组成部分,积淀着深厚的东方文明、中华文明的形态特征。乡村文明正在经历工业化、信息化、智能化发展历程,理论家、批评家在探索未来人类文明形态发展新路径时需要有明确的问题意识和价值导向。

第六,立体的、多维度的文献资料的挖掘整理,可作为新发展时期乡村文艺的历史经验。中国乡土文学文献资料的深度挖掘还在进行之中。对乡土题材文艺初期的研究大都在文献基础上说话,而有些研究中后期阶段的成果在材料把握相对容易的情况下反而存在材料欠缺的问题,有些外部研究在讨论问题时也是缺少材料支持,观念性的讨论居多。长时段的、立体的、多维度的、系统化的研究往往需要海量的文献资料支持。对文献资料的把握有利于新时代乡村文艺发展的历史经验借鉴。

明确新时代乡土题材批评新任务的三大价值。

其一,明确新时代乡村题材批评任务的学术价值。中国现当代文学发展对思想文化领域产生过深刻的影响,其中乡土文学批评扮演过重要的角色。乡土文学引发的文学思潮、文学运动与社会重大变革几乎是同步的。新时代乡土文学的创作方法转变也随着土地流转、民工潮、城镇化等形成新的文学范式。扶贫文学、新乡土文学、生态文学、乡村振兴等主题的文学性问题讨论也逐渐明朗。文学理论与批评所关注的乡村文艺现实、中国乡村伦理建设等问题，很大程度上就是中国的乡村现实问题，同时也是社会发展的现实问题。乡村题材文艺批评的理论建构和实践探索问题是人文社会科学中的一个重大基本问题。它同样涉及背景广阔的认识论问题、方法论问题、历史性问题和实践性问题。

其二，明确新时代乡土文学批评任务的应用价值。乡土文学写作通常有鲜明的个人风格，而文学理论家、批评家的个人风格并不体现在对某一体裁的批评中，但从事乡土文学的理论家、批评家必然涉及精神领域和民生问题，必然熟知乡村现状、脱贫攻坚、乡村振兴，了解乡村居民的生活方式和思想观念。将对乡村的社会知识与内在的书本知识、逻辑、审美、艺术感染力等综合运用在批评中。在批评中进行观念提炼，创造概念和术语，将其应用于新时代乡土文学批评的话语体系建构，并为新时代乡村题材创作提供指导和参考。

其三，明确新时代乡村题材批评任务的社会意义。21世纪的中国发展之路是从现代化向更高文明发展的迈进，在这个过程中，文学是最先促其萌芽和发展的动力之一。深入细致地分析、探讨新时代乡土文学发展问题，对于中国文艺的更好发展具有重要的现实意义。乡村题材文艺创作与批评涉及大量的社会发展问题，如精神领域的动荡和变迁，人的认知变化，观念的更替等，是一个学科互动的生动的历史。乡土文学批评为现代化文化建设提供了重要的思想资源，为未来社会的精神文明建设提供了思路，深化了理论与现实的关联性认知。

## 第二节　新时代乡土文学与乡村文化发展的关系

农业现代化正在蓬勃发展，联合收割机、播种机、采棉机，适合山地丘陵的小型农用机械，农村工业化集约生产，信息化管理等，现代化农业和现代化乡村即将成为中国农村的未来，中国特色社会主义乡村振兴也将全面进入高科技和新技术时代，那么，新技术革命很有可能瓦解古典主义乡村美学。文艺批评、文艺理论所主导的审美意识形态，在新文艺现实下正面临前所未有的挑战。乡村旅游并不是农村的实际状况，农家乐、民俗村实际上是工业化复制艺术。拥有话语权和消费能力的城市精英和文化人，由于对城市工业化高强度生活节奏和缺少温暖的工业化体系的厌恶，需要寻找精神家园，在肉身无法彻底摆脱城市的束缚的情况下，长期以来将对农村的古典想象作为一种精神归宿，试图寻找"世外桃源"，实现短暂的逃离。其背后的动机，是一种为了阶层利益而进行的在美学上的话语控制，是乡村商业机制为迎合城市精英审美而量身定制的产品。

现实情况是什么样呢？调查发现，乡村精神文化的现实情况与精英社会对农村的期望所产生的鸿沟越来越宽。一方面农民渴望摆脱繁重的生产劳动，享受一定程度的文化娱乐。精神文化构建和文化娱乐需要付出大量的时间成本，农民需要不断尝试各种农业机械化、智能技术、缩小信息差，他们希望从重体力劳动中解放出来，创造适合于他们自己的文化生活。另一方面却是城市精英对农村的不符合社会发展和文明进步的古典想象。实现日出而作，日落而息，刀耕火种，炊烟袅袅这样的"美景"，通常需要脸朝黄土背朝天的重体力劳动。新兴消费对农村的古典想象加剧，精神文化发展鸿沟越来越宽，找不到唐诗宋词里的诗意想象。西方农村也找不到欧洲古典名画的场景，如凡·高的《割麦子的人》，俄罗斯名画《伏尔加河上的纤夫》等。为了满足城里人的想象，做一些假景观、假历史、假文物。农耕生活、撒网捕鱼、茅屋炊烟专门用于城市游客的摄影，变成纯粹的商业模式。从事商演的农民实际上是旅游景点雇用的工人，与真正从事农业生产的农民有所区别，他们演出下班后过着与城里人相差无几的现代化生活。乡村内部分化为多种模式的农民：种地的传统农民，集约农场的工人，从事农村商业经营的业主和雇佣工人，外出打工的农民。我们的乡村文艺题材表现的仅仅是固守土地的从事传统农耕的农民。

农民文化生活正在重构，文艺作品对农村的想象还处于前现代社会。随着信息化时代城乡结构的变化，农业文明与现代文明的冲突以及消费经济冲击，加上新型农民的职业观变迁，农村正经历着"文化重构"过程。文艺作品如何表现和建构新的乡村文明及其价值体系，乡村题材文艺批评应该根据农村现状提出文化建设设想。乡村文化建设包含物质文化和精神文化两个方面。文艺创作和文艺批评承担着精神文化建设的重任。

农村比城市更渴求机械化、信息化、智能化的现代生活。受康德的无利害关系、无目的的纯粹美学观念的影响，现代审美将实用的美视为工具性的美，实用主义美学则不排除实用目的。任何具有人类价值的东西，能够满足和激起生命发展的东西，都有它的美学根基。笔者曾经对乡村的审美观念做过实地调查，调查情况不能作为文艺批评对象，但作为资料背景，提供了乡村某些精神层面的真相。通过对南方经济欠发达地区的四个村庄的调查，乡村的精神文明现状与文学作品和文艺评论家的想象有很大差别。第一，高强度生产劳动与低质量文化娱乐，以及被压抑的审美情绪。重体力劳动时间挤占和消弭了文化娱乐时间。在还未实现农业机械化的村落，生产劳动时间占用了农民的大部分时间。调查发现，山区农民平均每天进行5个多小时的重体力劳动，生产劳动时间是指非机械方式的犁地、锄草、插秧、种菜、施肥、收割等重体力劳动时间。用于家务劳动的时间仅次于生产劳动时间，每天3个小时的家务劳动时间，如洗衣、做饭、扫地、喂猪、饲养鸡鸭等。几乎所有时间都用来维持基本生命机体的运转。第二，审美、游戏、休闲受经济条件制约。以老人和留守儿童为主的乡村文化活力较低。农村娱乐方式占比最高的是聊天、刷短视频、看电视、打麻将。年轻人主要看新媒体短视频，只有极个别的人读书看报。因经济条件和乡风民俗等原因，经济状况好的地区，锻炼和养生的意识比较强。以老人和留守儿童为主的村庄，养生和体育锻炼意识不强。极少数富裕的农户开始尝试自驾游、体育运动、养生保健等具有自主审美意识的项目。第三，被扭曲的喜事、丧事宴请的"俱乐部"意义。经济欠发达地区的娱乐方式较为一致的是各种宴请，每家农户每年都需要应对各种宴请，多的一年应付几十次，少的也有好几次。乡村文化建设中宴请是农民价值观塑造的重要环节，通过宴请展示人脉关系、房屋大小、家具档次、酒席收支规模等，在攀比中获得尊严。农村宴请积极的一面是联络情感、互通信息、拉家常、消愁解忧；消极的一面是"随礼"开支过大，经济负担过重。若拒绝参与则意味着被孤立。第四，体育和保健养生在家庭支出中有所上升，表明精神文明需求的旺盛。调查发现，通过收入分配可以看出文体支出、保健养生占比很低，文化需要在增加。调查表设计了家庭总收入、必需品支出、生活品质提升支出、教育培训支出、文体支出、人情支出、医疗保健支出、新型消费支出、其他消费支出九大类。在九大支出下面再细分成13个小类。调查发现新型消费支出逐年增加，近几年的手机费、网络费、打赏费、订阅费等费用在增加。通过以上调查，问题聚集于乡村文化建设的短板与顽疾，被访者渴望享受高质量文化生活。农村文化生活处在模仿阶段,乡村振兴建设初始阶段有重经济轻文化的倾向。

由作者、批评家、读者共同建构的乡土美学,审美主体是缺席的,乡土文学的书写内容始终作为被欣赏的对象,处于"被看"的状态。建立现代化乡村文化体系,需要将生活在乡土的人民作为审美主体,而不是外力强加给他们的观念。物质文明建设加快推进农村工业化和信息化改造,传统农耕生活的现代性转换正在进行。在精神文明方面重塑具有现代意义的乡村美学。城市精英的古典想象可能还会激发资本对于美学的控制,如各种自制的民俗景点(一种工业化复制产品),尽管其美学内涵千篇一律,不接地气,但并不影响投资者赚得盆满钵满。哈佛大学社会学家肖沙娜·祖波夫(Shoshana Zuboff)的"新技术资本主义的经济逻辑",其中包括"将人类经验转化为商品"的可能。将农村的淳朴美和自然美转化为商品,对改善经济状况并不是一件坏事,但这一做法同时也隐藏着某种"风险",即商业化思维与淳朴美、自然美的价值背离。这之间的张力正是文学书写和思考的对象。

## 第三节 乡土文学的"文艺腔"顽疾

文学创作和文学批评的一大顽疾是"文艺腔",理论界的文艺腔就是理论空转。被人诟病的"学报体"包含三层意思:一是语言上的学术黑话(文艺腔);二是结构上的学术八股文;三是与现实完全脱节的无效的知识再生产。

历史主义方法与现实对接后形成的古典主义与怀旧情绪,形成一种"文艺腔"主导的假乡愁。农业文明时期农村的炊烟袅袅是一种由内而外自然生发的美学,古诗词中大量的田园牧歌的描写,给人一种物我两忘的生命体验。现代化初期,这种乡村美景对疲惫的城里人来说，是有治愈效果的。工业化、城市化给人的生活带来极大的方便，但同时也阻隔了人与山水自然亲近的距离。当代文学作品和文学批评所向往的乡村美学，以"炊烟"为例，人们没有意识到"炊烟"的美学转变。要实现"炊烟袅袅"必须满足以下条件。一是柴火作为生火做饭能源，是在破坏山林植被的代价下进行的，这与生态环保的理念是相悖的。二是青瓦房或茅草房，农村青瓦房茅草房已经全面改造为平顶现浇层的小楼房，琉璃瓦、树脂瓦、彩钢瓦都是现浇层顶上加的一层装饰，这样的房子不散烟也不散热，不适宜用柴火烧饭。农村厨房燃料大都采用清洁能源，如沼气、液化气，即使烧煤也无法产生袅袅炊烟。乡村生活正是依仗现代化能源和设施的改变，与现代文明的距离更近。当某些怀旧的摄影作品把炊烟袅袅作为乡村的最高美学时，作家批评家也默认了这种观念。不可否认古典美拨动人怀旧心弦的能力，但那已经成为遥远的影像。

现代工业化、机械化很难进入诗歌和文艺作品的审美范畴。艺术家们对工业化、机械化、城市化的丑化，将失望的情感转移至乡村。卡夫卡的《变形记》等，被解读为控诉工业化、城市化的经典作品。中国文人散文、诗歌的乡村理想从未改变对农村"世外桃源"的向往，返回农耕文明的假想、虚构成为诗意的底层逻辑。工业化带来的种种弊端——环境污染、人情冷漠、消费主义、金钱至上等问题，加剧了怀旧情绪和乡愁情绪。在文艺作品中，农耕文化美学不断被拔高，现代化生产不断被贬斥，智能化更是令人恐惧的恶魔。文艺作品不断地强化、宣传，将传统的农耕文化作为一种高级美学，或终极美学理想。现代化生活的缺点无限放大的后果，唯一的办法就是躲进农耕文明温情的壳里。人们整体忽视了一种正在生成的新的乡村文明。

对于工业化和城市化，人们一方面热情拥抱，另一方面指责和厌恶，两种对立的情绪需要中介来调和，于是将无利害关系的美寄托在自然山水和古典式的乡村。在这个前提下，农民被作为自然山水的景观要素，而不是审美主体。农民的重体力劳动，日出而作日落而息的田间劳作也被视为美学要素，作品中的主体被对象化、客体化。如何改变这种现状？当作家、批评家深入乡村，与农民共同生活、劳动后，就会深刻地体会到农民的真实想法。前辈作家周立波、赵树理、柳青的经验仍然是有价值的。深入农村，深刻了解农村和农民的生活，这其实就是写作中的必要环节——把握材料。很多作家将材料这一关放弃，认为小说是虚构的，可以随意编排，这是对小说的误解。有些作家将媒体反复报道过的故事加工改造，添加想象作为自己的创作素材。这种从媒体上获得的二手信息，无法反映社会发展真正的问题所在。那些无可替代的细节和现场感，如话语、衣着、神态、心情、表情、肢体语言等，这些小说中真正传神的东西，是需要从大地上获取的。真实的农村生活是媒体和文学作品的死角。孔子说"十室之邑、必有忠信"，乡村里既有德行丰厚的人，也有鸡鸣狗盗之徒，现实生活中人的层次很丰富。那些从二手材料中想象出来的人物，变得类型化、套路化。作家只有尽力避开被媒体广泛报道的素材，避开热点事件，关注社会构成表层结构下的深层结构，才可能写出有价值的作品。评论家如果意识不到这个问题，也无法分辨作品的好坏。

　　文艺作品或文艺批评中严重脱离语言实际和社会实际的腔调被称作文艺腔，文艺腔不仅指虚假的拿腔拿调，无病呻吟，还指已经腐朽死亡的陈词滥调。比如老一辈作家的具有年代感的人物命名，"二狗子""王麻子""张癞子"成为典型化了的真实存在，旧时有取贱名或者以身体特征命名的现象，但书写当下的乡村题材小说还出现这样的诨名就脱离现实了。每个年代的外号和小名都有其时代特征。20世纪80年代前农村可能还有很土气的名字，之后名字都很文艺了。即使没有农村生活经历，就是去查资料也可以了解到，中国普种牛痘疫苗是在1962年，这是预防天花的，也就是说60岁以下的人很难有麻子。1963年发布《预防接种工作实施办法》，城市对免疫对象按免疫程序进行四种疫苗（卡介苗、脊灰糖丸、百白破、麻疹）的适时接种，农村冬春季的突击接种。1986年国家成立全国儿童计划免疫工作协调小组，要求全国免疫接种率达到85%以上。那么，在40年前常见的身体残疾如天花、小儿麻痹症等，在青年一代基本绝迹。继续沿用老一辈作家笔下的诨名就属于一种积习很深的文艺腔，既缺生活感受，又缺思考。

乡土写作并不需要很高深的叙事策略，但需要在现实材料上有一定的思想深度，需要对人物进行某种选择性的社会学分析。这个分析不是要写成论文，而是在行文之中要有这样的情节体现。阿来写《蘑菇圈》没有材料证明他是如何体验乡村生活的，但从他对松茸这种植物习性的描写看显然是"第一手材料"。他把对生态环境的思考通过人物命运表现出来，就体现出他的思想浓度。韩少功的《山南水北》是真正沉浸在乡村中的乡土写作，他亲自投身劳动，挑粪浇菜，与邻居交流。新时代一批扶贫题材小说也很接地气，作家驻扎在乡村，如《驻村笔记》《扶贫志》《火鸟》《亲爱的人们》等作品。广西作家红日写《驻村笔记》前做了四年驻村干部；四川作家卢一萍为了写好《扶贫志》在湖南大面积长时段地走访贫困村，访问扶贫工作人员；《火鸟》作者李文锋间歇性的蹲点扶贫；《亲爱的人们》作者马金莲写出了家乡宁夏西海固的变化过程。他们都掌握了大量鲜为人知的一手材料，真心诚意地体会到农村脱贫攻坚的变化和困难，其细节真实可信。

文艺批评在乡土文学发展中要提出自己的见解，首先，把握好乡村叙事的文化乌托邦与乡村现实的实用主义生活美学的平衡关系。文化乌托邦通常具有文明发展的预见性，探索人的心灵和精神的未来走向，有其思想文化的启蒙意义，它是前沿的，不是保守的。乡村现实的实用主义生活美学必然与理想的乌托邦存在差距，实用主义生活美学正是生活在乡村的人们一步一步探索出来的适合自身发展的方式，它是需要被接纳和肯定的。文学批评既要提出可供借鉴的更高的生活美学，同时也要对现实正在发生的活生生的细节给予足够的关照。

其次，心灵与现实两个平行世界的互补。文学作品会按照某种心理渴求造一个景，以此作为心灵的安放之处。文学的幻象可能会将现实世界的诸多不如意抵消掉，这是文学想象的充足理由。文学的想象与前文讨论的不切实际的虚构是有区别的，文学想象是激励人发展的各要素凝结而成的高品质的精神文明，它能将人带出黑暗使其走向光明，或者引发人对自身、他人、社会的反思。意识到心灵与现实两个平行世界需要互补，是人自我觉醒的标志。文学批评尤其是现实主义文学批评对此需要有足够的认识。那么，涉及乡土题材的文学作品处理好二者的关系越高明就越有价值。沈从文的乡土文学作品，其艺术价值和思想价值正是将现实的湘西进行一种有效的心象投射，形成高度凝练的美、善和崇高。

最后，先验知识与经验知识的对应。先验知识是理性的、客观化的知识，而经验知识是未经提炼的、感性的、主观化的知识。马克思主义从来就强调理性、客观、历史、全面、辩证的分析方法。而目前的文学批评，一是对西方理论的解读和照搬，将先验知识等同于本本主义；二是无视现实的变化和需要，理论空转，进入完全脱离现实的知识生产死循环。落实到文艺批评实践中，文人炮制出来的乡愁与真实的农村发展状态互不相干。现代社会制度安排，目的是实现一种既符合当下的人想要的生活，又符合高度文明的合目的性的审美，使这种自在的、自为的、自觉的乡村美学，饱满的、健康的形态与外在的审美期待达到心灵契合。

在一次以乡土写作问题为主题的讨论中,有网友自我反思道:开着8缸的SUV去乡村采风,脖子上挂着硕大的数码相机镜头,看着袅袅炊烟,妇女在河里清洗着衣物,老头儿老太太在院门口聊天,青壮年农民在田里挥洒着汗水,浓浓的乡情油然而生。晚上回到五星级酒店,泡在浴缸里喝着红酒,思绪万千,乡愁四溢。他不会想到烧柴的烟尘会引起肺病,也不知道河水的冰凉,更体会不到人们的劳累。回到城市,写了一篇自我感动的文章,却不知道那些被他歌颂的人——劳动人民,也想过他这样的生活。

有一种走访是为自己预设的剧本寻找证据。用自己的主观设想,描绘出民众的画像,再赋予自己的感受等同于民众的感受,与社会对立起来。有些作家、批评家是金钱与权力的顺应者,他们没有把自己看作独立的个体或独立的人,那么这样的作家、批评家观察到的社会是有功利性的,是依附性的。好作品可以照亮社会,给人以精神力量,但创作和鉴别这样作品的人也需要有强大的精神能量。

## 第四节 乡土文学的美学倾向的新认识

乡土文学的美学整体倾向于在语言、意境、知识上达到一种纯美和纯善的境界。乡土文学的描写对象更接近大自然的缘故,因而对美的解释更细腻。书写内容更直接地使用传统文化、传统习俗、地方方言,古旧的意境提升为陌生化的美,保守的力量转化为淳朴厚道。这种客观的内部逻辑,使得乡土文学拥有自身的美学特征。

1. 语言的沉稳与激荡

在新媒体叙事图文并茂、视听俱全的倒逼之下,当代小说又回到字词句的打磨,回到由语言营造的意趣和情致的手工作坊时代。读过《水浒传》的读者会有这样的阅读体验,它的语言和行文风格简洁，描述准确，多用动词，少用形容词。优秀作者造句的方式会刻意绕开翻译腔，直接承接民国白话文和明清章回小说的句子模式：断句很频繁，多数没有主语，句子成分不完整或主谓颠倒，极少用连接词，多插入语和倒装。口语对白，无冗余，简洁有力，最少的字包含最大的信息。没有多余的语言成分，句子的字数减少，力量递增，前后文与句子的内部逻辑是完整的。作家的文学创作包含了汉语构词方法探索，传承汉语的魅力。很多作家喜欢使用方言，经过加工的地方方言既能增加情感的力量，还可激活古代汉语。

2. 丰饶的意象与意境

丰赡之美的乡土文学必有丰饶的意象和意境。意象是中国文学作品里烘托氛围的必要手段，意象不是悬空的，总有具体事物为对象。由这些具象烘托起来，形成一种氛围。杨义对中国小说意象的作用有一段总结："中国叙事文学是一种高文化浓缩的文学，这种文化浓度不仅存在于它的结构、时间意识和视角形态之中，而且更具体而真切地容纳在它的意象之中。"[1] "叙事作品有意象，犹如地脉之有矿藏，一种蕴藏着丰富的文化密码之矿藏。"[2] 按照这个标准，好的小说都是文化密码的富矿。在小说中意象和意境互相成就对方。一部作品的调子取决于意境的铺设。伤感的故事都有一个萧瑟悲凉的调子，月落戈壁滩的意象，造就冷硬、荒寒的意境。欢快的调子乐观、明亮，喜庆的氛围像烟花一样炸裂，收都收不住，鲜花盛开，春风拂面，太阳初升，整个世界照得亮堂堂。平和的调子，亮度和灰度的适当，平静如水，祥和安宁，不卑不亢，内心充实。总体来说，作品都是根据人物情绪、心境调整环境，不倾向于

---

[1] 杨义：《中国叙事学》，人民出版社2009年版，第277页。
[2] 杨义：《中国叙事学》，人民出版社2009年版，第277页。

哪一种调子，这就是人间真相，有悲有喜，明暗相嵌，四季轮转。

作家为了追求意境上的玄妙，采用非逻辑语句，反系统化、整体化，反完整语法，获得表达和阅读的自由。禅宗有一则对话：问："古镜未磨时如何？"师曰："照破天地。"问："磨后如何？"师曰："黑似漆。"① 语言过度明白后反而遮蔽自性。古代文论中所说的"见月亡指"也是"去蔽"。用语言解释月亮的形状、颜色，还不如直接指个月亮给他看。语言在文学表达现场既是工具又是障碍，为了抵抗语言滞障，追求一种"得鱼忘筌""得意忘言"的阅读境界。设置意象是一种好的方式，但意象也是一种中介，介质本身也是质料，有时候它就是真理本身，因此忘掉中介实际上是妄想。

3. 以知识为基石

丰赡之美的乡土文学文本有极大的信息量，而单元信息量是由最少的字词包含尽可能多的意思。小说是纯文字的内部拓展，一旦离开文字就变成另外一个东西。然而，在20世纪中国新小说革新中，小说的创新几乎等同于结构的创新。小说发展到现在，只有结构与内容共同推进时，才可能使小说开出新意。那种看似简单的结构实际上是经过充分的艺术考虑后的一种高明的选择。小说从"丛残小语"的传奇、话本发展到现代宏大的系统、复杂的架构，可以浓缩一个时代的社会经验和文化常识。与诗歌、散文等古老文体不同，年轻的小说仍然在发展期。当代小说吸收了西方小说的优长，重结构和叙事艺术。例如，打碎故事顺序，用洗牌的方式或随机抽取段落的办法进行形式革新。就像韦恩·布斯（Wayne Clayson Booth）在《陀思妥耶夫斯基诗学问题》的英译导言中对当时的结

---

① （北宋）释道原撰：《景德传灯录》卷第二十四之《抚州龙济山主绍修禅师》，冯国栋点校，中州古籍出版社2019年版，第693页。

构艺术的评价:"玩不同的文字游戏和视角骗局,以提醒人们结构的错综复杂是唯一合法的兴趣。"① 当然西方小说总体来说是注重外部视角与内部逻辑贯通的合一。中国古典小说更注重叙事艺术,在结构方面,重视内部气韵贯通,讲肌理和风骨,从诗论中汲取方法,常以人体比喻,如严羽在论诗的整体结构时用"体制""格力""气象""兴趣""音节",郭绍虞注释:"体制如人之躯干,必须佼壮,格力如人之筋骨,必须劲健,气象如人之仪容,必须庄重,兴趣如人之精神,必须活泼,音节如人之言语,必须清明。"② 古法情绪造势也是一套类似结构的方法:"何谓悲壮,笳拍铙歌,酣畅猛起者是也,何谓凄婉,丝哀竹滥,如怨如慕者是也。"③ 按郭绍虞对中国诗歌传统的梳理,风与骚是有区别的,风有现实主义倾向,骚重形式技巧,其中包含了结构,如贾平凹的《带灯》、格非的"江南三部曲"、冯良的《西南边》等乡土小说,在形式感和现实性上都下了功夫。

4. 最高的善与最纯的美

文本的字里行间隐藏着最高的善,自然而然地带来公共道德的提升,给社会正义方面以积极意义。作品所呈现的宽大的容量、自由的气息,包容破碎和不完整的人性,怜悯过错,同情缺憾,给作恶者尖锐的批评和辛辣的讽刺。理解空虚者有空虚的无奈、奋斗者有奋斗的道理。有人理直气壮地活着,有人无可奈何地死去。故事中蕴含着或隐或显的价值判断和人性批判,如何看待这些判断和批判,取决于读者的知识修养、世界观和接受度。小说家确立思想价值维度的手法各不相同。

---

① [俄]米哈伊尔·巴赫金:《陀思妥耶夫斯基诗学问题》,刘虎译,中央编译出版社2010年版,第3页。
② (宋)严羽:《沧浪诗话校释》,郭绍虞校释,人民文学出版社1961年版,第7页。
③ (宋)严羽:《沧浪诗话校释》,郭绍虞校释,人民文学出版社1961年版,第8页。

但凡文艺创作，制定标准是犯忌的，优秀作品不可能满足所有的条件，也不可能均匀受力。但优秀作品有一些共同点，如丰富感知经验，提升认知能力，修复被损毁的心智框架，为时代重构公序良俗等。丰赡之美需要快适、美、善①三个层次互补。艺术从来就不走容易的路，每一位有艺术追求的作家都会拒绝程式化和类型化。由于题材分工以及作品内部要素的相似性与作家群体看待事物的总体一致性等原因，哪怕一种最新的艺术门类，被广泛传播并为大众所熟知后，这一创新模式便不可避免地变成一种类型。作家需要警惕进入这种套路。信息时代，当某种创作手法被人工智能算法掌握了规律并变得程序化以后，将这些程序转换成代码，人工智能便可轻易取代。科技高度发达的时代，人更能感觉爱的珍贵，那种丰富厚重具有丰赡之美的文学或许能给生活在数字化时代的高科技低生活的人们些许暖意。丰富和复杂的创作手法，作家不可复制的艺术体验也是抵抗类型化的一种方式。

---

① 康德在《判断力批判》中将快适、美、善作为三种不同特性的愉悦。"快适对于某个人来说就是使他快乐的东西，美则是使他喜欢的东西，善是被尊敬的。"参见康德《三大批判全集》(下)，邓晓芒译，杨祖陶校，人民出版社2009年版，第255页。

# 第二章

# 现实主义文学再认识

现实主义文学的精神内涵会随着时代的发展而发生演变。它既然是"现实",那就是一个开放的、建设的过程,它与人类社会的复杂性同步;它既然是"主义",那就是一种世界观和方法论;同时,它又是"文学",所以它是艺术提炼和情感升华的审美活动。过去几十年,现实主义文学在人民性、批判性、道德评判和价值意义方面,表现出普遍的现实关怀,具有鲜明的现实主义精神品格。近些年来,现实主义概念有泛化的趋势,它与现代主义、非现实主义界限不清。现实主义边界无限扩大的结果,是它的内涵被掏空、形式被解构。现实主义文学在中国当代文学的整体构成中处于核心地位,其重要性和复杂性正是现实主义文学的魅力所在。好的现实主义文学作品,是思想意识、艺术审美、社会功能各要素关系平衡的结果。在新的社会发展条件下,现实主义还处于未完成状态,新时代作家正在构建一种新的现实主义。

## 第一节 人格意识与历史观的建构

现实主义文学创作无论是写"真实"还是写"本质",都必然涉及作家的历史观、政治立场、价值判断和审美主张。世界上根本不存在纯而又纯的、蒸馏水一般的现实主义文学。"去政治化"和"价值观中立"是两个特别值得警惕的概念。20世纪80年代中期，文学"向内转"的思潮是基于之前过于强调文学的政治化。"去政治化"口号突破了当时意识形态禁忌，是有建设意义的。要想把现实主义文学与政治这两个领域完全切割干净，几乎不可能。二者之间存在很深的内在关联，它们都是基于对人类美好生活的共同想象，它们的主体和对象都是"人"，目标都是对人的终极关怀而进行的实践。文学作为观念层面的上层建筑（马克思认为文艺是一种意识形态），同政治一样，就是与不断发生改变的"人为因素"进行斗争。这个"人为因素"的现实社会，经过艺术加工后变成现实主义文学中的审美要素和基本构成。文学和政治是情感和制度的混合体，它们缠结在一起，互相监督、共同提升。其中的任何一方倘若缺少把握现实的能力，都可能被淘汰。事实也在不断证明，完全脱离实际的现实主义文学，最后会被弱化，直至处于垂死的边缘。而缺少现实主义人文精神的政治，无法温暖人心、凝聚共识，不能解决人的实际问题，也必然是失败的政治。

为了强调社会科学研究的客观性和科学性，马克斯·韦伯（Max Weber）提出"价值中立"，这是一种带有唯客观主义色彩的方法论原则，但这只是一个相对的概念，它的意义是把社会科学（包括文学艺术）从政治倾向性和宗教狂热性中解救出来。虽然韦伯做了非常细致的概念辨析，从形式逻辑上看它是成立的，但这个概念本身的内在矛盾性不能逻辑自洽，因此它的负面影响与它的肯定性同时存在。马克思强调的"价值一般"是要从主客体关系的角度理解价值，而主客体的关系性需要落实到实践中。一切社会科学都是基于人的科学，人是社会的人，它是超越了物自体意义的具有主体性的人，世界上根本不存在纯粹的"价值中立"。

在文学艺术领域，遗世独立、出落凡尘、不与浊世为伍、远离意识形态，这种纯艺术、纯审美也是主客体的一种实践关系，它的表现形式多是非现实主义的。但有些非现实主义手法看上去是去政治化的，"前不见古人，后不见来者。念天地之悠悠，独怆然而涕下！"它也有意识形态性，有济世情怀，有家国抱负。古典主义君子人格与那些极端个人主义的独立人格是有区别的，其济世情怀必然要落到实处，不为权力写作，不为统治者唱赞歌，而是为弱者代言，为人民大众发声。它不是那种自私自利、不顾国家民族利益的狭隘的独立人格，它与社会主义现实主义具有某种内在的一致性。

所谓文学上的独立人格主要是指文学自觉与文人的主体意识觉醒，包含了以人的个性自由为基础的人生哲学。有批判和建构，拒绝对权威的盲目顺从，倡导人与人平等的观念。低阶层对高阶层的反抗，对不同意见的质疑，都构成了人格斗争的典范。在这方面，中国传统思想与马克思主义有共同的追求。孔子鄙视"乡愿"人格，主张"和而不同"。历代先贤在君子人格的建构上不断完善，既有"格物"的实践基础，又有"致知"的理论提升，再达到修齐治平的目标。把"出淤泥而不染"作为律己的标准，崇尚重信守义、仁爱明智、豁达宽正、好学善思、自强不息的君子人格。他们构建了自由意志与自省意识合作型的独立人格，并通过"省、察、克、治"[①]等一整套方法论达到知行合一。它不同于西方"个人主义"的人格意识，它是共享型的，是人类命运共同体的理论前提。"人同此心，心同此理"同马克思提出的人的"类本质"的哲学概念有相同的路径和目标。同时，马克思对黑格尔和费尔巴哈的"抽象的人"以及施蒂纳"唯一者"的概念进行反思和批判，得出"现实的个人"是受一定社会历史条件制约的"现实的历史的人"，

---

① （明）王阳明：《传习录》，于自力、孔薇等注译，中州古籍出版社2008年版，第102页。

而不是"单纯的人自身"的结论。人类要走出以个人主义为逻辑起点的资本主义式的自由人格，必须重新定义自由人格的概念，古代先贤所强调的人的自由本质，马克思主张的人的全面自由发展的人，都是符合世界未来人的发展理想的。怀着古典式君子人格理想的知识分子可以以此作为参照系，进行现实主义的改造。

## 一　现实主义与历史的重构

在现实主义概念被泛化和解构以后，历史观问题渐渐凸显出来。历史观是现实主义文学创作的逻辑起点和价值取向。历史观可能涉及文明史观、现代化史观、社会史观、唯物史观等不同类型的历史观。文明冲突的背后是不同发展模式的冲突，不同类型的历史观最终都要落实到经济活动这个最基本的问题上来。而一切经济活动都是在一定的社会形态之下的活动，资本主义是资本家剥削工人阶级、以榨取剩余价值为前提的经济活动，社会主义是以共同富裕为目标的经济活动。但这些本质性的问题被纷繁复杂的表象掩盖，知识分子有启蒙的责任，普及新知识，使艰涩的事物变得明白易晓，使蒙昧的人们走向光明。

"众人皆醉我独醒"既是一种启蒙心态，也是一种个人历史观的显现。这里涉及启蒙理性，即反思与批判。启蒙是一个不断发展变动的状态，每个历史阶段都会面临不同的难题，早期人们对自然宇宙认识的局限性不断地被科学和理性打破，但现代社会人们同样面临新的困惑，并且大都是认识上、精神上的困惑。文学家把自己掌握的新材料、新方法通过人物和情节展现出来，对那些人们认为理所当然但实际上荒诞的事物进行质疑、批判、反思，在审美陶冶中探寻真理，警醒人们回到理性和真实。但让人生疑的是，作者是否真的掌握了真理。材料是否真的可靠，观点是否真的经得起推敲，并且是否能够保证所呈现的东西不是另一种方式的愚昧无知。

社会科学不同于自然科学,自然科学可以通过反复的实验被证实或者证伪。因此,启蒙理性本身也需要反思和批判,它需要双重视角去把握和审查,既需要外在的社会历史发展角度,也需要内在的思想史视域。在这方面,马克思是高明的,他把对启蒙理性及现代性批判的落脚点放在社会现实,对资本逻辑和资本主义生产方式进行梳理、剖析、批判,在此之上获得真理,是以辩证唯物主义和历史唯物主义为逻辑起点的论证。

马克思主义的唯物史观强调生产力与生产关系之间的矛盾是人类社会发展中要不断解决的矛盾,其价值论指向也非常明确,就是实践地批判和改造现实世界中妨碍人的一切社会关系,达到实现人的全面自由发展的目的。现实主义文学作品中的人是通过艺术化处理的日常生活的人,它是另一种现实和实践。中国人民是如何通过残酷的斗争建立新制度,是如何通过艰苦努力发展经济、国防、科技,实现工业化、农业现代化,发展成为富强文明的现代性国家的,用文学书写出来就是符合其实的唯物史观。如果作家长久地脱离群众、脱离实践,对现实的中国一无所知,对现实主义文学创作方法的误解,再加上错误的历史观,把谬误当真理,就会出现观念先行、历史虚无主义等问题。

唯物史观辩证地看待社会发展模式和经济发展模式,是站在人类社会基本行为的坚实基础之上的,它经得起历史的检验。作家在进行现实主义创作之前,实践性和真理性是两个最低的底线,文学性、审美高度是建立在这个基础之上的。要避免"真实的虚妄",坚持唯物史观是现实主义文学创作的基本原则。

## 二 个人化与现实主义的关系

个人化书写既是作家进行文学创作的一个生产方式,同时也是一种精神追求。通过个人的经验和感受实现文学写作的实践性和真理性。个人化书写与现实主义写作似乎存在着悖论,个人化主观因素会降低客观性,加上政治和道德的需要必须使个人化隐退。但如果没有作家个人化的艺术提升,现实将是一堆零乱的材料。人们对现实主义文学形成一种传统刻板的印象,中国人向来有将"包举大端""法天则地"的史传传统投射小说叙事方法中的惯性思维。现实主义文学作品就以宏大叙事为最高追求,但忽略了一些细微的事实。古代文人笔记小说是微型小说,小角度,一事一物一情感的小品文,这种小品文在文学史上没有什么地位,在思想意识和审美高度上无法与"言志"的诗相比,但这种短小精致的文体找到了个人化与现实主义结合的点。然而这一手法很难移植到现实主义手法的长篇叙事小说中。说明被压抑的主体性一直在寻找出口,《史记》的"太史公曰"模式演变为章回小说的"头回"或者"楔子"。20世纪80年代以来,个人化写作作为一种对宏大叙事的反叛,从西方小说、传统章回小说和笔记小说中寻找经验,探索作家主体性与现实主义对接的叙事方式。90年代以后,个人化写作变成坚守个人立场、表达个人经验的一种写作态度,成为知识精英在文学专业化、边缘化、小众化等大环境之下的一种自觉的退守。然而,由于个人化写作严重脱离现实,在很短的时间内泛滥成"身体写作""私人写作",坦率地表达欲望,对性欲、金钱、物质等原始性冲动进行赤裸裸地表现。在这种写作观的主导下,历史虚无主义、享乐主义盛行。个人化变成了一种现代病,变成消费主义主导下人的精神颓废、道德滑坡的一种精神症状。

无论是写作技术层面还是价值层面,个人化写作都是有积极意义的,它有文本实验、文体探索的行为,是个性化写作的技术环节,并对作家的主体性的确立有重要意义。但社会主义现实主义文学要照顾到方方面面,需要在此基础上有超越性,有责任担当,有全局意识。社会主义现实主义文学的广阔性和复杂性决定了写作不是一个纯粹的私人事情。文学艺术拒绝千篇一律，它要突出个性。但这个个性是普遍中的个性，是"这一个"①的双重存在形式，以及它的空间性和时间性，表明自身作为中介的单纯性或普遍性。"这一个"是普遍的这一个，我们说它存在时，它就是一般的存在。能够持存下来的感性确定性就是普遍或者一般，就是那个由最具体的东西变过来的抽象的东西。现实主义作家只要严肃对待这个问题，就会发现这个认识是有结构的，取决于"我"如何看待它。"我"本身也不是唯一的，也有普遍或一般的意思。个人化不是简单的自我宣泄，它是一个抽象的过程，如果落实到人物塑造上，就是恩格斯所说的"除了细节的真实外，还要再现典型环境中的典型人物"②。

个人化的缺席导致现实主义被曲解，变得公式化、概念化，机械地理解社会主义现实主义这一文艺思想，最后会变成一种教条。毫无疑问，个人化在文学艺术这种智力劳动中是起决定性作用的，个人的经验和知识在创作中至关重要。但它仍然要服从社会普遍常识，文学理论中艺术手法、风格、气场都属于个人化的表现。而共鸣、美感、价值判断等要素是公共领域的，它们的层级越高，越有可能成长为经典，或者已经有"经典相"了。个人在观念上的异想天开和方法上的另辟蹊径，一定是在社会普遍认同的前提之下。违背常理，逆历史潮流而动，这种个人化不具有普遍性。

### 三 从现实主义的主体关系理解现实

现实主义一词来源于法国，最先是指文学和绘画忠实地描摹自

---

① 黑格尔在《精神现象学》里说："作为自我的这一个和作为对象的这一个。我对于这个差别试加以反思，便可以看出，无论作为自我或作为对象的这一个都不仅仅是直接的，仅仅是在感性确定性之中的，而乃同时是间接的。"引自黑格尔《精神现象学》（上卷），贺麟、王玖兴译，上海人民出版社2013年版，第118页。

② 《马克思恩格斯选集》（第四卷），人民出版社2012年版，第590页。

然，后来这一概念不断演化，到了 20 世纪主要指写实文学，在风格和手法上与浪漫主义对立。托尔斯泰、巴尔扎克等作家的文学实践使现实主义文学的定义相对固定下来。但现实不等于事实，事实只是一个普通的词，就是指事情的真实情况。现实中包含着无数的事实，但不是事实的简单拼凑。

现实的本体意义是宇宙的即时状态，现实物件包括"现实物位"和"现实物体"，是一个时空概念，时间没有起始和终结，空间无界永在。然而，现实主义文学它不可能脱离历史语境、脱离时空概念，成为单纯的事实。在每个学科内部可能存在二元对立的模式，如宗教的现实对应彼岸，艺术风格的现实对应浪漫主义、意识流、现代派等，政治的现实对应历史，哲学的现实对应虚无。现实主义文学无论是宏大叙事还是写一事一物，在认识维度上，必然有大纵深的时间和大广度的空间的知识背景，还必须立足于马克思的唯物史观以及中国传统的"实事求是""修辞立其诚"。现实主义作为一种文学创作方法，它本身不具有阶级性。好的现实主义作品是尊重历史的，在价值判断上也是站在人民的一边的。社会主义现实主义文学讲人民性、批判性，资本主义的现实主义文学同样有这方面的意识形态需要，他们的"人民"主体也包括普通大众，他们也替弱者说话，替穷人说话。但总的来说，资本主义的话语体系是在金钱社会、权力社会支配下展开的。社会主义现实主义文学的精神实质所坚持的人民性、批判性，有净化社会、繁荣文化、提升文明的功能。

人的认识能力有限，很容易从某一点事实出发，偏其一隅，究其一点，瞎子摸象，以为看到了真相、抓住了本质。那么现实主义这个概念，如何落实在作品中，包括对概念本身的确认，对现实的认识、体验和态度，以及对文学理想的追求。社会主义现实主义文学，是在社会主义政治体制之下进行文学创作，它应该是为广大人

※　乡土文学的时代之变

民群众服务的文学，不是为权力和资本服务的文学。要从主体关系的角度去理解现实，以物质实践的思维理解现实的本质，即经济制度、发展模式、所有制形式等最基本的构成。

社会主义现实主义文学是一个丰富复杂的体系，它的构成也是动态的、关系性的。现实在价值意义上，实际上就是个体与一般的关系。某一个事实可能千真万确，但在现实中只是一个真实的细节，它不足以构成关系。见微知著的"微"是经典型的细节，有些非典型的细节不具有样本意义，如果在表现细节时，不顾系统性和关系性，细节被无限放大，现实就会被歪曲。

恩格斯、别林斯基、卢卡契等理论家曾经对现实主义进行了完整的定义。归纳起来是排斥风格化，排除抽象和雕饰，客观地再现社会现实，人物具有典型性，为底层人发声，同时还有历史性的要求，以及人文精神和人道情怀。毛泽东的《在延安文艺座谈会上的讲话》继承了恩格斯等理论家的现实主义理论，在吸收苏联社会主义现实主义的经验的同时，结合中国文艺实际，强调民族化、大众化，坚持人民性、真实性、典型性和批判性。精辟地阐述了现实主义的原理和原则，为社会主义现实主义打下了理论基础。习近平《在文艺工作座谈会上的讲话》中"坚持以人民为中心的创作导向，创作更多无愧于时代的优秀作品"[①]，毛泽东、习近平的上述讲话在马克思主义文艺思想史上占有重要的地位，指导着社会主义文艺建设。当代现实主义文学创作需要深刻理解马克思主义文艺理论思想。现实主义要在传统的基础上与现代化发展进行对接，现实主义文学的价值意义、创作手法都必须赋予它以新的内涵，社会主义现实主义文学在未来发展的道路上才不至于迷失方向。

---

① 2014年10月15日习近平总书记《在文艺工作座谈会上的讲话》，新华网，2014年10月15日。

## 第二节 马克思主义文论的现实品格与文化主导力

当下的文化思想领域，思潮涌动、流派纷争，马克思主义文艺批评面临严峻的挑战。如何有效发挥马克思主义文艺批评在新时代文艺的精神引领、价值引领和审美引领的功能，需要回到社会现实和文艺现场这个"实"，与文艺发展的复杂性同步，解决现实难题。马克思主义文艺理论者大多是从事基础理论的学院派，其研究方法有别于应用学科知识分子，不能在进行理论构建的同时自身也参与决策实践和社会治理，因此容易陷入"理论空转"的困境。马克思主义文艺批评是一门实践性很强的学科，文艺理论和批评者需要调整姿态、眼界，放下身段，关注文艺现场的基础性问题。马克思主义从来都是在现实问题中成长和发展的。马克思主义文艺理论在马克思主义哲学的基础上，既要解决马克思主义理论的知识形态化问题，还要面向事情本身，回到文艺现实中来，解决当前思想文化领域重大而艰难的问题。

### 一 马克思主义文论的务实传统

中国马克思主义文艺理论和批评有很好的务"实"传统，前辈马克思主义文艺理论家和批评家对文艺现实的建设都是以解决实际问题为要务，始终站在"社会现实"和"文艺现场"的基础上。在革命战争年代，马克思主义文艺批评为阶级斗争服务、为政治服务，在斗争实践中自觉地建立了文艺审美意识形态和文艺审美反映论，并逐渐养成了马克思主义文艺理论学科意识。自鸦片战争以后，中国被西方列强强行卷入世界体系，陈独秀、李大钊等一批受过传统教育和西方影响的读书人，开始萌生了要向现代型国家转型的意识。经历了屈辱、挫折、探索，认准了马克思主义对中国的作用，同时受苏联社会主义现实主义文学主张的影响，出于改造社会的目的，陈独秀当年强调现实主义文学主张，批判脱离实际的文学。"所谓代表时代之文豪者，不独全国无其人，而且举世无此想。"[1] 李大钊是将儒家大同与马克思主义结合得比较好的知识分子，他的文学观也很重视实用功能，他将文学纳入新文化整体运动之中的主张对文化发展产生很大的影响。瞿秋白是20世纪对中国有重要贡献的马克思主义文艺理论家，他把文学的现实主义放在马克思主义唯物史观和辩证法的逻辑框架中去考察，认为理论与实践是紧密相连的，提出"现实派（写实主义）"。鲁迅的马克思主义文论观点在他的后期作品中充分体现出来，并通过对文学阶级性的研究，发现社会生活与文学艺术的深度关联。周扬则直接提出"无产阶级革命文学"的口号，提出"政治与艺术的合一论"。左翼作家群对社会主义现实主义、文艺大众化、典型与个性进行重新认识和定义。毛泽东在中国形态马克思主义文艺理论构建上做出巨大贡献，他的《在延安文艺座谈会上的讲话》《文艺工作者要同工农兵相结合》等重要讲话和文章对马克思主义文论具有很多原创性的构建。创建了人民性、大众文艺、实践性等标识性术语和概念，这些提法随着时代的发展又被赋予了新的内涵。他还强调："一切革命的文学家艺术家只有联系群众，表现群众，把自己当作群众的忠实代言人，他们的工作才有意义。"[2] 茅盾、蔡仪、朱光潜等马克思主义理论家根据时代的发展继续丰富和创新了马克思主义文艺理论，为社会主义现实主义创作提供了理论依据。他们的主张在当时表现出一股先进的、进取的力量。由于一段时期过分强调马克思主义文

---

[1] 陈独秀：《独秀文存》，安徽人民出版社1987年版，第97页。
[2] 《毛泽东选集》第三卷，人民出版社1991年版，第864页。

艺批评的政治意识形态作用，没有及时调整和反思，某些理论走向了反面，阻碍了文艺健康发展。自邓小平提出"文艺不再从属于政治，但文艺又不能脱离政治"的观点之后，新时期文学在知识维度和价值维度上发生了改变，文艺批评按照恩格斯提出的"美学的"和"历史的"方法，形成回归艺术、回归文学本身的趋势。老一辈马克思主义文艺理论家和批评家始终是落到"实"处的。

## 二　马克思主义文论的实践品格

马克思主义文艺理论在继承前辈创建的理论资源的同时，需要始终扣紧文艺现实，更新、调整理论视角。20 世纪 80 年代的文艺复苏和繁荣，相继出现美学热、文学主体性讨论、人性论和人道主义讨论，以及文艺批评方法讨论等。但由于西方文艺观念的影响，本土文艺理论批评方法越来越滞后，加上文艺理论与文艺现实的脱节，马克思主义文艺理论一段时期内显得空洞乏力。经济现实影响文艺现实，与老一辈马克思主义文艺理论家和批评家所处的文艺现实不同，改革开放以来，在文学创作方面，大量的纯文学、非写实作品成为主流；表现精神意识、浪漫意趣、个人化表达的作品成为时尚；意识流、荒诞派、现代主义、后现代主义纷纷登场亮相，打破了传统的文艺结构。进入 21 世纪，网络文学、科幻小说、新媒介文艺生产和传播兴起，人工智能、基因技术带给人类未来的不确定性。马克思主义文艺理论还没有来得及对各门类的文艺作品和新兴文艺现象作出充分解释，社会主义文艺的价值体系和知识体系的建构尚在探索之中。马克思主义文艺批评家自身对新类型文艺作品的把握方式和批评方法有待改进，其知识准备和理论信心不足，同时还缺乏与不同观点进行论辩的理论素养和实际能力。而与马克思主义相对应的思想流派，如西方自由主义文艺理论家，他们却显现出许多"优势"：他们在迷信传统、崇拜权威的保守主义面前焕发出"理性"的光辉,在"空想"和"暴力"面前表现得高贵温情,在各种碎片化、"自暴自弃"的后现代思潮中标榜济世情怀。一个自由主义知识分子某种意义上会有一种自我认同,认为是在行使人的生命意义和终极关怀。当今世界,在道德和文化方面,自由主义霸权地位毋庸置疑。在西方发达国家的经济政治领域,自由主义也主导着理论方向和政策实践,它是除了宗教之外占有意识形态高地的思想之一。自由主义的老底子是与封建主义、前资本主义一脉相承的。其实马克思本人早就揭露了自由主义的老底,指出其"理性"的现实依托乃是资本主义的阶级权力,依托的主体是资本主义制度下"个人主义的"的"人",它必然从理性走向自己的反面即非理性。果不其然,资本主义迎来了全球化、物质主义盛行的时代,这个时代所发生的后现代的后形而上学、解构主义、非理性主义,这些恰好是文学艺术喜好的气质,反基础主义、反理性主义、反科学主义、反逻各斯中心主义、非实证、非确定性恰好符合文艺发展的某些内在规律。表面上看起来这些都是马克思主义者要排斥的东西,但实际上这正是社会发展过程中复杂的文艺现实。马克思主义文艺理论家只有面对这种"实",深入了解,才能有效地把握,才能形成与时代发展相适应的文艺主张。

### 三 马克思主义文论的创新方法

马克思主义文艺理论首先需要把马克思主义同中国传统文化结合起来,其次还要从其他学科中吸收经验,进行方法创新,找到解决复杂文艺现实的确当路径。古今对接、中西汇通,精准把握人的本质和文学的本质。马克思主义的人本思想贯穿在马克思恩格斯的整个学说之中。马克思主义文艺理论和文艺批评也需要再次回到抽象的人和社会的人的问题上来。新时代的马克思主义文艺批评有一个视角转向的问题,有价值的原创概念应该是文学现场与抽象思辨的双向流动，是学理层面与实践层面互为主体和对象，是价值判断和文本阐释的共生共荣。因此，马克思主义文艺的"实"既是"文艺实体"（作品），也是"文艺现实"（环境），它是马克思主义文艺理论和文艺批评方法论的本体论基础环节。在中国已经进入世界舞台中心的情形下，中国马克思主义文艺批评还要发挥更大的作用，世界性视野、前沿理论、先进方法都需要从当下文艺实践中总结提升。在世界范围内，全球资本主义还在生机勃勃地发展中，马克思所批判的阶层固化、贫富悬殊在资本操纵下从未停止，那些已经变成白领的劳动者仍然还在承受剥削和压迫，写字楼的高压工作状态是一种变相的"血汗工厂"，他们对自己异化了的生存条件和生存状态习焉不察。新时代中国特色社会主义应以此为鉴，适时地通过文艺作品表现其复杂性，马克思主义文论因此需要沉入文艺作品底部，透过作品里的烟尘、汗水、奋斗和喜悦体验世道人心，把握时代脉搏；从文艺现场提取经验，经过思辨和知识形态化后，形成有价值的理论，从而有效地指导和解决现实问题。因此，马克思主义文艺理论和文艺批评在思想文化领域亟待提升其主导力，需要对社会发展过程中所面临的难题深入了解、精确阐释，在观念和方法上创新，利用新技术、新手段解决后现代文明中诸多重大而艰难的文化问题和精神困境，重新确立人的主体性，确立人的价值，推进人类社会向更高文明层级迈进。

## 第三节  当代乌托邦小说的叙事困境：格非的 《山河入梦》，刘继明的《人境》， 于怀岸的《巫师简史》

在土地与农民的关系问题上，当代长篇小说中格非的《山河入梦》（2012年）、刘继明的《人境》（2016年）、于怀岸的《巫师简史》（2015年）都具有乌托邦气质。与其他乡土小说不同，他们试图对未来社会作科学系统的制度构建，彻底解决农民问题和土地问题。《山河入梦》《人境》《巫师简史》三个文本都在实践层面探索一种人类最高社会形态的可能性。与早期的乌托邦小说不同，它们不仅有系统的、完整的设计，还与当下社会发生种种勾连。三个文本代表了三种阶段的理想社会，虽然在涉及政治、经济、意识形态领域方面面临很多困难，在对未来社会主义社会和人类社会的终极目标担忧的同时，却在制度探索和精神向度上表现出积极的一面。乌托邦小说有着其他类型小说不可替代的价值，它可以赋予历史一种观念意义上的远景。对比框架之下的乌托邦叙事，具有标杆性的意义，现实社会制度与标杆之间的差距恰好是人性向上的动力。与纯粹的实践性和现实性相比，它有一种自由和超越的气质。当代乌托邦小说，试图对未来社会作科学系统的制度构建，涉及政治、经济、意识形态等领域许多艰难的问题。这一类型的文本，作者意图很强，总体来说它的社会文化性价值比艺术性价值更突出。社会主义从空想到科学，从理论形态变成了现实制度，从一国道路走向多国道路。早期乌托邦或世外桃源的思想资源也证明了人类理性可以主导未来。

## 一　改良主义者的试验冲动

社会改良者对社会主义试验的冲动从未停止，他们的理想是要超越现行的初级阶段的社会主义制度，设想进入纯粹的或者较为高级的社会主义模式之后，所展开的种种想象，人们在各种难题面前如何突破，进取还是放弃。恩格斯的《社会主义从空想到科学的发展》从普遍规律和哲学层面进行较为系统的阐述。但在实践操作过程中，仍然面临很多不确定因素，社会的变革，全球格局的变化，尤其是科技的发展。人工智能和基因技术实际上对这一制度的顺利实现带来机遇和挑战。人们预测大数据主导下的分配制度更有利于计划经济和经济公有制。人工智能可以替换一部分低端劳动力，从繁重的体力劳动中解放出来，最大化地实现人的自我价值。基因技术可能解决疾病和生理难题，但带来的挑战是，它们对不同阶级的影响是不一样的。斯洛文尼亚哲学家斯拉沃热·齐泽克（Slavoj Zizek）曾担忧，一个潜在危险可能是掌握财富和权力的人利用人工智能和基因技术操纵和奴役低阶层的人，不排除出现新的阶级问题，贫富悬殊等问题。

空想社会主义与科学社会主义表面看起来，一个是先验的，一个是经验的，在主客关系上似乎也存在一种对立的形式。实践者的办法是躲开唯物主义与唯心主义二元对立的矛盾，理性扎根于质料之中，但又必须基于形而上的设计。主体应当回到作为自我解释的现实环境，并且具有建构世界功能的主体性那里，而不必拘泥于偶然性，类似于亨利希（Dieter Henrich）的后形而上。空想社会主义文本往往都是非时间性的，在空间上也采取一般性描述，虚构一个现实中并不存在的地理位置。没有实践只有绝对真理是不会实现科学社会主义的。恩格斯在《社会主义从空想到科学的发展》一文中指出："对所有这些人来说，社会主义是绝对真理、理性和正义的表现，只要它被发现了，它就能用自己的力量征服世界，因为绝对真理是不依赖于时间、空间和人类的历史发展的。"[1] 自古以来的乌托邦文本都在探索这一绝对真理。

在当代中国作家中，有少数几位作家对体制和社会形态进行过深入思考，他们把构筑乌托邦当作一种巨大的乐趣和挑战，小心维护着这一份理想，却又不敢真正豁出去，常常面临一种叙事悖论，不得不在红色共产主义乌托邦想象与灰色自由主义乌托邦冲动之间

---

[1] 《马克思恩格斯文集》第3卷，人民出版社2009年版，第536—537页。

做出选择，也有从乌托邦到反乌托邦。历史的车轮滚滚向前，现代科技渗透每个人的生活，某个共同体要与这样的时代大环境疏离或者隔绝是不现实的。恩格斯曾提醒空想社会主义者不要"把各种自然物和自然过程孤立起来，撇开宏大的总的联系去进行考察"。① 当代乌托邦小说中的社会主义实验场所大都是封闭的、孤立的，对融入全球化持一种谨慎的态度，与现代经济运行规则保持一定的距离，对高科技心存戒备。当代乌托邦小说还有一个共同特点，都有一个强悍的改革者，仁爱博学、理想主义，靠人格魅力号召民众。实验场所体量小，一般都是以村庄为单元，容易被周边环境所影响，一旦主动与外界合作，很快被瓦解。因此，他们有一种本能的反资本、反市场、反全球化的态度。发展社会主义是历史的选择，全球化也是历史的选择，如何在两者之间达成一致？当代乌托邦小说都未能解决这个问题，最后还是免不了被各种外在因素击得粉碎。格非在《山河入梦》中，塑造了一位铁腕人物郭从年，他苦心经营的花家舍，在"江南三部曲"②的下部《春尽江南》中解体，在资本和人欲的冲击下变成了娱乐场所。除了体制，花家舍的田园景观符合人们对世外桃源的所有想象。与郭从年对应的是怀有自由主义乌托邦理想的梅城县县长谭功达，他的普济水库的乌托邦设计，被认为是"头脑发热"，加上失误被降职处分。刘继明在《人境》中抠出一小块理想主义园地，做过大公司董事长助理的马垃，在公司破产后，替老板坐了七年牢，获释后把长江边上的一个叫神皇洲的村庄作为理想社会的实验场地。最后跨国大公司的买办与县里官员勾结，以洪水的名义让神皇洲的"同心社"全部搬迁。这里洪水可能是一个隐喻，资本洪流的摧毁力量超出了自然洪水。于怀

---

① 《马克思恩格斯文集》（第九卷），人民出版社2009年版，第24页。
② 格非的江南三部曲是指《人面桃花》《山河入梦》《春尽江南》三部长篇小说。

岸的《巫师简史》严格地说不具有完全意义上的社会主义因素，是一个古代桃花源的升级版。隐蔽在湘西大山里的"猫庄"，巫师兼族长的赵天明从父亲手里接管了猫庄，按照祖制经营。赵天明的建设性恰好体现在毁灭性上，这个躲过无数灾难的世外桃源，从晚清开始，衰败的势头不可阻挡，经历了同盟会、土匪、革命党、红二六军团的介入，经过抗日、土地改革、湘西剿匪等一轮又一轮地洗刷和改变，猫庄不再是世外桃源。拥有法力、能与神沟通的巫师赵天明在这样的大动荡中落败，最后还是吃了枪子儿。猫庄与红色革命后的新制度有内在的一致性，没有地主，不用土改，追求自由和平等，但在精神层面和终极目标上存在根本性分歧。

三部小说实际上提出了一个严峻的问题。在高纯度的社会主义或共产主义制度样本的周围，存在着各种不确定因素。对样本进行强力干涉的因素，有不受约束的自由市场，有外来的制度冲击，有不同体制下的资本裹挟，有新兴的科技力量，有来自人本身的思想难题，还有战争、革命、文明冲突等。三个文本趋向一致，单纯样本的社会主义或共产主义都被同化和消灭。同世界主义、国家消亡理论一样，需要大环境支持。毛泽东在 1959 年 12 月至 1960 年 12 月读苏联《政治经济学》（教科书）谈话记录中说："国家消亡，需要有一个国际条件。人家有国家机器，你没有，很危险。"[①] 面对种种困难，如何构建一个具有前瞻性的科学制度，并将这一制度稳步向前推进，这个问题始终困扰着热衷于乌托邦小说的作家们。

## 二 乌托邦小说的历史资源

怎样消灭剥削压迫、消除不平等，人类的终极目标是什么，人该过怎样的生活，如何才能达到人之完美。人类理想社会形态雏

---

① 《毛泽东年谱》（1949—1976）第 4 卷，中央文献出版社 2013 年版，第 316 页。

形,东方和西方两种文明的大思想家孔子和柏拉图对此都有过深刻的思考。孔子理想中的大同社会,虽然没有涉及财产所有权问题,但对人心有规划,人与人之间没有私心,相处融洽和谐。孔子认为理想社会的基本条件是"庶""富""教",即人口繁盛、生活富裕、教育发达。要克服贫富悬殊、社会动荡的问题,"不患寡而患不均,不患贫而患不安"(《论语·季氏》)。柏拉图的《理想国》与孔子的大同社会相比更为抽象。《理想国》严格地说不是一本政治哲学著作,他的直接目的也并不是讨论政治建构,而是站在一个理想国家之上来思考个人的位置,由个人再反观国家。他讨论什么是善,要从"正义"说起,正义自身即为善。他想把哲学作为一种生活方式,一种圆满人格的道路。在这个人格高尚的国度里,人们过着自己想要的生活。孔子和柏拉图都没有考虑经济因素对社会形态的决定性影响,但他们都注意到了理想社会必须和谐有序。

　　空想社会主义与乌托邦在英文里是同一个词。英文为 utopian socialism,准确的译法为乌托邦社会主义。恩格斯的《社会主义从空想到科学的发展》的书名几经更换。恩格斯在 1892 年英文版导言中说:"根据我的朋友保尔·拉法格(现在是法国众议院里尔市的议员)的要求,我曾把这本书中的三章编成一本小册子,由他译成法文,于 1880 年出版。"[①] 恩格斯所说的 1880 年在巴黎印的单行本书名为《空想社会主义和科学社会主义》,其中"空想社会主义"是 socialism utopioue。1892 年英文版的《社会主义从空想到科学的发展》,其中空想是 utopian。"'空想'这种中文译法,在清末民初报刊上即出现过,是从日本转译来的。辛亥革命后,国内的一些报刊陆续开始直接译载恩格斯的著作。1912 年 5—7 月,中国社会党绍兴支部在上海出版的《新世界》第 1、2、5、6、8 期上,以

---

① 《马克思恩格斯文集》第 3 卷,人民出版社 2009 年版,第 500 页。

《理想社会主义和实行社会主义》为题,连载了恩格斯《社会主义从空想到科学的发展》。"①"空想社会主义文本"与"乌托邦小说"在内涵和外延上并无多大差异。从使用频率来看,在马克思主义及社会制度研究中侧重使用空想社会主义文本,在文学批评和文化批评中常用乌托邦小说。事实上,这两种用法也没有严格的规定。

乌托邦小说常常是作家的文化理想和社会理想的实验基地。中国知识分子对理想社会的追求和描述的这种热情和痴迷,究其原因有很深厚的思想根基。中国当代乌托邦小说有两个思想来源,第一个思想来源是孔子的大同思想,这里面包含了一个内在的线索,小说文体不同时期的变体,每一种变体都不同程度地包含乌托邦成分,如文人笔记小说、章回小说、武侠小说,科幻小说等。第二个思想来源是柏拉图之后,17世纪欧洲的空想社会主义、俄罗斯的无政府主义,无政府主义是乌托邦的一个侧面或者一个支流,最终汇入乌托邦的河流。

自有儒家的大同社会理想之后,一直以来都有对不同形式不同手法的理想社会的探索和想象,陶渊明《桃花源记》中的世外桃源,历代文人笔记小说遇仙、修真式的谵妄。《镜花缘》直接从制度入手的颠覆性描述,以此表达性别平等和扶助弱者的理想。中国文化中一直有一股乌托邦潜流,儒家的大同社会理想影响了后世士大夫和知识分子。陶渊明在《桃花源诗》里有理想化的说明,他对现行政治体制表示不满和苛责,只有在"春蚕收长丝,秋熟靡王税"这样一个没有苛政赋税的前提下,才有"童孺纵行歌,斑白欢游诣"这样的理想化图景。《桃花源记》和《桃花源诗》给世人呈现了一个结果,内在的包含儒家伦理为中心的礼法名教的发展脉

---

① 于艳艳:《恩格斯著作在中国早期传播的历史考察》,《当代世界与社会主义》2012年第6期。

※ 乡土文学的时代之变

络。古代文人笔记小说也有很多空想成分，但文人笔记小说缺乏对集体或者某个利益共同体的整体构想，通过志人志怪的形式，侧重个人化的理想状态的描述，成仙、遁世、长寿、奇遇，向往潇洒俊逸的高士、名士风度。大量笔记小说甚至包括猎艳、暴富等低俗的幻想。无论是哪种境遇，都没有上升到制度层面，都表示出对现有制度的认可和顺从，属道家文化的支脉，与古希腊的伊壁鸠鲁、斯多葛学派有异曲同工之处，都主张逃离现实，遁入自我内心。其积极意义是表示出对强权的不合作态度。这一脉络承袭下来，直到唐代段成式的《酉阳杂俎》、清代纪昀的《阅微草堂笔记》都没有多大的改变。真正从制度上反思的乌托邦文本当数清代小说家李汝珍的《镜花缘》，虽然对制度的探索近乎荒诞，但终究超越了一种纯粹的空想。

与中国的桃花源想象形成对比的是欧洲17世纪中叶三个托马斯①的空想社会形态的制度设计，他们同样也给后世留下一笔宝贵的思想资源。托马斯·莫尔的空想社会主义文本《乌托邦》（1516年），因为这个文本的巨大影响，后世有关各种空想或虚拟的事件都拿乌托邦做比喻。《乌托邦》没有人物塑造，类似于中国古代的文人笔记小说。该文本通过航海家拉斐尔·希斯拉德之口描述某个地方的一个神奇的国度，这个地方财产公有，人人平等，按需分配，穿统一制服，吃公共食堂，选官用人通过公共选举。人与人之间的和谐程度超越了所有现实存在的国家。托马斯·康帕内拉的《太阳城》（1623年）与《乌托邦》体裁类似，涉及生活的方方面面，对日常琐事的细节都有描述。太阳城是一个人人向往的地方，虽然它内部还有奴隶（没有实现人人平等），与周边国家常有战争（作为异端被孤立），外交上也有尔虞我诈（人格的两重性），但已

---

① 即托马斯·莫尔、托马斯·闵采尔、托马斯·康帕内拉。

经对现实有巨大的超越。托马斯·闵采尔,这位精通古文学的神学博士,没有像上述两位托马斯留下空想社会主义文本,但他把想法贯彻在实践之中,一生致力于人人平等的伟大事业。三位托马斯对于世界社会主义的发展意义非凡,作为一种思潮,世界社会主义已经走过近五百年的历史。"从空想到科学,从理论到实践,从运动到制度,社会主义不断发展和不断演进,取得了丰硕的成果。"① 18世纪后期,又有圣西门、傅立叶和欧文对社会主义的推动。恩格斯在《社会主义从空想到科学的发展》中对他们三个人有过高度的评价。"所有这三个人有一个共同点:他们都不是作为当时已经历史地产生的无产阶级的利益的代表出现的。他们和启蒙学者一样,并不是想首先解放某一个阶级,而是想立即解放全人类。"②

晚清和民国的乌托邦文本吸收了中西两种资源,蔡元培就认为《石头记》为清康熙朝之政治小说,他自创的《新年梦》(1904年)也是带有一种制度幻想的"清光绪政治小说"。梁启超的《新中国未来记》(1902年),陈天华的《狮子吼》(1905年)等作品与古代乌托邦文本相比,除了理想品格,更难能可贵的是实践品格,"我们看到,'新中国乌托邦'的图景在十年后、半个世纪后得到了一定程度的证实,令人十分感叹其合理性与预示性"。③ 在经过一轮又一轮的流血和不流血革命实验之后,五四时期的空想社会主义思潮与无政府主义兴盛,毛泽东同蔡和森,恽代英与林育南,他们都有过新世界的精心设计。精英知识分子尤其信仰无政府主义,无政府主义者"脱离历史条件地鼓吹立即废除一切形式的强权和国家,实现没有剥削、没有压迫、各尽所能、各取所需,绝对自

---

① 顾海良、季正矩、彭萍萍:《热话题与冷思考——关于社会主义五百年回顾与反思的对话》,《当代世界与社会主义》2013年第3期。
② 《马克思恩格斯文集》第3卷,人民出版社2009年版,第529页。
③ 陈方:《论中国近代乌托邦小说的意义》,《明清小说研究》1995年第2期。

由的无政府主义空想"。① 另一部分知识分子如沈从文、废名则反身寻觅古代桃花源式的理想社会，反而是那些经历各种尝试的改革者，最终找到了正途。"那些受到无政府主义及其衍生物的影响并热心进行实验的先进知识分子，才较早地将自己的信仰转变到科学社会主义上来，成为坚定的马克思主义者。"② 如毛泽东、蔡和森。

与描述美好未来的乌托邦小说相对应的还有反乌托邦小说，反乌托邦（Dystopia）（或叫"敌托邦"或"废托邦"）通常指充满丑恶与不幸之地，比较典型的有《美丽新世界》③《动物农场》④《我们》⑤。反乌托邦描述的社会表面上和平，内在其实是一个大脓包，强权政治、阶级矛盾、资源紧缺、高犯罪率等，是一个看不到未来的社会。科幻类的反乌托邦小说则表现人类受制于人工智能，人类被高度发达的科技捆绑从而失去了自由。中国当代反乌托邦小说篇目十分有限。阎连科的《受活》（2003 年）本意是构筑一个残疾人的乐园，圆全人（即正常人）要想过受活庄天堂般的日子，除非把自己弄残，否则无法领受这个村庄所包含的真正的幸福含义。当受活庄进入现代体制，真正纳入社会主义、共产主义实践时，受活人反而堕入苦难深渊。受活庄经历了革命、社会主义改革、文化大革命、改革开放等运动和社会变革之后，受活庄的精神领袖和实际上的管理者茅枝婆，她最大的理想就是带领受活庄人返回过去三不管的时代，去寻找"各种自家田土，不被他人管束的悠闲自在、丰衣

---

① 刘勇：《无花之果——五四时期空想社会主义思潮的兴衰和无政府主义在中国的破产》，《北京党史研究》1990 年第 3 期。
② 刘勇：《无花之果——五四时期空想社会主义思潮的兴衰和无政府主义在中国的破产》，《北京党史研究》1990 年第 3 期。
③ 阿道司·赫胥黎（Aldous Huxley）的《美丽新世界》（*Brave New World*）是 20 世纪最经典的反乌托邦文学之一，在国内外思想界影响深远。
④ 《动物农场》（*Animal Farm*），英国著名作家乔治·奥威尔的作品。
⑤ 《我们》是俄罗斯作家尤金·扎米亚金的科幻讽刺小说。

足食的日子"。已经经过现代性洗礼的受活庄想回到古代桃花源式的乌托邦显然是不可能了。《受活》的意义在于在传统乌托邦与现代乌托邦缠斗过程中，各种乌托邦尽显所能但都以失败告终，宣告乌托邦的不可能性，与《美丽新世界》《动物农场》《我们》等反乌托邦小说一样，对未来表达了同样的焦虑。

《山河入梦》《人境》《巫师简史》各自提供了一种方式或者一种思想类型。它们已经不同于早期的空想社会主义文本，不仅有系统的、完整的制度设计，还进入实际操作层面。三个文本代表了三种阶段的理想社会。这三部小说，虽然结果令人遗憾地滑向了反面，甚至与反乌托邦类型小说有暗通款曲之意，但从制度探索和精神向度上有积极的意义，都是出于对未来社会主义社会和人类社会的终极目标的美好展望。为什么在作者意图与目的非常明确的情况下，文本反映出来的现实或者给读者传达的信息却是另外一番情景？作者有可能陷入一种维姆萨特（William K. Wimsatt）所说的"意图谬误"，或者是阐释者出现了一种"强制阐释"[①] 现象，抑或是二者混合纠缠。中国文学中的桃花源情结（或乌托邦理想），往往是在对现实不满意的情况下的幻想。区分乌托邦小说和反乌托邦小说，主要看作者是站在哪个逻辑起点上。如果站在社会现实的对立面，从当时社会现状相反的方向去构想，就会带有强烈的对社会现实不满的情绪。在这种虚构的理想社会形态中，政治、国家机器都有原罪，只有脱离国家的政治法律、经济运行规则、行政组织等各个社会必要条件，才是真正的自由。而现代社会与古代农业社会的桃花源式的乌托邦不能兼容，塑造一个靠道德自律、没有法律、没有战争、没有剥削、没有压迫、人人平等、真诚淳朴、安逸和谐、无为而治的"净土"，是作家在单纯美好意愿的推动下所陷入

---

[①] 张江：《强制阐释论》，《文学评论》2014年第6期。

的一种叙事的悖论。

### 三　新型乡土社会实验的终结

为什么《山河入梦》中谭功达和郭从年都以失败告终？他们代表了自由意志的两端，谭功达的结局代表了自由意志的极端放纵。郭从年代表自由意志的极端控制，民众自我异化，导致花家舍的共产主义试验田难以为继。作品表现的积极意义是对两种行为模式的忧思与警示。人追求自由，但需要警惕的是，极端自由会导致邪恶。郭从年的出场是从聂竹风给谭功达的一封介绍信说起的，因谭功达受处分"发配"到花家舍做"巡视员"（他的试验田是整个梅城县）。信中说，郭从年原是三十八军的一名副师长，林彪手下赫赫有名的悍将之一，从东北嫩江一直打到海南岛，"善权谋""性格怪僻"，喜欢恶作剧。无论是日本人还是国民党军，都是在笑声中死去的。十年前他拒绝了林彪要他入空军的命令，一个人回到花家舍做起了"山大王"。谭功达进入花家舍，就看到一幅别出心裁的标语"花家舍欢迎您"，字是在长满菖蒲的湖里用浮标拼成的。村子里的住户都是粉墙黛瓦，格式、装饰、庭院都一模一样。每天晚上有节目表演，财产都是公社所有，他们穿着同样的衣服、拿着同样的镰刀去收割紫云英，宽宽的帽檐底下的脸也是同样的表情。让谭功达纳闷的是"为什么这里的人都显得郁郁寡欢？"当谭功达提出给他分配一项工作，工作人员告诉他，花家舍是社会主义大家庭，从不向任何人派任何工作，而是由每个人自己决定去做什么，以及怎么做。关于劳动，每一个公社社员都享有完全的自由。没有规章制度，没有行政命令，甚至没有领导。花家舍的社员不是被动地应付上级指派的任务，而是依照花家舍未来可能的样子忘我地工作。每个人在长期的生产实践中，就会自然而然地培养出奇妙而伟大的直觉，事实上既不会误工，也不会窝工，每个工作所需要的劳动力一个也不会多，一个也不会少。"按劳计酬""民主评分制度""道德自律委员会"，还有一些非常抽象的机构。除了工厂、农田和桑树林等基本生产场地，学校、医院，各种公共设施都是免费的。还有一个神秘的机构101。他们接下来的计划是推山填湖，增加稻谷产量。每个人心底无私，胸怀坦荡，反倒是谭功达这个外来人"太多心"。公社所有社员都不知道书记郭从年长什么样，他很低调，可能就在人群当中，也许见过面、握过手。他究竟长什么样子，人们还是忍不住发挥丰富的想象力，花家舍流行着各种版本的传说，有的说他一头银发披挂在肩头，皮肤嫩得像婴儿；有的说他坐在轮椅上。也有谣传郭从年三年前就患肺结核去世了，公社方面出于特殊考虑隐瞒死讯，秘不发丧。一个儿童团员告诉谭功达，在花家舍每个人都是郭从年。让谭功达没有想到的是，天天与他打交道的向阳招待所那位身上有股猪粪臭味的驼背八斤就是郭从年。花家舍除了云遮雾绕般的神秘，谭功达不得不感叹郭从年的才华和智慧，生活在这里的人的确不会有什么烦恼。当然也不是完全能做到人人平等，还有很多匪夷所思的怪事情。谭功达来这里是出于一种强烈的嫉妒心，出于在梅城建人民公社失败的愤恨，他要从花家舍现有的体制中找出弊端，就在他快要离开时也没找到。然而问题终于暴露出来，姚佩佩（谭功达心爱的人）因命案逃亡时与谭功达通信扯出了线索。"铁瓯制"就是花家舍的软肋，是阿喀琉斯的脚后跟。郭从年通过"铁瓯制"管制人的意识和潜意识。举报成风，收发的信件都要过101之手，并复制一份（手抄）存档。"人性原则"就是"好奇心原则"，人永远管不住自己的好奇心。即使人的所有愿望都得到满足，但人的好奇心仍然会受到煎熬。郭从年早就预感到了花家舍将被人的欲望击垮。一对日本夫妇参观花家舍后，决定回去生一个孩子，郭从年给他们的孩子取名"光"。

《人境》中的神皇洲比花家舍面临的问题要复杂得多，它不仅涉及资本主义理念与社会主义信仰的斗争，还有跨国资本与本土农业的博弈，过度开发与生态主义的对抗，民间与官方的对立。党的十六大以后，东北和华北出现了成百上千的农民专业合作社，马垃所在的神皇洲地处长江边上。合作社取名"同心社"，主打产品是"同心生态大米"。一开始规模很小，只有五户：谷雨一家（谷雨在大工厂打工被机器切了手指），胡嫂和两个年幼的孩子（胡嫂的丈夫在城里建筑工地上从十几层楼掉下来摔死），留守老人曹广进和老伴（儿子儿媳在武汉打工），孤儿小拐子（小拐子的爹在小煤窑冒顶时没来得及逃出来，小拐子的娘从煤老板那领了几万块钱跟耍魔术的江湖艺人私奔了），马垃（单身，坐过牢）。除了马垃，都是村里的困难户。孔子在《礼记·礼运篇》中设计的理想社会模样："大道之行也，天下为公。选贤与能，讲信修睦。故人不独亲其亲，不独子其子，使老有所终，壮有所用，幼有所长，矜、寡、孤、独、废疾者皆有所养……是故，谋闭而不兴，盗窃乱贼而不作，故外户而不闭。是谓大同。"① 马垃的同心社几乎集中了"矜、寡、孤、独、废疾"，符合孔子大同社会对弱者的扶持、人人平等的理想。马垃莫名其妙坐了七年牢，但他有经营大公司的经验，从小被《钢铁是怎样炼成的》这样的作品滋养长大，怀有共产主义梦想。马垃的哥哥就是一位抢救公共财产牺牲的烈士。马垃对同心社的制度设计有很强的操作性，一开始就主动融入市场，他认为棉花和小麦的价格由全国乃至国际市场定价，而水稻自己有定价权，不同产品价格相差很大，当时生态大米很吃香。他们去湖南农科院买到了袁隆平新培育出来的"南优2611"，生产、销售，一切都很顺利。神皇洲有两家合作社，另一家是种粮大户赵广富，他集拢一些强壮能干的农户组成一个合作社。赵广富的女婿是一家跨国公司的

---

① 李慧玲：《礼记》，吕友仁注译，中州古籍出版社2011年版，第89页。

亚洲区代表,沿河县楚风集团就是这家跨国公司的控股企业,生产除草剂草甘膦。头两年,赵广富的合作社生产的抗虫棉大获丰收,市场价格也好。马垃提醒他们,印度最近几年每年都有很多棉农自杀,他们种的都是抗虫棉,抗虫棉的种子价格和化肥需求量节节攀升,而棉花价格却大幅下跌,棉农辛苦一年,反倒欠一大笔货款。种子、农药、化肥都被外国人控制,一旦发生经济危机,李海军(跨国公司亚洲代表,赵广富的女婿,马垃的老师)不客气地打断他,"你脑子要换一换,什么中国外国,现在都全球化了……"马垃的合作社一开始就处在全球化与逆全球化的矛盾冲突之中,他积极融入全球化这个大市场之后,一方面要维护本土文化传统和共产主义价值观体系;另一方面要抵抗全球化大潮跨国公司和来自美国的经济文化的侵蚀和操控。最后,赵广富的合作社走上印度棉农的老路,马垃的同心合作社被官商勾结的跨国公司以洪水的名义灭掉。

《巫师简史》里的西北县位于湘西。陈统领[1]大办工厂,湘西十县自治,治下政通人和,百废俱兴,夜不闭户,路不拾遗,整个湘西安定和谐。猫庄是湘西西北县的一个富裕寨子,红军土改工作队来猫庄,打算揪出一两个恶霸地主,激发老百姓的情绪,然后把田地分到每个人。只有他们分到了田地,才会有人踊跃报名参军。可是,猫庄人告诉工作队,猫庄人没有地契,地契只是一张纸,猫庄人的契约都在心里装着。工作队的领导周正国意识到这是个特别的地方,他在其他地方的一切工作方法在猫庄都失效了。不仅各种条例在猫庄没有对应,他慷慨激昂的演讲得到的是集体的沉默。人群没有躁动,没有跟着他振臂高呼。猫庄没有地主,猫庄人人有田

---

[1] 原型为陈渠珍。陈渠珍镇守湘西期间,以"湘西王"自居,实行"湘西自治",兴办教育、民生、经济等事业,使湘西一段时间内稳定富足。

地,有饭吃,有衣穿,没有欺压。周正国想揪出一个田地相对数量比较多的人做典型也失败了,因为猫庄人的田地都是按人头分的,每人一亩六分水田、二亩八分旱地、五亩四分坡地。每十年重新分一次田地。族长身上也找不出催租逼税、欺男霸女的恶行。一说到征兵,台下的猫庄人哄的一下就散了。但给苏维埃的钱粮布鞋又悉数上缴,让工作组找不到革猫庄命的借口。猫庄显然过于理想化,主要是制度问题。只取传统中合理的成分,对有些致命的问题视而不见。孔子的大同社会开启了中国人的德治梦想,他删改六经,奠定了"尧舜德治禅让"的心灵根基,以至于后来者对未来制度的设计过于简单化,避开重大而艰难的经济难题和精神难题。在儒家礼制德治的框架之下,往往会忽视人的自由和平等。猫庄的土地问题与经济制度是脱节的,土地均分初步解决生产力适应生产关系问题,但这里有许多块垒没有化开,对于男女平等、人的自由、人格成长完善、价值判断、理想追求等方面的回答显得无力。彭武芬是一个天资聪颖的女孩,过目不忘,却没有受教育的权利,她只能站在学堂门外旁听。赵长梅因诞下私生子,被族规处以私刑,夺去年轻的生命。自私、贪婪、邪恶的族长弟弟赵天文却混得顺风顺水,猫庄的族规和私刑失去普遍意义。作者通过这些例子反证了只有德治没有法治的后果。瓦解猫庄的力量看上去是战争和动乱,年轻人有的参加红军,有的参加了国军,有的变成了土匪。有些是被迫的,大部分是自愿的,实际上它的制度没有了凝聚力和向心力。年轻人要追求另一种生活,要去另一个世界,要生活自由、婚姻自主,挣脱族规和神规的双重枷锁。

## 四 空想社会主义的文学探索

当代中国作家对乌托邦小说的建构一直持极为谨慎的态度,很多人把社会主义、共产主义一律视为"无法实现"的社会制度，以及前面提到的反乌托邦小说的火上浇油，使得乌托邦具有贬义的意味。再加上乌托邦小说是一个科学系统的制度构建，在意识形态领域涉及许多艰难和敏感的话题。然而，21世纪前后国际金融危机频繁爆发，对新旧制度（包括西式民主）的批判声一浪高过一浪，有生命力的社会改造方案仍然稀少，构建一种预见性的没有弊端的社会制度是有难度的。恩格斯在《社会主义从空想到科学的发展》中是将"乌托邦"与"科学"对应起来进行分析的，也是为了说明空想社会主义与马克思和他自己倡导的社会主义之间是有区别的。恩格斯曾明确地界定："两个伟大的发现——唯物主义历史观和通过剩余价值揭开资本主义生产的秘密，都应当归功于马克思，由于这两个发现，社会主义变成了科学。"① 曼海姆对乌托邦界定很明确："一种思想状况如果与它所处的现实状况不一致，则这种思想状况就是乌托邦。"② 它仅仅是一个客观描述。

乌托邦小说的作者意图很强，阐释者的立场也很明显。社会文化性价值比艺术性价值更突出。《山河入梦》的花家舍几乎到了一种比较高级的社会主义形态，或者是已经一脚迈进了共产主义门槛。在《德意志意识形态》中对劳动分工废除后的状况有如下描写："而在共产主义社会里，任何人都没有特定的活动范围，每个人都可以在任何部门内发展，社会调节着整个生产，因而使我有可能随我自己的心愿今天干这事，明天干那事，上午打猎，下午捕鱼，傍晚从事畜牧，晚饭后从事批判，但并不因此就使我成为一个猎人、渔夫、牧人或批判者。"③ 这一景象在花家舍实现了。马克

---

① 《马克思恩格斯文集》第3卷，人民出版社2009年版，第546页。
② ［德］卡尔·曼海姆：《意识形态与乌托邦》，黎鸣、李书崇译，商务印书馆2002年版，第196页。
③ 《马克思恩格斯全集》第3卷，人民出版社1957年版，第37页。

思、恩格斯把这种实现过程看作历史的、发展中的过程和运动。《山河入梦》在社会外在形态上基本达到了共产主义标准，但他们面临一个更艰难的问题——人的意识问题，也是社会主义真正完成之后进入共产主义需要解决的问题，如何解决？答案留给了未来。《人境》面临的是资本暴力和政治不合作，"一旦社会占有了生产资料，商品生产就将被消除，而产品对生产者的统治也将随之消除。社会生产内部的无政府状态将为有计划的自觉的组织所代替。个体生存斗争停止了……只是从这时起，由人们使之起作用的社会原因才大部分并且越来越多地达到他们所预期的结果。这是人类从必然王国进入自由王国的飞跃。"[①] 由于市场的不确定因素，生产者始终被产品或者剩余产品钳制。《资本论》里的著名公式：$W = C + V + M$（即商品价值 = 不变资本 + 可变资本 + 剩余价值），其中 M 剩余价值是资本形式的呈现，在现有生产力和生产关系环境下，他们根本没有能力操控 M。最大的问题是他们对社会生产资料并没有主导权，外来资本可以通过非正常手段任意霸占。而可变资本即劳动力也被外力支配，不具有完全自主意识。他们既没有资本主义的市场优势，又没有形成真正的社会主义生产关系。因此，他们还很难达到从必然王国到自由王国的飞跃。《人境》还涉及一个非常严峻的问题，社会主义发展到一定阶段，资本力量对体制的控制将使体制陷入危险或覆灭的可能。私有制与公有制如何保持一个恰当的比例？这个答案也留给了未来。《巫师简史》面临制度本身的重大改革问题。作者有一个理想在里头，他想超越人性（假定人性趋于完美），超越制度（假定制度不需要在社会进步过程中不断升级改进），完成一个纯粹自然形成的大同社会的想象。认同德治方式是一种值得期待的方式（假定这种不需要法治的方式更完美更高级）。

---

① 《马克思恩格斯文集》第 3 卷，人民出版社 2009 年版，第 585 页。

族长虽然也要动用家法和族规，但须凭族长的个人威望得以实现。这种模式可以减少维护"国家机器"运转的费用。依赖于德治可能面临人才选拔的困境，"选贤任能"如何进行？如何避开"人性的结构性伪善"？许多历史进程其实是由技术进步触发的，这在工业化信息化之后体现得更为明显。制度结构上缺少一种社会力量、科技力量和经济力量之间的平衡。

三部小说都有极强的现实感，在实践性上具有某种警示意义。《山河入梦》毁于人的欲望，《人境》毁于资本主义洪流，《巫师简史》的猫庄经历了一个极其痛苦的过程，眼睁睁地看着这个"桃花源"毁灭在真实的社会主义之中。中国当代乌托邦小说在体制上有一定的反思能力，对社会进程中可能出现的各种问题都有预测，包括对这些问题深刻的忧虑。但往往对社会发展规律缺乏一种宏阔的视角，对人类终极目标和理念的整体的把握不够，对某些探索性的改革缺乏理解和同情。并且对中国目前的制度选择以及其历史性和必然性认识不够深刻。在人类未来图景的描述上，反而丢失了古代作家的想象力传统。过于经世致用的观念导致小说失去了乌托邦应有的超越气质。

## 第四节　乡土文学的丰赡之美：以冯良的《西南边》，赵俊辉的《美人书》为例

丰赡之美包含丰富的能量。第一，从艺术表现力、艺术创新意义来说，丰赡之美的小说在写法上需要微观观察和细致的情感照应。文本经得起反复阅读，信息密度大，一次消化不完，被重读时能读出新意，符合卡尔维诺对经典的定义，其中一条是"每次重

读都如同初读，即使初读也好像是重读"。①它的实证性又有社会学和人类学价值。第二，从典型人物塑造及其价值和意义来说，塑造丰富的人物群像，具有"个人的多重性格"和"多重性格的个人"特征。人物个性鲜明又具有一般特征，其典型性可供人们对号入座。积极的人物形象由于他的正能量潜在地成为一种深层意识，在困难挫折时有激励的作用，助人渡过难关，消除消极情绪。反面人物也由于其鲜活的形象常常有警示意义，读者还会在这些形象对照中确立某种信念。第三，从知识创新的角度来说，丰赡之美背后包含着丰富复杂的文化信息，阅读者从中获得知识和精神养分，以及人生宝贵经验。第四，从传播学的角度来说，丰赡之美的小说因其阅读魅力更易传播。不同读者从中获得不同体验，同一个读者不同时期阅读也有不同的收获。第五，开拓了小说的写法。小说的模式一直在探索，通过这种朴素且复杂的写法达到对小说思想深度和艺术表现力的综合提升，从而看到小说发展的无限可能性。

具有丰赡之美的作品可阐释空间大。其作品的共同点就是可阐释性强。信息密度是可阐释性的基础，其中作者的意图、文本显现与读者获得的感受三者之间，有思想张力和美学弹性。《西南边》《美人书》都有温暖的诗意和超强的艺术表现力，多种要素构成潜在的时空延展的可能。有丰赡之美特征的文本都不是那种艰涩的文本，但也绝不是通俗读法就能读懂它们的深意的。有些信息被极端浓缩，一句话需要很长的篇幅解释，其中深刻复杂的含义不能用文字表述。他们都喜欢在普通事物上发现诗意，善于营造意境，即便黑暗残酷的环境也会在阴沉的基调添上一笔明艳夺目之光。意境大于语言，给读者得意忘言的阅读体验。擅长丰赡之美的作家精于设

---

① ［意］伊塔洛·卡尔维诺：《为什么读经典》，黄灿然、李桂蜜译，译林出版社2005年版，第1页。

置隐秘的信息，邀请不同时代的读者进行阐释。小说的多重隐喻，不怕误读，以多元立体价值、多层关系递进、多样阅读可能性等方式与不同层次读者对话。

## 一 《西南边》

《西南边》是一部四川大凉山彝族 40 多年的发展史和普通人物传奇，也是一部难得的反映少数民族的乡土小说。《西南边》出版后，她又尝试写城市题材，《翻过瓦吉姆的梁子》将彝族青年融入大都市的心理刻画入微。冯良作为一位职业学术编辑，是一位不为文坛所知的作家，她的长篇小说《西南边》斩获第十二届全国少数民族文学"骏马奖"后，才被圈子里的人知晓。获奖以后，她也没有高调扩散。她倾情打磨一部小说，一写就是几十年。《西南边》是近年来长篇小说中的厚重之作，像大凉山满山满岭的索玛花，某一天不经意地轰然怒放。语言高度浓缩，又极其柔软。响亮与忧郁共存的句法结构，字面数量紧缩，而意义层却可以被稀释放大到若干倍。断句很频繁，简洁有力，诗意、通俗、紧凑，读起来有节奏感。因此《西南边》给人的第一层感觉是语言的独特。结构看上去像记流水账，却是经过充分艺术考虑的有内部逻辑的安排。小说有一个隐形的结构在里头，类似于现代建筑被包裹在水泥墙体里的钢造骨架。小单元回环往复，自然天成，毫不做作。句子的诗意能量更是经过高度提纯，其精度和纯度显然是经过反复锤炼的。它所包含的能量可形成或快或慢的爆发场面，作者无意要用这种高浓度知识容量和感情铺排去制造一种轰炸场面，但读者会感觉到某种前所未有的美学力度。语言不仅仅作为表达意义的工具，它是思想真实存在的方式。古人写作并不看重辞藻，担心以文害意。六朝文风骈俪华美，被后人诟病"多肉少骨"，这是由于当时文学家片面追求外在美，形式与内容脱节。在这部小说里，语言既是器也是道，形式即内容，二者变成了一个东西。

　　作家用柔软而坚韧的语言铺就了两条线：一条是爱情线，另一条是社会发展线。这两条线并不能全然分开，而是以爱情线带动发展线，又以社会发展线影响爱情线。人的情感变化随着社会变化而变化，社会暴躁时人也不冷静，做出一些莫名其妙的荒唐事；社会温情时，人情也恬静，恩爱和谐，美人之美，世界大同。小说开头是激烈动荡时期，作家却以男女情爱为主线，民主改革工作队、基干队聚集了大量年轻人，有外面来的解放军、医疗队、工作队，有本地的优秀青年。小说并不想就事论事，大凉山奴隶制是如何被改造的，将情节的推动放在人物日常生活中。长着桑叶一样美丽眼睛的曲尼阿果"打仗"脚板扎了刺，正是上海来的夏军医表现的好时机。这时的大凉山，人的观念与社会发展极不协调。从奴隶社会一下子进入社会主义社会，被奴隶主称作"会说话的牲口"的奴隶们，突然可以与主子平起平坐，突然获得平等的发展机会、受教育的机会、自由恋爱的机会，获得生产资料所有权和支配权。生产关系的改变使一切都发生了改变。解放奴隶的过程中不可避免的流血事件和打打杀杀，被作为背景处理。后来几十年的几次重大社会变革也是从人物日常生活的角度切入。彝人知道用智慧化解一场场政治危机，把伤害降到最低程度。小说人物参与和见证了大凉山40多年的发展史。与那些视角宏阔、史诗性的长篇小说不同，《西南边》用平凡的日常事务，描写这些历史的创造者。奴隶娃子出身的人是如何通过自己的努力成为一县之长，支援少数民族地区的知识分子是如何在大凉山奉献一辈子。个人命运巨大的改变，在外人看来风平浪静，对大凉山彝族人来说却是惊心动魄。以爱情为主线的情节里，不难看到隐藏着的高尚情怀。诗性的语言有助于意义的提升，小说的思想价值同美学价值一样十分耀眼。

　　文中的小标题很随意，这一点可以看出作者有意把品质高级的东西做成质朴的外貌，一种低调的奢华。人物性格变化和情感动荡推动情节往前走。这一对完全就是一个现代版的宝哥哥和林妹妹，夏觉仁比贾宝玉更痴顽，曲尼阿果比林黛玉更敏感。夏觉仁格局很大，心里装着全人类。曲尼阿果很通透，不一味钻牛角尖，处理大事很是豁达。两人名义上有30多年的夫妻，最终却因为害羞，在乌尔山的大山里互相隔着山头打望，形体上分离，精神上却紧紧地拥抱在一起。两个人老夫老妻的为什么不住在一起呢？夏觉仁的解释是"没面子，女婿住丈人家"。实际情况远不止这么简单。曲尼阿果在乌尔山的这个山头养蜂，夏觉仁作为地区大医院最好的医生，偶尔被小车接回去操持主业，其他时间则在乌尔山的另一个山头采药坐诊，既离曲尼阿果近，互相暗中关照对方，又可以关照到医疗短缺的那座山头。夏觉仁与曲尼阿果的爱情是小说的主线，二人历经磨难，最终虽未修成世俗意义上的正果，但达成了精神上的圆满，一种让人不太放心的团圆结局。与他们两人并行推进的还有两对男女的爱情：木略和俞秀，沙马依葛和吴军医。六人之间有些感情交叉。

夏觉仁是上海大资本家，富N代，"比黑彝奴隶主曲尼阿果家资产多了几十倍"（来自阿果乡亲的评价）。不顾家庭反对，辅仁医学院还差半年毕业就跑到西南边地当军医。不惜物，上海寄来的好东西分发给大家。不怕脏，欣赏彝人的俊美长相，夸奖他们细腻得像缎子一样的棕色皮肤，赞扬他们有节制的笑容和羞怯的神态。白彝姑娘沙马依葛主动追求他，他拿不准这女子到底是喜欢他这个人还是喜欢大上海。沙马依葛像薛宝钗一样聪明懂事，干练泼辣。做官做到了地委教育局副局长，要不是游泳活动出事故，还可能调到省里。而夏觉仁这位前资本家少爷内心更喜欢单纯倔强的曲尼阿果，他苦苦追求，人家却不拿正眼瞧他。木略见他心抖手抖、五迷三道的样子，提醒过他："不要去惹事，我们彝人是绝对不会娶，更不要说嫁姑娘给汉人的,到时候把你腿打断胳膊敲折。"① 他说得没错,后来虽然追到手,但比断腿折胳膊的困难更大。彝人自己也是黑彝只和黑彝、白彝只和白彝通婚。拿上海捎带来的糖果、巧克力哄她也不奏效。阿果脚痛上不得马,他给她当上马石。一手好医术,被老百姓拥戴。几次遇到政治上的风险,都是一群病人求情,赖在门口不走,上级只好将就他。而这位把夏军医迷得神魂颠倒的曲尼阿果呢,黑彝奴隶主的女儿,瓜子脸,桑叶一般的眼睛眸子黑亮,眼白发蓝,小而白的牙齿,大凉山里的绝世美女。去上海婆家,嫌糟豆子臭当着众人捂鼻子,不吃鱼虾,打飞大嫂递过来的大闸蟹等一系列不合礼数的行为。但她不要心眼,大凉山的山珍多稀罕的都往上海寄。婆婆态度大变:"这样单纯的孩子,哪里去找。"父亲、二姐死后,曲尼阿果受打击,变得有些痴魔。一对儿女寄养在上海夏觉仁姐姐家上学,因思念儿女悄悄潜入上海好几次,夏觉仁都是后来听姐姐说才知道。隐退到大山里成了养蜂能手,一身白纱防蜂衫,带着蜂子在大凉山追着花蜜跑。形迹神秘,人们给她附加各种版本的传说。表哥救人遇难,亲戚去政府闹事。她识大体,平息了事故。丈夫出轨(据说是为了给曲尼阿果请长假,才委曲跟掌握批假权的沙马依葛上床),她隐忍不发,自我消化。娘家人替她出头,她劝退他们。人们惊奇这样一位不接地气的奴隶主小姐一下子成熟了,放下高傲的身家下山替丈夫打理诊所。她的美让夏觉仁感受到几十年不变的沉醉,"纤纤五指,指尖依然粉嫩透明"。"绕过来的气味啊,温热、跳荡,花的草的蜜糖般的。"这是曲尼阿果纯粹人格养出来的仙气。

如果说夏觉仁和曲尼阿果身上看不出社会发展的明显线索,那

---

① 冯良:《西南边》,长江文艺出版社 2017 年版。本书所引用的该小说的文字均出自此版本。

么，娃子出身的木略是社会综合因素的集大成者。第一，有天生的政治敏锐性。木略的主子叛乱，奴隶主已经放弃抵抗，一心归顺，这时两个汉语词决定着木略和他的前主子的命运。定义为投降，前主子吉黑哈则，普通百姓一个；木略是大英雄，全国巡回演讲，挂大红花，抱得美人归，官也越当越大。定义为起义，前主子吉黑哈则当领导，晒太阳，享清福；木略只不过是传话的联络员，无名小英雄。木略权衡之下连哄带吓劝主子投降。第二，木略的身世就是彝汉两地融合的见证。有人揭他的老底，要不是有个汉人爹，不可能"混进解放军当护理员"。他爹出生在成都开医药铺的有钱人家，小时候逛街被拐子卖到凉山当奴隶。自带祖传技艺，主子就近找个女奴隶配给他，生的七八个小娃子都被主子卖到凉山任何一个地方，只留下唯一的木略这个幺儿。第三，特殊经历使他学会在生活中如何变通。吸毒——小时体弱，爹怕他死掉总拿鸦片给他配药；撒谎——谎话张口就来；心机鬼——有人担心他一个娃是否有智慧担当谈判大任，他成功撺掇主子投降；见机行事的本领——游泳比赛时知青无理取闹，他成功化解危机。虽然一身的小毛病，但又是个难得的好人，让人感到亲切可信。说话幽默，看问题稳准狠。沙马依葛与夏觉仁有私情，他只看他们俩的眼风就猜出来了。第四，天生有领导才干。从小经常戏耍同他一起长大的小主子吉黑哈则。吉黑哈则稀里糊涂地被卷进叛乱后，彻心彻肺地想念他家娃子木略帮他拿主意。他给主子出过很多好主意，如帮他退掉了不喜欢的娃娃亲。"吉黑哈则家给他订的娃娃亲，在县城赶场和女方打了个照面，嫌那丫头头发软黄、稀少，脑门凸，像汉人做的包子，眼眯鼻塌，个子又矮，裙摆让她当扫帚用都嫌长，简直比毛毛虫、茅厕里的蛆还讨厌！"怎么办？慢慢地有话传出吉黑哈则有狐臭，彝人最讨厌狐臭，那边主动来退亲。从此吉黑哈则有难题直接找木略。木略靠自己的智慧一次次获得提升的机会，就像他主子对他的评价

"弯弯肠子打结，又会耍嘴皮子"。担任德玉县的县长，治理能力很强，平息叛乱，打消内讧，化解困境。退休后继续关注家乡的发展。虽然身上缺点很多，但因为他的仗义爽直，缺点反而变得可爱。念错字不难堪。人劝他讲卫生，他却要借人家的牙刷刷牙。心里有愧疚的时候也会"声音打抖"。曲尼阿呷（曲尼阿果的姐姐）的死，奴隶娃子推脱责任，他一一揭穿。当了大英雄并不知道低调，带着情人跟老婆办离婚手续，奴隶主配给他的老婆，悬殊太大，连民政干部也站在他这边，感叹"奴隶制度下非人性的婚配"。汉族干部俞秀成为他的妻子，别人看着这个水灵灵的姑娘，禁不住恨起她身边"扁平脸、豆子眼、罗圈腿，还老的男人来"。俞秀起先偶尔也会嫌弃这位又是蛮子又是娃子，还老一截的男人。俞秀的表现被有意遮蔽，她是汉人，这类小说主题不会把她作为主角。她的杰出表现是在处理政治危机时装傻充愣，迷惑对手。

沙马依葛是小说中的女二号，她是白彝，比黑彝低一个等级，属于劳动人民阶层。她精明能干，为爱情执着，又善于权衡利弊。任县公安局副局长，接到叛乱分子的情人几几嫫的举报，她智勇双全，抓住潜逃十几年的叛乱头子。她为了稳住几几嫫，怕她情人一露脸反悔全盘皆毁。她告诉几几嫫"天底下连猫狗都算上，最负心的是男人"，把自己腕上的伤疤添油加醋地附会了一个悲惨的始乱终弃的故事。如此策略，多不胜数。几几嫫出卖情人，村人骂声四起，出卖朋友属于不义，与人苟且属于不耻。连带沙马依葛也遭到彝人的唾弃。村人发现几几嫫会草药医治创伤，人缘又变得出奇的好，沙马依葛也因此躲过信誉危机。木略是沙马依葛的领导，他赏识沙马依葛，碰到有事情难办，他会说："沙马依葛那个疯婆娘最合适了。"如果有人不同意这个说法，他反问一句："全县妇女里，像沙马依葛那个疯婆娘那么活泛、胆子又大的，你给我再找出一个来，算你有本事。"沙马依葛能成事，"由她带上去的材料，不管哪方面的，农业的教育的医疗的，都有体现，就写在地区定期下发到各县的简报里。有期简报竟连登着三条，德玉县和它的县长木略因此风光了好几回"。这样的例子很多，她的能力和综合因素得到了地区王副政委的赏识。吴军医也是露面不多，同俞秀一样，作为汉人，小说不会突出他。这是小说家的高明之处，取舍得当。

《西南边》里还有一位非常耀眼的人物，一个清澈干净的人。他是为数不多在北京大地方念过书的彝人。他出场不多，人生过于短暂，像流星一样划过天空——因为救落水少年牺牲了自己的生命。他或许有缺点，却还没来得及展开。他就是曲尼阿果的表哥古侯乌牛。古侯乌牛十几岁在西昌读书，每次回来都有变化，穿汉人流行的窄腿裤，五句话里有三句汉话。为了说清楚电影是怎么回事，在煤油灯前猴跳虎跃，表妹们认为映在墙上的"完全是影子"。与阿果订了娃娃亲，但送给阿果的礼物与别的姐妹一样的分量。要阿果注意卫生，不要让人家笑话彝人脏，随便哪里一坐拉开架式掐虱子篦虮子，遭到阿果泪眼呵斥。舅舅活着的时候退了表妹的娃娃亲，找了一个比自己身份低的白彝姑娘。舅舅因叛乱死了，他作为地区公安局局长，正常情况下避之不及，但他为舅舅招魂，料理后事，"站到反动阶级的立场上"，遭到处分、撤职。多年后舅舅平反，他已经是人到中年。悄悄救助遇到困难的表妹阿果，陪她一起去上海看孩子。他的身上集中了彝人所有高贵的品质。作者设置了这样一个作为人的最高标准，体现了作者在安排人物时的一种用心，暗含着作者创作这部作品的理想和价值标准。

大凉山的风云变迁，这个古老的民族长期实行奴隶制的社会形态，经历了民主改革后，又经历经济改革。步子走得太快，改革开放时，大凉山的青年人还没有做好充分的准备，就仓促地被抛入外面飞速发展的世界。青年人拉合的遭遇，是大凉山青年农民的一个缩影。乌尔山的年轻人并不想跟阿果学养蜂，都跑城里找活干，外面的世界太精彩，"山下汉人的饭菜很讲究，再远点乐山、成都吃得才细致，鸭舌头鹅肠子也收拾出来吃，作料无非辣椒花椒，撒上撮糖，浇两勺热油，并不特别，但香得舌头都在跳舞"。有些人小学刚毕业就跟着跑了。让他们读书考学，就说汉话转汉文难，学会汉文后由文字转语言又有难度。外头也不好混，没钱用，摸包包，被人下狠手打。扒火车，有啥掀啥，电器扛回来没电，只能装苞谷、洋芋。火车头换了机器越开越快，摔死人的消息时有传来。里里外外，乌尔山的年轻人前途黯淡。民改前鸦片是黑彝奴隶主的支柱产业，拉合，这位前奴隶主的孙子，过去勤劳、勇敢（小时候是寨子里最能打架的一个），现在吸食海洛因，木略的儿子木勇着手缉毒，拉合是一个无可救药的深度瘾君子。他也是夏觉仁的病人，胳膊、肚子上密密麻麻的针眼，艾滋病病毒暴发，拿头撞墙。家支长辈担心"年轻一代彝人要死光光了"。他们请毕摩（彝族的神职人员）赶走拉合身体里骗他缠他吃毒的鬼。然而，吃毒的人死了，留下的魂火葬地不留，"桃花艳艳的祖地去不了"。改革开放初期，彝族年轻人的状态通过拉合这个人物表现出来。

有些出场不多的人物也个性鲜明，丰满立体王副政委的幽默节制，阿呷的忍耐和能干，马海双布的狡猾狠毒，吉黑哈则的优柔寡断，几几媄的机会主义，阿果弟弟的迂腐顽固，林书记夫妇的精明和善。作者塑造人物都是生活中一些细微的事物，几句话几个动作，没有大起大落的故事。《西南边》的史诗性的意义构架不言自明，小说美学表达浸透在多不胜数的意象、意境、象征、隐喻，以及化在景物和语言之中的诗意。小说所要讲的人的大"道"都通过这些要素体现出来。

《西南边》的语言特色鲜明，通篇都是短句、倒装句、核心词，作者创造了一片纷繁的意境和极大的想象空间。木略策反他的主子时，他破天荒地叫了三声主子的名字。对他来说这就是人生巅峰。

  他不说话，脸红涨，太阳穴的青筋暴出几根，弯弯曲曲，抓住团长的手，晃荡，气息渐匀，胸脯起起伏伏，"我"，他说："可以叫主子的名字吉黑哈则了。"这种事历来团长粗心，甩开他的手："名字就是拿来叫的，干嘛激动成这样子！"

"脸红涨"就是一种构词的新尝试，这句话的完整表达一般是"红涨着脸""涨红着脸""满脸涨红"，经过倒装和省略，聚集"脸"部的骤然变化，刻画人物内心变化的激烈程度。又如"这种事历来团长粗心"，正常表达为"这种事团长历来粗心"，意思没有变化，却给人以阅读快感。汉人团长理解主奴之间平起平坐的非凡意义，但不理解一个奴隶对奴隶主翻天是从叫名字开始的。团长发现木略的眼珠子在那一刻熠熠的，像燃烧的煤核，从那以后他走路的姿势都不一样了。周围的人议论他："瞧，那个朝这边走来的烂娃子神气活现的，不怕两个胳膊甩脱的话，往天上甩吧！"敢跟主子谈判，换作从前"但凡有这个念头，先把自己吓死"。奴隶主落魄后穿戴不如从前，颜色陈旧，尽是洞眼，绣的花草也起了毛。尖尖的指甲留不住，手上的老茧针扎不进。奴隶主失去的荣耀还包括"有杆枪挎在肩上，枪托拍打着屁股"的感觉。彝人的语言体系充满了灵性和活力。军医夏觉仁观察他的病人："他善于总结，自觉汉彝的呼痛声大不一样，彝人的丰富，对痛的感觉渐次加深时，会发出'啊啧啧''啊么么''啾……'的叫声，接下来是牙缝里挤出的'咝咝'声。"作家冯良的语言有来自彝文本身的特色，彝人有独特的文字传统，"象形，写在片得薄薄的羊皮上，少有人认得，似也不打算被人使用，只供被称为'毕摩'的祭司用以祈福驱鬼"。作者是否引进了彝文的构词方式，这是一个语言学问题。

《西南边》的意境与意象独特。阿果在山沟里打扫战场，累得"纳头一觉太阳出山，峡谷晶亮"。美景映照下人心也亮堂，"记得家门前有一棵探进天空的芙蓉树，落花时分，花瓣好大好红，落到水井里，连水井都染红"。遇上喜事"跑起来风快"。时运不济时"山风飕飕，有点割脸皮"。或者"时间风一样地刮过。立秋了吗，风这么硬？"内心充盈时，"门响，油灯光涌出一门框"。大事不妙时，天天经过的街角也会猛然出现枝叶凌厉的沙松。人在窘态时，站在"亮光光的月亮地面，盯着环伏在自己脚背上的影子"。风的意象动感、抽象，在不同的场合形成不同意境。作家抓住了风的本质，便可自由运用裁剪。

《西南边》相关民族知识丰富。解放军和黑彝奴隶主在山沟里周旋，互不统属的黑彝奴隶主自成体系，但又有经济互动的姻亲联系。黑彝奴隶主呈"散点透视"状态，他们谙熟环境、惯跑山路，还擅长冷枪点杀，解放军擅长用围堵、包抄化解。双方经常战斗场面不大但很热烈，把"小小的峡谷憋得要爆炸"。崇山峻岭，无限风光在险峰，陡峭之处如"连山羊都打滑"的老鹰岩。最后用攻心战，大凉山"民改"成功。《西南边》与散点打围的节奏合拍，各章节的分布与双方交手的逻辑有精神上的相似性，也是小单元，互不统属，按时间顺序一线串起来。表面看起来是以三对男女40多年的爱情、家庭事务为主线，内部逻辑却是以大凉山的社会发展为筋骨，展开一幅当地风物人情的工笔画卷，情节运动伸展灵活，不时奏起"笳拍铙歌，酣畅猛起"的高潮，通过事件提亮人物。虽非历史重大事件，但也是一部史诗性的作品。每个人物能量满满，带动情节往前奔走，故事走到拐点时也有"憋得要爆炸"的感觉。信息密度大，知识中套着知识，呈现出饱满密实的情感与强大的艺术表现力。夏觉仁和曲尼阿果这对男女演绎了一场比宝哥哥、林妹妹还要曲折、精灵古怪的爱情。另外两对作为配角，木略和俞秀、吴军医和沙玛依葛，都是凡人的爱情。

向善与向美的精神高度。《西南边》这种题材，对于难以处理的主题，通过高度浓缩的典型事件"析出"。如何打破彝汉通婚的禁忌，干脆举办一场集体婚礼，虽然总共才两对新人：男彝女汉，男汉女彝，占全了。这种情节安排解决了社会变动、民族矛盾、爱情婚姻、社会风俗等诸多复杂问题。"这几年人的胆子比老虎还大，脸皮比城墙倒拐还厚，结婚像唱戏。"汉彝两边都骂。干部们对奴隶主开批斗会，不说大道理，只唠家常，"你们"如何如何，"他们"如何如何。你们吃猪羊肉，他们吃下水、蹄蹄；你们在玩耍，他们种地放牧。你们穿金戴银，他们披着渔网一样的烂衣服，屁股都露在外面。"话到最后，嘴唇抖嗦，浑身乱颤，愤怒得晕头转向。"坚硬的道理，直接的批评仍然没用，奴隶主装听不懂汉话。低贱的奴隶们翻身做了主人，前主子们心有不甘，乒乒砰砰向政府开火。两方思想斗争，荒诞、讽刺、幽默、拐着弯的咒骂，一样不少。斗争渗透在日常生活的每一句话、每一个行动中。"基干队"的干部和专家用自己的行动诠释现代文明，这种熏陶与感染如细雨润物般的恰到好处。例如，打着赤脚衣衫脏烂的山里人胡搅蛮缠、没病装病地享受夏军医的现代医疗手法，黑黢黢的老人家，指着胸口说喘不过气来，"夏觉仁的心脏也像他一样闷疼难忍，不是疾病，是内疚引发的"。不是高高在上的怜悯、同情，而是把自己放在他们的立场，与他们感同身受。夏觉仁是大上海来的资本家少爷，阿果是黑彝奴隶主女儿，两人只要爱情不管物质，与人交往只要真情不要变通。一对生活在红尘之上的神仙。艰难的爱情虽不圆满却令人向往。日本作家渡边淳一说："人类社会几千年来迅猛发展，但是有一种东西是完全没有进步的,这就是人与人之间的爱。"①《西南边》给爱情设置的高标准是不是一种文明进步?

## 二 《美人书》

《美人书》有着高密度且非常黏稠的诗性语言。作者赵俊辉善于把无用的东西、无情节的东西、"空"的东西,写得绵长厚实。在这种叙述里头,世界多了一层真相,多了一种可能。这种精细的写法需要绣花针功夫,需要对人性有深刻理解,对美有敏锐的感受力。《美人书》的写法有点类似于工笔画。工笔画与大写意是两种不同的美学范畴,工笔画并不只是一种笔墨技术,而写意泼墨也需要有技法支持。所有的画、所有的文章,如果没有美学高度,它都只是一种技术,而不是艺术。所以中国人作画作文最要讲的是神韵,神韵是中国美学里的高层次审美表达。神韵是一个只能意会不能言传的东西,它是意、趣、美、真、善的综合体现,庄子说:"筌者所以在鱼,得鱼而忘筌;蹄者所以在兔,得兔而忘蹄。言者所以在意,得意而忘言。"②"得鱼忘筌""得意忘言"在读者接受美学中是不可诠证的部分,但它可以激活人的感知。有如炎炎夏日畅饮冰凉泉水,沁人心脾,使五脏六腑得以欢畅;有如登临高山,如面朝大海,世界鸿蒙初开,静谧辽阔。当一个人的感知倏然激活以后,就会觉得眼前世界一下子变得清澈明亮。所谓感动,就是打开人的被关闭的认知,被密封的情感。人的生理机能和心理机能得到鼓励,与世间美好、崇高、悲壮的事物产生共振。好的艺术有这个能力,作家、艺术家其实毕其一生都在培养这种能力。这种能力

---

① [日]渡边淳一:《我的恋爱,我的文学》,2004年5月31日在上海复旦大学的演讲。《文汇报》2014年5月12日。

② 《庄子·外物》,中华书局2010年版,第467页。

并不是叙事技巧、讲故事、想象力那么简单。我们说的表现力更多的是一种提升美学高度的能力，打开认知的能力，制造神韵的能力。

《美人书》的不同之处，就在于这种打开人的感知的创新能力。作家赵俊辉在青年时期写过为数不多但质量都很高的中短篇小说，作为公务员公务缠身，暂时放下文学，50岁提前退休，将在脑海里反复打磨过的小说付诸笔端，作成长篇小说《美人书》。处在文学界之外的作家，作品并未引起读者和市场的注意。这部小说体现了作者对长篇的思想和艺术追求。

美学上的开拓是这部小说的创新之处。他沉溺于一种纯粹美的叙述。作家一般不敢这么放肆地单纯写美，这是需要勇气的，也是需要功力的。作家下笔之前有时候是有目标读者的。人们对小说最初的认识，因为小说就是从讲故事发展而来的，从最早的文人笔记小说到明清章回小说，主要都是在讲离奇的故事。作家担心内容平庸，尽量把故事写得吸引人，九曲十八弯，故事套故事，人为地捏造很多奇迹、巧合。现代小说逐渐抛开表面的故事化，追求与读者心灵契合。《美人书》与《西南边》一样，在当代长篇小说中都是另类，他们都不在文学圈，因此也避开了一些套路。情节自由发展出现的悬念，不过度追求叙述技巧，这种自然生发的起伏反而能把读者的胃口吊起来。其中也不乏哲理和人性的思考，诗意美是非常表层的东西。正是以凝练的、美的语言作为最直接的对话方式，让读者产生其他方面的期待。其中也不乏新小说、先锋小说的痕迹。女书作为偏僻知识，给读者民俗知识陌生化感受。近10年的乡土小说不再大量使用魔幻现实主义、后现代主义或表现主义。这些主义经过几十年的发展已经变成套路了——类似于"类型小说"的套路。过去，武侠小说、言情小说、官场小说、都市家庭伦理小说都是类型小说，有一套程式。美国的写作课早就洞悉了这一点，就告诉那些接受训练的人怎么使用写作公式，掌握好了就是一个畅销作家。20世纪的文学几乎包含了过去所有技术、叙事方法。20世纪80年代，很多作家还可以靠叙事方法作为创新亮点。这些曾经的"创新利器"，现在也归为"类型化"了。但是有一点，人是变化的是永远不变的。人的审美的复杂性，人的灵魂层次的复杂性，都处于动态变化之中，因此艺术家对美学和认知的开拓永无止境。美是社会化产物，美是一种道德，是一种伦理层次，它属于人性的结构性的东西。把这一块拿掉，人性即是残缺的。那么，《美人书》把它放大到一定程度，做一个完全的展示，也是让读者看清自己的结构。黑格尔说的，"美就是理念的感性显现"[1]，所以，我们稍稍用力，就能看到感性背后的理念。读者能够清晰地体会到小说主人公之一红豆最后的牺牲，她所表现出来的道义和价值。

小说写到一定层次，不再担心结构布局和整体裁剪。就像一个服装设计师，他首先是一个裁缝。刘勰在《文心雕龙》所说的"熔裁"和"体性"是针对初学者的。写作的最难之处，是把神思、风骨、情采这些要素通过"隐秀"来达到。"隐秀"即该隐的隐，该秀的秀。最高的境界都是自然之旨。作文做到曲折、讲巧话还不够，在精巧曲折里又有自然流畅。《美人书》"秀"的是什么？是大量华丽的诗性的语言。这件事如果做得不好，就是一种夸耀和堆砌。读者凭文字可以看到作者的才情。通常有才者只能做到"秀"，但赵俊辉的高明是他还做到了"隐"。含义深刻，欲擒故纵，点到为止。"化"的功夫到位，化复杂为简单，举重若轻。

这个秀的功夫要落到实处必须通过修辞。《美人书》用得最多的是设问和反问，并且把这种修辞作为一种推动情节的手段。它的好处是可以很自由地展开人物的心理活动力，进行直抵灵魂的拷

---

[1] ［德］黑格尔：《美学》第一卷，朱光潜译，商务印书馆2006年版，第142页。

问。大量内心独白,采用了极其讲究的句法,比喻、暗喻等。"你的母亲身子是浮着的,就跟桃水河中的一根水草差不多。""我们大家抬着你,让你夺目地在男孩们的目光中翻滚着。"还有将寡妇比作生石灰等。女书隐秘的私人日记,湘南史诗般的歌谣:风花雪月、儿女情长与血腥、杀戮、残害、压迫形成对抗。以美做铺垫,让这些人间惨剧更加突出,更加惊心动魄。

人们在说"精神性追求"时,觉得这个词有点大,新潮的用法有一个很接地气的词——"治愈"。现代社会每个人都有或多或少的精神残缺。女书这个文化事件,按照小说中人物红豆的丫鬟欧阳满珠的说法,它最初的功能就是一个湘南小县某个地方,女人自我发明的"精神疗法"。尽管女书在这里只作为一个素材,它的传奇性也没有作为主要要素。它的精神内核是通过诉衷肠(私聊)达到某种治愈。有科学研究表明,孤独是这个世界上的头号杀手。物质发达的今天,抑郁症患者猛增。网络造就了宅男宅女,他们通过各种途径寻求治愈方法。有读者就受不了《美人书》的絮絮叨叨,就着一根丝瓜藤可以说半天,一条石板路写好几页纸。把最普通的东西写得有味道,这考验作家的写作能力和写作天赋。《美人书》有女书的精神内核,就在这种纯粹美学中获得一种心灵治疗。"芙蓉啊,我们之间的事该从哪里说起呢?"[1] 全书都是一摞用女书写就的信——红豆写给她的闺蜜芙蓉的信,信的语气都是用聊天的口吻,这种文体把女书私密聊天、互诉衷肠的本质体现出来了。结尾处,"我从梳妆柜的抽屉里,取出这些年来抽空就写几笔写给你的那摞女书。我拨亮了灯,提起笔来写下最后几行女字"[2]。一开始,女性私密聊天内容大都是生活琐事,男婚女嫁方面的利害关系,如何完

---

[1] 赵俊辉:《美人书》,湖南文艺出版社2018年版,第1页。
[2] 赵俊辉:《美人书》,湖南文艺出版社2018年版,第443页。

善自己，找到如意郎君。旧社会女性的视野的局限性，使她们的话题很难超出闺房话题。但随着事态的发展，红豆、芙蓉以及她们共同的男人蒋玉湘卷入革命事件，女书所记录和反映的当时的社会大事件，既有其私密的用途，也反映了女书广阔的表意能力。

经典大多是涉及社会重大艰难的问题，这些问题并不一定需要体现在重大历史事件上，并不一定要参与决策。人间永远需要公平和正义、人道和权利、价值和文明，通过普通人、平凡琐事，反映出来的道德水平、生活甘苦、现实纠结，反而更真实。现代小说无论是历史题材还是当代现实生活，都对厚黑术、王道霸道持批评态度，文明已经上升到一个新的台阶。后殖民主义批评、女性主义批评、生态批评在一段时期内成为风尚，也是因为它们同情弱者，站在弱者的立场对抗强权。然而后殖民主义批评、女性主义批评、生态批评作为文化研究的潮流，其批评对象不可避免地指向当权者，女性主义一旦偏向性别对立，必遭人诟病；生态批评不顾社会经济和民生问题，理论失去社会支撑；后殖民主义批评也需要回到历史语境。社会发展到一定程度需要不同的声音为弱者发声。好作品在价值维度、知识创新维度和艺术表现维度上比同时代其他作品有更大的突破。历史题材同样也触及社会批判问题。《美人书》故事发生的年代在晚清民国初，一群寻求人格独立、心灵独立的女性对命运的反抗和挣扎。作者深入女性内心的工笔式描写，细腻地触摸到人物感情最柔软的部分，其价值维度、历史观都全面呈现出来。

《美人书》的构思和铺展有它的整体感，使人印象深刻的是语言的诗性美。但作为现实主义小说，最有说服力的要素是人物。人物站出来与不同时代、不同类型的读者对话，红豆、二爷、屈麻子、首一望、蒋玉湘、大嫂、芙蓉这些人是否能够从小说中走出来。最终，小说"时间性"或"历史性"要素由他们来主导。

《美人书》作为新时代乡土小说，它虽然是一个历史题材，它的立足点是非物质文化遗产保护,顺应了对中华优秀传统文化的挖掘和整理的大势。在写法上打破了史诗性叙事的写作传统,创造了以闺房话的方式进行一个完整的长篇叙事,揭开了前现代农业社会的中国南方乡村一群女性的心理秘密。在艺术表现力方面充分展现了作者的审美能力和诗学才能,以大历史观对待文化遗存和人性的真实。

# 第 三 章

# 散文的"新乡土主义"

## 第一节 新时代散文写作的困境

散文是一个古老的文体,每一代散文家都想写出新意。新时代对作家的附加要求越来越多,读者文化水平整体性提高,见多识广,艺术修养与审美能力也相应提高。散文的特殊性在于精,在于好。散文不能以量大取胜。散文的写作门槛低,任何略识文字的人都可以写,但也正因为门槛低,散文要出精品尤为不易。作家要创作出散文精品比其他体裁难度更大,它是个人才情、文化修养、知识积累、世界观、审美观的综合体现。好的散文既要超越同时代优秀作品,还要比历史同类型作品有新意,更难的是作家要不断地自我升级。因此,散文作家面临的困难并不比其他体裁少。

第一个困难是文学样式和风格的问题。就散文而言,这个时代,所有的艺术样式都出现过了,比过去所有时代的总和还要多。现当代文学,既从古法里继承了优长,又从西方借鉴了很多经验和手法。古今中西,锦绣繁华,让人挑花了眼,也打乱了阵脚。如何叙事?结构、时间、视角、意象,你都玩不过前人。你发明的某个新手法,以为惊世骇俗,其实前人都已尝试过。变法不是不可以,散文的结构往往没有变的空间,它不像小说有人物命运的构建,有情节的推动。优秀的散文家在结构上是有用心的,以一种读者不易觉察的方式进行着,它必然与内容浑然天成,所呈现出来的样式自然就会有创新性,会引领时代。古人认为法是文之末事,导致中国叙事不发达。文章要深入肌理,不入法不行,但雕琢太甚则伤其全,经营过深则失其本。

第二个困难是情感的介入度问题。生活在乡村的作家苦于有生活却缺乏艺术高度,生活在大城市的作家苦于有写作技巧却没有生活体验,大部分专业作家属第二类情况。作家是文化精英,大都生活在城市里,过着精致优渥的生活。作家要扎根人民,扎根现实生活,没有人比作家更懂这个道理。就乡村题材而言,如何才能深入生活,亲临现场。跑到农村挂个职,卷起铺盖与老百姓同吃同住,到田间地头巡察一遍,到新型农场操作室看一看。尽管这种"假农民"写出来的东西很假,但总比坐在家里完全依凭想象的要好。下乡体验生活固然是好办法,如果高贵的身段放不下去,贴地飞翔,俯瞰众生,找一点新奇的感受,假装对弱小者报以同情,并作悲悯状,做出底层关怀的样子。作家都明白真正的体验是那种拔萝卜带泥的生命体验,真正的关怀是把自己的命运等同于对象,通过实践融入对象。在城市养尊处优的作家们深感这个命豁不出去了,很绝望。为什么绝望,因为把自己作为外在的东西,用强制手段强加到对象中,用黑格尔的话说就是一种自我异化。马克思早就洞察到了,艺术生产就是在实践的基础上把人的主观活动与客观存在高度统一起来。

第三个困难是题材选择问题。信息社会每天都有超大信息量铺天盖地而来,作家不再是稀缺信息的发布者。面对海量的信息如何选材是对作家功力的考验,当作家想着要选一个别人没写过的题材,以题材的陌生化取胜已经不可能了。优秀的散文作家是发现平凡的事物中的不平凡之处,发现微小事物的感人至深之处。作家的真本领是将生活中稀松平常的东西的美学价值发掘出来,赋予其非同寻常的意义。作家需要有情怀、有担当、有精神向度。堆砌故事和虚构感慨成不了好作品。题材只是一个借口,成熟的作家能把一缕风、一滴水写得千回百转,甚至一个最普通的念头也能生发出深意。在文学门类中,网络文学是一个特例,网络文学在题材上有"无中生有"的特色,玄幻、修真、穿越、都市言情都与现实相去甚远。网络文学影响越来越大,青年和低龄读者在它的熏陶下成长。再过若干年,网络文学很可能就是"主流文学"。若论脱离实际,没有哪类题材能与网络文学相比。但它没有脱离人的基本生活和情感,这是它能够保持旺盛生命力的秘诀。

第四个困难是独特性与普遍性的问题。很多作家有地域文化的优势,故乡思维是区别于其他作家的法宝,语言、题材、视角、意象各方面都跟主流元素、流行文化保持着一定的距离,有很强的可辨识度。最典型的是少数民族神秘文化,它一直是文学取之不尽的源泉。独特性与普遍性的辩证与张力也是作家需要克服的,具有独特文化或风俗地区的作家容易陷入独特性限制之中,作品中的人物安排和情节走势纯粹为了展示奇异的风俗,角色、对白、场景都沦为道具。对乡土题材的把握也是一样,社会发生了变化,新的要素不断涌现,农民与土地的关系正处在前所未有的痛苦裂变之中,工业化和信息化的先进生产力正替代农耕文明的落后生产力,政治经济变革、科技创新、生产力发展使乡村发展处在变动之中。乡村散文的写作,其重心在哪里,如跑马射箭,难以把握。

第五个困难是作家职业危机问题。现代化环境下,职业选择多样化,有天赋有思想的人不再把写作当作唯一的职业追求,而专业作家编制紧缩,事业单位财政拨款依赖于本地的经济状况,贫困地区还需要国家财政转移支付。作家收入微薄,生计艰难,加上职业选择自由广阔,作家队伍的数量和质量还在继续下滑。同时,供养制的弊端使得专业作家与现实脱节,作家被动地退守到一个狭小封闭的环境,回避社会重大问题和尖锐矛盾,把复杂问题简单化处理,选择那些难度比较低、写起来比较顺畅的东西来交差。内容单薄,感情苍白。同时,在外部环境上还存在商业化渗透、参照系短缺、批评鉴赏不到位,从而进入低水平竞争的恶性循环。有志于文学的青年人更愿意投身新兴的网络文学。网络文学的生产方式和消费模式还处于摸索阶段。艺术生产不像普通商品生产,投入和产出是一个不对等的公式。作家这个职业与其他职业不同,它更需要天赋和热爱。

社会发生了很大变化,人的自由概念不同于从前。古典时代,人通过斗争、革命等激烈的手段,从外在的权威里挽救自己来获得自由和幸福。现代人被物质和技术操控,"人为自己立法"是真正个体意义上的自我救赎,它的核心价值是从物欲中超脱出来。人与物质、主体与客体的关系颠倒,精神扁平,审美扭曲。作家是文明和道义的守护者,在社会转型时期,在重大而艰难的思想问题面前,不应该回避。

## 第二节 少数民族作家乡土散文写作的天然优势

相比其他体裁而言,散文似乎不大讲究结构艺术,它完全拼的是写作者的内功——知识储备、审美高度以及视野和胸怀。同时,它跟诗一样也强调语感上的天赋。散文走到现代,在各种新文体的挤压和覆盖之下,已经退守到最边缘地带。然而,那些勇于思考和探索的散文写作者总是能够给读者带来惊喜。值得注意的是,少数民族作家在散文创作上有许多革新。一些有天赋异禀和民族担当的少数民族作家已经是中国当代散文创作的生力军,如鲍尔吉·原野的散文,他把哲思和诗意糅进散文中,使现代汉语散文写作进入新的境界。少数民族作家深刻了解本民族的文化传统,深入地体验生活,并用独特的思维模式和富有魅力的文字表达他们的思想和情感,表现出很强的民族文学的自觉意识。少数民族作家的知识体系、世界观、宗教信仰、语言感受力与汉族作家有所不同,他们把握世界和看待问题的方式通过文学呈现出来就有一种特别的气质。他们给散文写作注入了一股新的活力。

"乡土、乡愁"是少数民族散文作品的重要主题。时代发展给乡村带来深刻变革,文化习俗趋同化,心理结构现代化,价值追求多元化,就连人们生存的物理空间也变得广阔和不确定。作家们将乡土、乡愁的主题放在更大的背景之中,对人与人之间微妙的情感变化,以及对幸福的定义,都重新进行审视。如何应对因为过度物质化给人带来的世界性的精神难题,各民族都有他们自己的解决办法。少数民族作家不约而同地表现出一种新乡土主义倾向。何谓"新乡土主义"?一是直面乡土空间概念变化后人的精神归宿问题;二是对新事物持辩证和发展的态度,不再是纯粹地怀旧或者固守一种传统的农耕文化观念,而是给老物件、旧风俗注入了新的现代性观念;三是在歌颂美的事物的同时,对现代化进程中人的精神困境、异化问题有深刻的领会,时刻提防着文明进步所带来的负面影响,尤其对环境污染、物质主义表现出一种担忧;四是既有艺术上的诗性光辉,又有现实主义的实践品格。

少数民族作家写散文有天然的优势,只要不被文艺腔污染,他们将心中所想,眼中所见直接写出来就是好散文。沈从文的充满神性的文字,黄永玉智慧而隽永的话语,似乎都是从土地里长出来的。张承志的纵横恣肆、热血偾张的文字大抵也是他们民族的历史沉淀的集中爆发。杨志军、马金莲、冯良等作家,他们的小说看上去像散文,文章的结构在句子里,不在段落和章节,其亲切的口吻看上去比小说多了一份可信和感人，他们有独创的写作密码，像他们民族那些笃定而诚实的人们一样，对待人和事物的倾情而专注，唱歌就是唱歌、生活就是生活。

蒙古族作家鲍尔吉·原野的散文以他的民族的主动性思维，开拓出汉语的现代新范式，他展开高远辽阔的想象力，重新激活了汉语的美感，用诗性之美抵达人的灵魂深处。他的散文处处都是充满灵性的句子。作者像是有神灵附体，将这世界轻轻托起，让一切变得美好。生命在这个星球上，一切"如梦幻泡影，如露亦如电"的灵感，从他的文字中感应到人世间每一个瞬间。每一个感觉都可以往美和善的方向牵引，人不必执着于一端，有千百种手段摆脱烦恼和苦难，让心灵进入自由自在的境界。作家深刻地体验到世间的无常性和虚幻性，不被世间的浊重的表象迷惑。如果说"想起冰凉的洋铁皮桶里的鲜牛奶"这样的句子，一般作者都能写得出，但"想起天黑之后草叶散发的露水的气味；想起饮水的羊抬头叫一声，嘴巴滑落清水的亮线"[1] 这样的情境，只有用另一种视角看待生命才能感悟到。鲍尔吉·原野掌握了美的秘诀，文字里的天使般的魅力，既有疗愈的功能，又能引发人深思。在《白桦树上的诗篇》中，穆格敦在桦树叶上写满了诗句，这位诗人攀上梯子在树叶上写诗。秋天的风把树叶吹走后他会一片一片地找回来。"在找回来的树叶的背面再写上地点和气候。"[2] 寻找的过程又构成另一种诗意。他写的都是大自然的意思，多快的手都抓不住阳光，阳光普照大地，照青草也照枯草，只有人才会认为照枯草是浪费。他写出枯草的意愿，是先把自己想象为一棵枯草，只有与枯草共情后才看得到阳光的慷慨。他歌颂草原，一辈子生活在白云底下的人们，在云的

---

[1] 鲍尔吉·原野：《像神一样的生活》，湖南文艺出版社2014年版，第2页。
[2] 鲍尔吉·原野：《像神一样的生活》，湖南文艺出版社2014年版，第6页。

目光下由小到大,由大到老,最后也像云一样消失。他歌颂春天,杏树枝头的叶苞挣裂了,露出的白是杏花的后背。村庄里的养蜂人为人们收集甜蜜,自己总是被露水打湿裤脚在山野里度过幽居的一生。他歌颂大地,认为每个人理应赞美一次大地,蒙古长调捧拾着无限的柔情,说着男女私情,唱给天空和大地,"长调歌手唱歌心中都有花树""冠盖华美,鲜花累累"。① 他笔下的河流和海洋,河流里没有一滴多余的水。他感叹花能从卑微的草里长出来,人却连描述一下的能力都没有。从流动的角度来说:"河水心里一定有巨大的喜悦,而后奔流不息。"② 鲍尔吉·原野喜欢把事物分解后赞美它们的细节,新时代的牧区欣欣向荣,草原被安置在花朵、水、火、泪水、马背、飞鸟、青草的背面,还有梦和黑夜。草原就有了呼吸和脉动,并有了性格。

土家族散文作家彭学明的散文多是描写湘西。他写过很多歌颂母亲的散文,歌颂他们的勤劳和善良,如《我的湘西》《祖先歌舞》《庄稼地里的老母亲》《住进城里的老母亲》,也写过歌颂父亲的文章,歌颂他的英俊伟岸和勤劳宽厚;如《脊背上的轿歌》,他的长篇散文《娘》透着一种活泼泼生命体验,他阐释了人的价值,对人性做了深度挖掘,它描绘了湘西美丽的山水,淳朴的民风,善良的人们,它塑造了娘这样一个鲜活的形象。它以诗的语言让文章有一种内在的节奏和韵律,方言的运用使文章读起来有一种醇厚绵长感。文学史说到底是人类精神史,《娘》在关于母亲精神的叙述上,它是一个不小的突破,没有人敢这样去写自己的母亲。《娘》虽然篇幅仅20多万字,但所包含的价值却超过了某些鸿篇巨制,除了它的文学价值,还包含着更深层次的文化内涵,关于婚姻、家

---

① 鲍尔吉·原野:《像神一样的生活》,湖南文艺出版社2014年版,第85页。
② 鲍尔吉·原野:《像神一样的生活》,湖南文艺出版社2014年版,第113页。

族、伦理、文化与个人荣辱观的揭示，对民生问题、社会保障问题的折射，同时它还有着对孝文化的深刻理解和重新定义，物质上的孝不是真正的孝，做给别人看的孝也徒具表象，它告诉人们什么才是真正意义的孝，它会让读过这本书的人重新思考这些问题。彭学明的娘比那些同样拖儿带女再嫁的女人要苦得多，那是因为她有比普通处境艰难的母亲有更大的野心，她要让儿子读书。她有一种朦胧的感觉，她的儿子一定可以出人头地。她可能没有奢望儿子将来一定住上大房子，娶上好媳妇，但她有一个朴素的观念，那就是会读书的儿子一定让他读好书，要不然就会像一碗白米饭被践踏在脚底下。"吉首大学录取通知书到达的那一天，娘捧在手里喜极而泣。"[1] 作者勇敢地面对真实，他不怕自毁形象，他不怕暴露自己悲惨的身世，他的颗颗文字都是来自灵魂深处的忏悔，他揭开捂了多年的隐痛，娘再嫁，娘乞讨，娘打架等。他把娘进城后的文化冲突，归结为自己的不孝顺，或者认为表面的孝顺，实质上的精神暴力。他犯了所有当代同类型人所犯的共同错误，娘到城里后是强行输出自己的价值观。逼娘放弃自己的喜欢，以爱的名义让她屈从于"我"的意志。他把自己的很多行为视为一种龌龊，他认为他与娘的高贵情怀相比，自己是卑贱的，但作者的这种忏悔与坦露实现了一次灵魂的净化，他又是高贵的。娘在世俗的卑贱中实现一种精神上的伟大。娘的人格也是双向的、分裂的，她为了带着儿女嫁了一次又一次，她不怕乡亲们的白眼，也不怕别人的嘲笑，不惜与人家吵嘴、打架，甚至打得头破血流，她分明知道这种行为在人们的心目中是被鄙弃的，但又有谁知道她那高贵的干净的灵魂。她理解别人的不理解，她在自己最困难时还帮衬别人，她自己受过那么多的苦，但在她眼里，世间是美好的，单纯的，善良的。自传类的文学

---

[1] 彭学明：《娘》（全本），知识产权出版社2012年版，第123页。

作品，它的历史意义、心理效用和教诲功能都同样在《娘》这部作品里体现得很充分，在过往的很多优秀的自传体文学作品中，它自有它的历史意义，很多自传类文学作品，用高超的技巧，小心地将属于私人隐秘、社会的公众形象以及文学形象分隔开来。《娘》反其道而行之，它把三种要素合为一体，对自我的呈现不加修饰，私人的自我与社会公共的自我混为一体，然后给读者呈现一个文学的自我，这个文学的自我它是独一无二的，它贴地而行，与生命血肉相连，与生活息息相关。这就是为什么它那么容易打动人。娘的苦难同时构成一种双向的拉力，一方面作为彭学明向上进取的精神能量；另一方面又害怕在这种无休止的进取中异化从而心生倦怠。它们从某种意义上来说是分裂的，作者的人生大部分时间都在这种分裂中挣扎。

## 第三节 "新乡土主义"新景观——雍措的《凹村》，杨犁民的《露水硕大》，黄毅的《新疆时间》分析

在文学和文化出现全球性危机的今天，中国少数民族文学显现出强大责任意识和艺术创新追求。中国各民族作家自信而从容地从本民族文化传统和价值判断去感受生活、感应时代，与其他民族共同书写人类普遍情感、历史和现实；同时，各民族都表现出自己独特的民族气质，在传统基础上形成了与时代同步的创新意识，将民族文化基因和自身演进特征融入作品之中。少数民族文学创作和少数民族母语创作一直以来都被重视，作为中国文学的四个最高奖项之一的"骏马奖"，专门为少数民族文学创作而设置。中国最活跃的作家中有相当多的是少数民族，最受欢迎的文学作品中也有大量的作品是少数民族作家所创作的。中国文化从来就有内部多样性与

多源性构成特征,近些年来,少数民族散文创作突破了传统散文的眼界和思维方式上的局限,在乡土、乡愁主题上进行改造和升级。以《凹村》《露水硕大》《新疆时间》为例,三部作品在同年获得"骏马奖",它们都不约而同地表现出一种"新乡土"写作观念,或叫"新乡土主义"。

## 一 变化中的乡土空间概念与现代人的精神归宿

在全球化与互联网时代,少数民族作家将乡土这一主题的视野和格局放在时代大背景之中。工业化、城市化、信息化给乡村生活带来深刻改变,文化习俗、心理结构、自然环境、人与人之间微妙的情感变化,以及对幸福的定义都进行重新审视。对于由城乡二元模式过渡到城镇化、农村集约经济出现的一系列新的变化,对于物质化给人带来的这一世界性的精神难题,他们把自身融入对象,再由对象返还自身,在与人,与动物、植物等自然万象的交流中有一种悲天悯人的问题意识。

藏族作家雍措的《凹村》,如同"凹"字本身,天然带着喜感和隐喻。这个地理位置具有象形符号意味的村庄,像一个容器,装着满满的故事、爱和正能量。从文字可以判断,凹村是作家雍措的家乡,它是大渡河畔、贡嘎雪山之下一个极不起眼的小村庄。在凹村人眼中,他们的历史大事件就是人与一切自然物各自的生计,人对神的反叛与妥协,与突然到来的技术变革的磨合。雍措的文字有着与这份风光十分协调的气质,她自由而从容地书写着。花儿静静地开放着,牛羊在山坡上吃草,一幅着墨仔细、用情很深的静态风景画。突然有一天接通了电话线,一条通向外面的马路修通了,隔着千万里可以讲话,很短的时候可以到达县城,凹村人有点恍惚,空间和时间概念重新定义。但不管怎么变,他们知道"树的理想在天空",人只有靠着土地才能活。这种朴素的生命观让年老的凹村

※ 乡土文学的时代之变

人依旧留在凹村,也有不安分的年轻人冲出了硬板子山,在外面闯荡一番,拖着疲惫的身子回来找丢在凹村的心。与传统游子心态不同的是,康巴人以不变应万变,在《溜溜小城中老去的人》中,剽悍的康巴汉子,高原的花儿、帐篷上袅绕的炊烟,顽强地对抗着"我"对大都市的向往,"我跟着小城老去,佝偻脊背,呼吸残喘,在卑微中骨节疏松"。① 与以漂泊和远离为主题的乡土散文形成对应,主张坚守和回归,心灵依托与故乡这个实体浑然一体,尽量减少空间变化给人的精神上的病态和变异。它呈现出一种人的本质上的自在性。这一变化带有某种文化符号的隐喻,同时也有经济发达后人的精神上的从容。苗族作家杨犁民的《露水硕大》却表达了一种担忧,他像蝉一样飞走了,村庄成了他身上蜕下来的一张皮。他与村庄其实就隔着一块汽车玻璃(汽车带他远行),他一下变成自己梦中的游人、过路客、旁观者。这种与土地的疏远让他恐慌,使他失魂落魄。如果说这就是他痛苦的根源,那么,这种对乡土的依恋,这种游子心态,与传统并没有什么区别。但是,在《丢失的手机》中,"白天在衣袋里,手机是我的另一颗心脏,只要它还在跳动,就表示我还健康地活着;夜晚在枕头边,手机是我的另一双眼睛,只要它还闪烁,就隔不断我与世界的通信"。② 他已经完全被现代化收买。他之前在集市上看到红苕秧和海椒苗,他看到一绺稻草束着腰身,站在旁边卖它们的农人也是一模一样地束着腰身。他像城里的小资一样有买下秧苗回家种地的冲动。他是通过反向思维,证实城乡空间位移在心灵上烙下的印记。丢失手机的事件,认识到在扁平空间的事实下,获得一种时间上的认可,虽然并不可靠。精神归宿问题仍然是一个未知领域。壮族作家黄毅的《新疆时间》是

---

① 雍措:《凹村》,作家出版社 2015 年版,第 283 页。
② 杨犁民:《露水硕大》,作家出版社 2015 年版,第 250 页。

另一种广义上的乡土散文，表面看起来更像游记和文化散文，但它内在的要素和情绪仍然是乡土和乡愁。作为壮族，他在新疆地区算得上真正的"少数民族"。黄毅爱新疆，并没有以他者的角度来看新疆，而是有很强的主体感。他对新疆文化风俗了解很深，追本溯源，并且毫不掩饰这种区位优势带来的自豪感。他结合地理和人文知识，给这片土地进行文化人类学的呈现。他把大气磅礴的山川沙漠拟人化，并确认雄浑的新疆整体上都带有男性的阳刚之气，"那么天山肯定是他隆起的肩头，博格达峰、托木尔峰的二肱肌，让他筋腱毕现；塔里木河……草原的汗毛上流动着牛羊的汗珠"[1]。他在《野马之殇》中大篇幅地写马的起源和进化史，这种科普文章容易枯燥，但他把动物学知识与传奇故事相结合。野马曦的妈妈舍身救子，踢断了狼的下巴骨。野马追风轻易击退想染指母马银火的家马，却与同样是野马的烈焰展开了一场生死战。年轻的烈焰成了野马群的新酋长，这位暴烈而又嫉妒成性的家伙，新官上任第一把火就是杀死银火与追风的孩子。这是研究人员对放归荒野的 26 匹野马的观察。关于马，无论是野马还是家马，人类对它们抱有歉意。杏花和桃花刚咧开嘴，就进入了夏天，花朵像一串省略号，把春天轻易地隐去。母狼干瘪的乳袋，让风掀动着，活过春天并不是一件容易的事。这些比拟，字里行间透着危险与安逸，艰涩与甜美，既坚毅不屈又脆弱不堪。苦寒之地与温柔乡的矛盾美学。车队、考古、大巴扎、烤全羊，草原节日，蜂拥而至的游人，对风俗和环境都是一个全新的考验。人们开始思考一种未来可能的活法。

## 二 神秘文化与自然辩证法

作家肯定本民族人民与自然打交道的高超的智慧，积极发现和

---

[1] 黄毅：《新疆时间》，新疆美术摄影出版社 2013 年版，第 1 页。

※ 乡土文学的时代之变

改造自然界有利于生产生活的要素,接受和运用自然科学新成果。对于物质形态、运动规律、时间空间、信息传输等方面的变化,全盘接受,给予积极评价,赞美自然界丰富多彩的表现形式。同时,历史积淀下来的文化传统,又使他们在面对未知世界时,依旧借助神灵的帮助,在他们笔下万物有神灵。一草一木一个神,神的意志不可佛逆。尽管自然科学已经深入人心,神意仍然具有温暖感人的力量。尽管有人意识到了某种荒谬的存在,由于精神需要以及认识世界改造世界的能力方面的欠缺,人们与某些传统习俗无法决然断裂,依旧还要依仗神力的庇佑。神的意志与自我的意志完美协调,并行不悖。

位于康巴地区的凹村,地理位置特殊。凹村人经过世世代代的探索,学会了对山川地理进行科学利用,熟练地掌握了自然赋予他们的先进生产力。左山坡和右山坡加上一块硬板子山,把凹村围起来只留一个风口。一年四季都有风,但他们不厌烦,把它变成最称手的生产工具,顺着风把谷子扬得干干净净,借风吼一嗓子全村人都听得见。在凹村人看来风还能撮合有情人终成眷属,调停官司,阻止械斗。风是一件离奇的东西,"悄无声息地在你身上做了手脚,阴坡的人右脸红润,阳坡的人左脸红润,只有两坡合在一起,看着才感觉是一张完整的脸。遇上全乡开会,那些奇奇怪怪的东西露了出来,后来为了调和左右脸不匀称,凹村就形成了阴坡的往阳坡的嫁,阳坡的往阴坡的嫁"。[①] 风还是他们的祀歌,是人与神的媒介。掌握了风的秉性,在凹村生活就特别惬意。凹村无处不在的神也让人紧张。对神的敬畏放在首位,家神、洞神、山神。作家阿来说:"康巴地区甚至整个青藏高原上千年的历史中缺乏人的书写,最根本的原因便是神学等级分明的天命秩序中,人的地位过于渺小,而

---

① 雍措:《凹村》,作家出版社2015年版,第11页。

且过于顺从。"① 蛇是灵物，不能动它。长时间下暴雨是天破了洞，家家户户点灯上香祈求家神去补这个破洞。尽管家神没有照办，洪水造成的灾难让他们损失惨重，他们还是一如既往地信任家神。

杨犁民在《村庄里的夜》里写到黑影、神秘事物、鬼魅，晚上出门碰到飘忽的黑影是一件"背时事"，"村庄的孩子被什么吓到了，不说吓，说黑。他被黑到了。被黑到的孩子，就要请人为他取'黑'。否则他会一辈子在黑里出不来"。② 人也在这种神秘的黑影面前中邪了一样难受。如果看见一个黑影像梦一样从村里飘过，它可能是传说中的鬼魅，那个黑影对目击者来说，就是一个"比黑夜还黑的另一个黑夜"。他只能一辈子死守着这个秘密，不能告诉任何人。火与黑相比，要光明磊落。虽然烤火时炸火星子是不吉利的，折财遇灾或者"角力"扯皮，但火是生活的主角，烧荒地、增肥力。火既可以照亮人间，还能温暖阴曹。村里长期"种得到火的人"是威望最高的人。有时候"火忽然在一棵古树巅上燃起来，人们不知道火是从哪里来的"，人们心中微微升起某种不祥的预感，嘴里骂了句"天火烧的"。火无形中具有一种权威，它代表了能力、道德、法律，甚至爱和善。苗族有敬火的传统，《苗族古歌》载有关于祖先姜央钻木取火的传说。现代旅游业兴起，苗族把祭祀中的"上刀山、下火海"演变成为具有现代感的文化元素。作者在无法稀释的神秘要素面前，借悬棺之地发出"悬棺之上，我的怀念只需仰望，众水之下，一切皆有神灵"的幽古之叹。

《新疆时间》里很少有鬼神风俗的描写，但无处不在的遗址是神秘文化的载体。"不要在傍晚去看遗址或废墟这样的人类曾经的居留地，因为如血的残阳和金红的残照会使这些地方越发凄怆，那

---

① 雍措：《凹村》，作家出版社2015年版，序言。
② 杨犁民：《露水硕大》，作家出版社2015年版，第79页。

些黄土夯实的残墙断垣，仿佛都有肉体的色泽与质感，而那如创伤般的残缺部分，在夕阳无法抵达的阴影里呈现的是疼痛的深不可测。"[1]《天国之鸟》里真假难辨的岩画，古堡里像劈柴一样码放的汉文、婆罗迷文、佉卢文，以及犍陀罗风格的雕像，尼雅与埋在沙里的庞贝城的勾连，多少故事埋在这干爽的沙土里。楼兰王也"不相信他的伟大帝国几千年以后只剩下三间泥制的墙体，一座颓废的佛塔和李柏上谕时的一册木简"。新疆时间，就是一个巨大的隐喻。它的神秘性是一口掘不到底的深井。与之相对应的是大量的探险、科考、民俗调查的手记，一层一层地揭开罩在这片神奇的土地上的神秘面纱，这是最有力的自然辩证法。

### 三 抵抗异化

现代化、城市化加深人们对家园的认知，便捷的通信和交通不仅不能缓解人们的思乡病，反而加重了人们流动和分离的可能，人的故土情怀更为浓烈。唯有诗性的闪光的文字才是医治思乡病的良药。故乡是用来安放游子的精神和灵魂的，人本能地在记忆中选择性地留下美好事物，有意屏蔽不愉快的事情，不去碰那些有毒的"负面情绪"。因此，传统的乡愁散文都会极力美化那片生养自己的故土。然而，情况几乎突然发生变化，第十一届"骏马奖"数十部参评散文作品，呈现一种"反传统"的气象，在三部获奖作品中显得更为突出。有问题意识，反思意识，批判精神。一方面颂扬美的事物；另一方面对现代化进程中人的精神困境、异化问题有深刻反思，对某些荒诞行径毫不客气地批评，并探索解决问题的办法。对文明进步所带来的负面影响抱有警惕心，物质主义甚嚣尘上，环境污染侵蚀着天空、大地和人本身，作家无不表现得忧心忡忡。

---

[1] 黄毅：《新疆时间》，新疆美术摄影出版社2013年版，第264页。

黄毅在《沙雅绿韵》中用历史对照的手法,塔克拉玛干大沙漠的存在"为我们人类的一切活动提供了对照,她是背影,是参数,是基调,是所有命运的前兆,也是一切宿命的证明"。他从维吾尔语词源学入手考察塔克拉玛干沙漠的历史演进。"过去的家园"包含了巨大的信息量。他得出结论,在汉代甚至更远的年代,人类在这里获得过土地的恩赐,"大田三年,积粟百万",而现在"黄沙如凶横的惯匪",飘香的稻谷、丰美的良田统统被黄沙埋葬掉了。胡杨是不屈的硬汉,红柳是沙漠里的美少年,耐旱而又慈悲的棉花,开满星辰般闪闪烁烁碎花的枣树,它们是演员、是合唱团、是卫士,是这里常住的居民。他用很多篇章说到新疆的美食。美食离不开吃羊,祖祖辈辈传下来的各种烹调手法,极其讲究,配料也一点不能含糊,满足了口腹之乐,越来越重的罪恶感却不能消化。"一眨眼工夫,羊就变成了羊肉。被剥了皮的羊,精赤巴条地躺在自己的皮上,让所有目睹的人感到羞耻、无地自容。"[①] 但人们试图把这个罪恶择得干干净净,说"这是老天定下的规矩,让你升天,我来帮你"。在自然面前夺食,人比动物不知要高明多少倍,在竞争面前,人主动异化,动物被动异化,让人迷惑的"戴乳罩的母羊",叫人称奇的"一枪打死24只羊",这是一种带比兴手法的反思。作者自己也为此痛苦不堪,爱羊,爱草原,却又忍不住要渲染令人垂涎的"奇香鲜嫩"手抓羊肉,那带着粉红的,让人味蕾绽放的鲜嫩羊肉,天下食客无不奔赴而来,使羊和草原都承受到了极限。矛盾和问题坚硬地横亘在他的心里。

感情的异化比环境的异化更严重,《冬天的最后一棵萝卜和白菜》,他站在自家菜园子里"咔嚓,一棵白菜轰然倒地,咔嚓,一棵萝卜一分为二,刀光过处,血流无痕,岁月的界限清晰可见,白

---

[①] 黄毅:《新疆时间》,新疆美术摄影出版社2013年版,第28页。

森森泛着炫目的光"。只有被割去了身子的白菜根和被掏空了灵魂的萝卜坑,孤零零地留在了去年冬天的田地里。杨犁民返回故乡高坪村,他找不回连接故乡的根,似乎暗喻这块生他的土地,于他来说只剩下一个"没有灵魂的坑",只有一小块萝卜躲在最里面的角落,独自葳蕤,一小撮锅铲似的头发露在外面,像虎头虎脑的小表弟。高坪村的大葱、萝卜、白菜都长得像他们家亲戚。杨犁民在《由乔而灌的马桑》《躲进耳朵里的麻雀》《渐渐退远的雪》三篇中,都有一种伤感的笔调写环境的恶化,马桑树是如何由乔木堕落至"灌木"的呢?"这个变化让我着迷",故乡的树木在减少,接近荒芜,水源也在慢慢干涸,多少年后,马桑树会不会由灌木变成草,最后消失!麻雀神秘地消失了,还有儿时令人恐惧的大雪再也不会来了。无须多说,不用论证,人对环境作恶的直接后果,如重锤落地,咚咚有声。杨犁民以诗人敏感的心,在珍珠般闪闪发光的词语里隐藏着激愤和批判。做一个不食人间烟火的诗人,不沾尘埃的露珠,他做不到,谁也做不到。他的生父"枪决过坏人,组织炸过被十里八乡的村民顶礼膜拜的大石头"。母亲认为父亲的死与之相关,是遭了报应。有恶报也有福报,一位乡村庸医连续给他输了五瓶链霉素,却没有眼瞎耳聋。由此感叹"太轻的快乐我们共同享受,太重的悲怆需要集体承担"。

《凹村》里没有出现明显的环境问题,但作者对人性的异化抱有警惕和批判。在《没有根的仇恨》中,翻过凹村山头的另一个村,只有十来户人家。这个村与凹村不知在什么时候,与哪一代结了仇,似乎"从娘肚子里掉出来,男娃女娃就知道两村之间的疙瘩存在。恨也与生俱来"。变成好青年的汤二流子爱上了张幺妹,当他打听到张幺妹就是山顶那个村的,汤二流子的心虽然"凉到了脖子处",但他还是厚着脸皮去求亲,人家硬邦邦地回他一句"凹村人欠我张家一条腿,还敢来提亲?"第二次提亲时,张幺妹已经嫁给了别人。凹村人以为观音菩萨帮得了忙，然而"玛尼山坡的绿明早就要翻过山坡了"。这没根的仇恨，还要延续到什么时候才到头？雍措不直接写村人的自私和狠毒，她擅长把小奸小猾与幽默风趣搭配在一起，那些自私的小花招反而变得可爱了，用温情抵抗异化。《陷阱》是写城里人的世相百态，人们已经习惯亲人之间的背叛和欺诈。我被无意中卷进了一场阴谋，虽然并不危及我的人身安全，但一对母女对话时对我的警惕，以及她们对话的内容让人震惊。那个女儿先是对电话那头的父亲百般指责，并放出狠话，老了病了死了都不会去看一眼。电话线那头说出了有三十万的拆迁款，她立马原谅了当年父亲被女妖精勾走抛弃她们母女的罪过。于是这女人与母亲在惊喜和兴奋中设了一个局，通过某种手段把这笔钱弄到手。这使我"被动地牵扯其中，心里像放着一块石头一样，沉沉的，压得自己喘不过气来"。"谈钱伤感情"看起来是一句江湖义气的豪情壮语，人们意识到了它的内涵的空洞，就有了"谈感情伤钱"的说法。反过来说更真实，但更可怕。人们只好躲进硬壳里，把自己的感情和利益都封闭起来，这是现代人的悲哀。雍措也有反思，她与凹村的隔阂越来越深，她通过杨二的电话知道，凹村的树在变，人在变，山在变，有的变精神了，有的变没了。当她再次回到凹村时，是参加杨二的葬礼。

### 四 诗性品格与实践精神

尽管散文文体边界常常处于流动和变化中，思想性和文学性一直以来是散文的本体存在，这一被规定性使散文在漫长的历史发展过程中不曾有过太大的变化。散文文体本身具有容纳性强的特点，它的自由开放精神是其他文体所不能比的。广义的散文在表现手法上有抒情性散文、记叙性散文、思想随笔等。在样式上有书信、日记、回忆录、策论、序、跋，甚至包括传记文学、报告文学等一切无法归类的纪实性作品。概念的边界无限扩展的后果是，导致概念的意义丧失，散文也常常面对文体定义上的困惑。散文写作者既是叙述主体，又是表现主体，同时还是表现对象，写作者的情感始终是在场的主角。这诸多特征构成了一个指向，个性化、本真、智性这些要素越来越可贵。社会正在发生巨大的变革，基因技术、数字技术在改变人的生存模式，甚至人的生产模式。原有的生活秩序被打破，人文精神与价值取向的重塑正在探索之中。在这种大变局中，坚持情感本位的少数民族作家在这方面的优势便显现出来，他们表现出对生命意识和精神境界的维护和坚守。退守反而是一种进步。

少数民族地区大都还保留了多神崇拜的习俗，他们用一种传统而古老的方式与神秘空间保持联系，他们的思维和情感处在现实和超现实的多维度时空里。把握世界的方式不同，看待事物的角度也会显得独特，他们与各路鬼神有信息沟通，古堡、遗址有神秘气场，穿越古今（《新疆时间》）；动物身上有神秘密码，脖子上戴着花项链的麻雀或许是阿爸的灵魂转世，蛇代表公平正义（《凹村》）。比黑夜更黑的黑影有超能力（《露水硕大》）。但他们并不是一味地高蹈于空惚的神秘世界，沉迷于魑魅魍魉，而是扎根于本民族实实在在的文化土壤之中，通过一些毫不起眼的生活琐事，颂扬美和善，揭示现实问题，抵制丑恶，对抗异化。

雍措生活在多神教地区，观音菩萨是主神，同时也敬各路神。他们的自在性体现在神意和自我意识的中间地带。例如，害了肺病的车旺，她自带佛性，能够不假思索地站在普遍价值的立场上，丈夫的一切自私的行为，在她那里都能得到圆满的解释。雍措通过建立这样的人物，把乡土概念深入个体意识层面，在虚实之间自由转换。她把个人价值引向公众领域，特别强调心的觉察力，这种无形的觉察力能够引发含蓄的力量。无论是在现象界还是在意识领域，含蓄常常比直接更有力。她在多篇散文里尝试一种内在形式的变革，用一种特别的手法把念头的"空性"转化到生命实体里。在写人写事时，该收的时候收，该放的时候放。到了某个节骨眼上却憋着一口气故意不吐出来，让人着急，适当的时候放大招。一些普通的花花草草，普通的人，常见的动物、家畜、家禽。一经她的点化都活泛了起来。她会明暗搭配，阴冷的基调上洒一点光斑，炫目的光晕中添上一笔沉郁。她总是能够从不同角度解读人性，挖掘隐藏的优点，偶尔也调侃一下乡民，嘲讽一下自己，增加一点可爱的笨拙。草木、风、物件、顽石都有感应，万物之间互相有沟通。

"露水包容，装得下世间万物，却经不起一颗尘埃的玷污。"杨犁民既是写露水，也是写自己，"我试图捡起一颗露水，却只捡起露水的骸骨。"他认为他就是那个种草养露水的人。挂在空中的那轮明月是他心中最大的一粒露水。纯洁的、珍珠般的动物眼睛也是露水。如果把杨犁民的散文一句一行地竖排，其实就是诗，句子高度凝练，背后信息量大，诗意瀰漫，从现象层直接过渡到本质，撇开中间环节的枝枝蔓蔓，所谓人间烟火味，他不要具体的"烟火"，只要形而上的"味"，反过来从"味"中可以感受到撩人的烟火。在变成城里人之前，他也是个庄稼汉，同他们高坪村的苗民一样打过猎，诗人打猎会落得什么样的下场？诗人的体力也许跑得过野兔和麂子，但他会被丛林里镶满了珍珠般的眼睛迷惑。动物倒在诗人的枪口下，诗人倒在自己的良心里。天空大地就是铺开的稿纸，万物皆可成为他的诗篇。高坪村的乡民也是诗人——行为艺术意义上的诗人，他们弯腰插秧就是在稻田这张波光粼粼的白纸上写诗，而长出的稗谷则是无意间写下的错别字。在一篇文章里，他把酉阳土家族苗族自治县人民医院的 B 超化验单照实录入，这种有意的文体破坏竟有特别的艺术效果。科学冷静的报告才使这个不信邪的人确信自己的胆囊长出了枝柯，就像他小时候在故乡见到松树上长出的

※ 乡土文学的时代之变

那种"木棰"。他赞美这样的松树与众不同，能忍受如此强烈的疼痛。杨犁民吃透了散文的精神，他有很高的语言天赋和识人辨物的锦心慧眼，他入得了俗也跳得出俗，这是一种本领。农民、猎人、城里人、诗人的精神成长史和混合身份，他不怕袒露自己的灵魂，也不怕暴露自己的身份，假装不小心迷失在故乡的白云、月光、花草、田园里。在秋风撕扯的芭蕉叶里捎带一点个人的励志故事，在挖断田埂的锄头缝里顺手讲一段自己的"黑暗历史"。后坪坝乡是酉阳土家族苗族自治县比较偏远的乡，乡政府办公室无边的寂寞，幸好还有收发室的报刊。尽管摇把子电话的电流声大于说话声，他耐不住寂寞时就给远方不怎么熟的人乱打电话。只骑过自行车的他要过一把飙摩托车的瘾，差点摔死在从县城回来的牛磺沟里。从文章中可以看出，后来他在县城里过上安稳的日子。诗人难得这么"实在"地描述自己，这种"脚踏实地"与另一些"仰望星空"的篇章，才是诗人掏心掏肺的诚实。

哪里是黄毅的故乡？生活在新疆的壮族人！看起来信息量好大。他热爱新疆，比新疆主体民族更了解新疆。他仗着这一点，才敢如此放纵才情。把乡土和文化写得有艺术含量，既需要知识，还需要天赋。他有把控语言节奏的能力，看准时机，把美学要素一浪浪排下来，一丝一缕地、细致而有耐心地往前推。到了一个适当的地方交汇，形成一种气势，像冰凌融化，像风卷狂沙。在文化、历史、风俗这种知识性的篇章中，他克制感情，需要运用数据、索隐、田野考察，像做科学论文那样严谨。如果只有严谨和考据，那就不是散文。他运用科学加想象，图木舒克市临时博物馆里的千年美人，考古学家用碳14得出的结论与他的想象基本吻合。他还推想那里曾经是大批出产美人的地方。秋之喀拉斯湖与滔滔雾岚。在甜腻的枣花浓香与同样浓艳的龟兹舞中，长途奔袭的吕光大将军与鸠摩罗什的对决变得沉重而又轻快。古楼兰、古龟兹都在这种故事铺排成的沉郁而神秘的氛围中复活。新疆土地面积之广大、历史之久远、文化遗存之丰富，他如何能说得清？太多的关于这些古代小国的历史更替，政权、外交、宗教、战争、探险、科考，每一项都涉及浩瀚的经卷，十二木卡姆与喀喇汗王朝到底有多大的关联，哈萨克人的弹唱里究竟藏匿了多少古乌孙人的浪漫。锡伯人的控箭搭弦与塔吉克人的鹰舞，是否可以追索到上古太阳部族人对自由地向往。多么值得挖掘的历史题材！每一个谜团都扯出一个线头，让人认识到广大的新疆在时间中流失了多少精彩。黄毅在这本散文集里实实在在触及了很多现实问题。

　　少数民族在历史的某些时期被放逐或自动退守到偏远地区，很大程度上保全了人性的真，物质上的简单和精神上的富足给他们增添了某种自信，与自然的关系处于成熟而稳定的状态。他们无意之中躲过了工业文明初期的焦虑和失误，吸取历史的教训，在新的机遇面前，将会获得好的发展，享受健康优质的文明。发达地区承受了非理性发展的代价，过去流行的乡土和乡愁主题散文，控诉城市的恶行。城市一无是处，它是恶的，没有道德的，虚伪的，冷冷冰冰没有人情味的。人的精神无处安放，与之对应的是无节制地美化乡村。农村是温情的，善意的，美丽的世外桃源。三位作家不约而同地打破了这种思维定式，他们站在未来看待乡村与城市的关系问题。他们处于西南和西北地区，在问题的把握上却有中心意识，思考普遍的人性问题，精神问题，社会发展问题，涉及世界观、道德、伦理、宗教、法律、风俗等方方面面。马克思说："任何一种解放都是把人的世界和人的关系还给人自己。"[1] 从这个意义上说，散文的"新乡土主义"使作家在观念上得到一种解放。撇开三位作者的民族身份这一特殊规定性，站在深广的文学大背景下，他们抓

---

[1] 《马克思恩格斯全集》第1卷，人民出版社1956年版，第443页。

住了文学发展和社会发展的双重本质。散文体裁的边界模糊性恰好在表现手法上是宽容的、自由的，不会给内容造成束缚，以轻巧灵活的方式面对重大而艰难的社会问题和精神问题，也因为其篇幅的短小，更容易在问题面前表现得强悍、勇猛，直逼本质。他们有天然的地理上的优势，有丰富的人生经历，有独特的文化标识。与那些以个人的小情调、私人空间为主的散文不同，虽然他们笔下都是一些小事物，却体现出大胸怀和责任担当，创新意识。

## 第四节　博物志式的乡愁散文：戴小雨的《大雪是被子》

　　苗族作家戴小雨的散文集《大雪是被子》，收集的文章都是比较纯粹的以乡土为书写对象的短篇散文。文本有很强的时代气息，无论是在乡还是归乡的人，如何审视自己的故土，戴小雨至少提供了一个视角。

　　散文作为一种情感连接物，与人，与自然万物的对话方式最为贴心。它可以让人放下一些虚假的包装，还原一个赤子的姿态。我们想要知道一个作家的话语方式和价值立场，不用看其他文体，只需看他的散文。人类与动物的最大区别是人善于虚构现实，人生活在客观现实与虚构现实的双重现实中，一不小心就会迷失自我（动物不会）。写散文的好处是在与本心对话，与万物闲聊中能找回迷失的自我。

　　一个作家不管写什么，他可能有一块最隐秘的领地，就像农民有一块自留地而感到安心。这块领地最后都不约而同地留给了乡愁。乡愁既是人与故乡的情感连接，也是作家回到精神故乡最彻底最根本的方式。乡愁的无意识行为成为人的结构性疾病——一种思乡病。为了让自己的存在理由更充分，人需要有牵挂和怀念。那么，乡愁的承载物是什么？黛色的瓦屋上升起的一缕缕蓝灰色的炊烟？儿时玩耍过的土坡上的金樱子、酸脖子、节节草？被荆棘割破手指、拽烂衣衫的记忆？抑或是由于某些不可抗拒的因素留下的伤痛和遗憾？人的记忆切入乡愁的方式很多，不需要理由，毫无前兆，一颗打湿裤脚的露珠也能照见对故乡最深的思念。

城市化、全球化、工业化、现代化，这化那化，把人与自然的复杂关系化掉了。那么问题来了，当我们只剩下钢筋水泥、玻璃幕墙的时候，双盖蕨、毛茛花、虎耳草怎么办？山雀娘、竹根猪、龟纹甲壳虫怎么办？辰河高腔戏、土地三妈、龙兴讲寺、三西藏书怎么办？我们忘记了清风明月、山川河流、大海星辰。我们看到植物，首先想到的是它是大棚的还是野生的。看到动物，最该警惕的是能吃还是不能吃，属几级保护动物，是家禽家畜还是野生动物。戴小雨的散文《大雪是被子》俨然就是一部博物志。那些花草、树木、风物掌故、人情风俗，收纳在记忆的储存柜里，一件件拿出来。他并不想挽救传统的分类学，他也很少提供相应的动植物线索寻找它们的种属类别。这些物件就是一个个乡愁承载物，它们非常具体，真实可触，无论是地名还是物件，都能勾起游子深情的回忆。走过常吉高速（常德至吉首）的人会有一种感觉，这一段有许多奇异的地名。"借母溪"一看就是一个信息量很大的故事，"筲箕湾"就是地形与用具的类比。"且朋溪"大概是出自秀才之手吧，"夯齐冲"多半是少数民族音译。戴小雨笔下沅陵的牛绳溪、麻伊洑也都是有来历的地名。而茅坪、九矶滩、晾岩坪、岔溪是湘西常见的地名，容易重名。令戴小雨困扰的是Na溪，汉字里找不到对应，这种只有读音没有汉字的地名湘西还有很多。电脑字库里没有，早年地方小报报道这些地名时常常生造一些字。儿时的玩伴少不了植物和小动物，南方山区是天然动植物博物馆。山上的野果是农村孩子的零食，茶泡能充饥，刺泡能解馋，蛇莓则有可能要人性命。神话传说，鬼故事给乡村儿童的想象力启蒙，明亮与幽暗都在其中。傩戏本是与神沟通时娱神的节目，却代替了书本的功能教导人做人的道理，故事里都是世道人心。牛绳溪的张果老与三垴九洞十八滩的因果报应。每一个滩头，每一个高坡平地都不是平白无故得来的。古老的民谣民谚，作者又晋升为新的民谣民谚创造者。乡愁也在日日更新，既包含沈从文笔下的湘西文化传统，也有机帆船、五强溪电站、高速公路、高速铁路、城市文明带来的新传统。

与纯粹的博物志不同，乡愁散文中的事物只是情感反射镜像中的虚幻之物，就算具体化，也是为了做一个灌注情感的空壳。因此，物的形状、属性、性能并不重要。西晋张华的《博物志》、唐代段成式的《酉阳杂俎》中的动植物、物件，许多奇怪的名称现代人已无从考证。中草药名有幸在医书里固定下来，否则动植物名称的变动会让人感到巨大的困惑。那么，若干年后，《大雪是被子》中乡间那些动植物名，考证起来不亚于现在考证《酉阳杂俎》的难度。当交通极度发达以后，空间距离无限缩减了，乡愁会不会成为一个历史名词，而那些生生不息的活物，我们还能找到它们的历史线索吗？尽管它们不需要身份和历史感。这就如同这本散文集的第一篇文章，像儿时的戴小雨一样站在大桃树底下，等待人发现喊他吃一碗汤圆，花草树木们也只能等待被重新命名。或者如同岔溪村永远装不满60个人的魔咒，物质文明在人类有限的记忆空间里也玩着残酷的"占生位"的游戏。

# 第 四 章

# 新时代文艺的引领作用

## 第一节　新时代文艺的精神图谱

文学艺术是人类自由自觉的活动，表现为人的本质力量对象化，它是一个动态的、发展的过程。新时代的文艺应该有新的内容，新的表现形式。新时代新的社会发展模式还会促进文艺发展新规律、文艺生产新机制。所有这些"新"都与人民生活息息相关。文艺工作者通过经验、知识和想象力，把社会发展过程中的范畴、复杂性、交互关系、多样性呈现出来，使人感受到艺术化了的现实世界和可能世界。新时代文艺的"新"需要突出它的引领作用，保持文艺传统所固有的教化、陶冶、愉悦的基本功能，更重要的是要实现精神引领、价值引领和审美引领，引导人们不断地探寻真理，向着健全的人格发展。马克思主义经典作家习近平在他的一系列著作、文件、笔记、报告、座谈会中，要求新时代应该有新文艺，新文艺以人民为中心，与社会发展同步，与时代同行，反映人民实现美好生活的愿望，引导人们向美、向善、向真。

### 一　新时代文艺的精神引领

新时代中国特色社会主义的发展正处在人类发展的重大历史关

※ 乡土文学的时代之变

头，文艺从来都是引领思想潮流，文艺工作者要创造出与新时代中国特色社会主义相匹配的新文艺和更高质量的文艺作品，需要站在时代前沿，睿智、锐利地观察世界，把握社会动态，发出时代先声，构筑精神高地。文艺作品常常是一个时代的整体反映，是感性与理性的和谐，美与善的统一。新时代的文艺应该全面反映新时代的社会、经济、政治、风俗和人的审美趣味。与前40年文艺不同的是，新时代文艺在精神性引领上有新的要求。文艺素材反映在方方面面，无论是物质层面还是精神层面，随着时代的进步和社会的发展，文艺所表现的内容都更加精细化、日常化。过去一百多年，自新文化运动以来，文艺承担起反帝反封建、救亡图存的重任。新中国成立以后，百废待兴，需要统一行动，统一思想，文艺一度为政治服务，审美功能退到次要的位置。普通人的个人情感、日常审美被遮蔽。20世纪80年代以来，文艺再次回归到了美和日常。既有宏大叙事、英雄主义，也有琐碎的生活化内容。但问题也随之而来，90年代以后，个人化写作开始流行，成为知识精英表达个性、追求人格独立的一种"时代标配"。由于精英写作严重脱离现实，在很短的时间内泛滥成"身体写作""私人写作"，坦率地表达欲望，对性欲、金钱、物质等原始性冲动进行赤裸裸的呈现。在这种写作观的主导下，历史虚无主义、享乐主义盛行。个人化变成了一种现代病，变成消费主义主导下人的精神颓废、道德滑坡的一种精神征候。如何表现新时代中国特色社会主义的民主、法治，如何将个人化与普遍性联系起来，是摆在文艺工作者面前的重大课题。通过优秀的文艺作品，呈现社会主义新的文明框架下的公平、正义、安全、环境。社会生产能力在很多方面进入世界前列，观念上还没有完全摆脱西方中心主义。人民日益增长的对美好生活的向往，是建立在民族信念和健康的标准之上的。正如鲁迅所说："惟有民魂是值得宝贵的，惟有他发扬起来，中国才有真进步。"① 实体的高楼大厦建成之后，人文知识分子有责任建立精神的高楼大厦。

## 二 新时代文艺的价值引领

文艺作品必然涉及文艺工作者的历史观、政治立场、价值判断和审美主张。世界上很难找到纯而又纯的、蒸馏水一般的无价值观倾向的文艺作品。"去政治化"和"价值观中立"是两个特别值得警惕的概念。文艺作为观念层面的上层建筑，同政治一样，就是与不断发生改变的"人为因素"进行斗争。文艺与现实扭结在一起，互相关照，共同提升。事实不断被证明，完全脱离社会现实的文艺，最后只会弱化，直至死亡。马克思强调的"价值一般"是要从主客体关系的角度理解价值，而主客体的关系性需要落实在实践中。社会科学都是基于人的科学，人是社会的人，它是超越了物自体意义的具有主体性的人。事实上，纯艺术、纯审美的文艺作品也是主客体的一种实践关系，它的济世情怀，家国抱负熔铸在美和善之中。其价值观必然要落到实处，为弱者代言，为人民大众发声，本身就是社会主义的价值追求。文学上的独立人格主要是指文学自觉与文人的主体意识觉醒，包含了以人的个性自由为基础的人生哲学。有批判和建构，拒绝对权威的盲目顺从，倡导人与人平等的观念。低阶层对高阶层的反抗，对不同意见的质疑，都构成了人格斗争的典范。它不同于西方"个人主义"的人格意识，它是"人同此心，心同此理"的共享型人格。新时代文艺要走出以个人主义为逻辑起点的资本主义式的自由人格，必须重新定义自由人格的概念。古代先贤所强调的人的自由本质，马克思主张的人的全面自由发展，习近平提出的人类命运共同体，都是符合世界未来人的发展

---

① 《鲁迅全集》第3卷，人民文学出版社2005年版，第222页。

理想的。新时代文艺工作者需要从传统文化中吸收能量,对自己的文化有高度的自信。真正弄懂社会主义核心价值观的内涵:"文化自信是一个国家、一个民族发展中更基本、更深沉、更持久的力量。"① 只有拥有符合社会主义发展方向的价值观,才可能建构自己的话语体系,才会在国际舞台上有引导力和影响力。

### 三 新时代文艺的审美引领

文艺工作者有启蒙和引领美学风尚的责任,普及新知识,使艰涩的事物变得明白易晓,使蒙昧的人们走向光明。新时代的文艺需要超越德里达、福柯的后现代主义,克服资本主义社会金钱关系所导致的人与人之间的冷酷无情,需要疏导可能出现的社会整体的负面、颓废情绪。新时代文艺应该倡导由美及善,引领人们的精神态度积极向上、充满生机。审美是一个不断发展变动的过程,每个历史阶段都会有不同的审美取向。人们对自然宇宙认识的局限性不断地被科学和理性打破,审美也随之提升,但现代社会人们同样面临新的困惑,并且大都是认识上的困惑、精神上的困惑。审美与真理同行,文艺工作者把自己掌握的新材料、新方法通过艺术手法展现出来,对那些人们认为理所当然但实际上荒诞的事物进行质疑、批判、反思,提升人们的审美层次。文艺工作者能够保证所呈现的东西不是另一种方式的丑恶和愚昧无知,本身就需要不断地反思与批判,这就需要用双重视角去把握和审查自身,其方法既需要外在的社会历史发展角度,也需要内在的思想史视域。马克思主义审美现代性的批判落脚点是社会现实,以辩证唯物主义和历史唯物主义为逻辑起点,辩证地看待社会发展模式,站在人类社会基本行为的坚实的基础之上。实践性和真理性是两个最低的底线,审美高度是建

---

① 《习近平著作选读》第 12 卷,人民出版社 2023 年版,第 19 页。

立在这个基础之上的。值得一提的是，少数民族文艺的审美。少数民族在历史的某些时期被放逐或自动退守到偏远地区，从而避免了发达地区非理性发展的代价，跨越了工业文明初期的焦虑和失误，很大程度上保全了人性的真，与自然的关系处于成熟而稳定的状态。进入新时代，少数民族享受到社会主义健康优质的文明，少数民族文艺工作者也在观念上得到一种解放，在审美层次上得到提升。他们站在深广的文艺大背景下，抓住文艺发展和社会发展的双重本质，创造出独特的文化标识，追求健康美好的新生活。

**四 一个时代的精神图谱**

文化文艺、社会科学的精神内涵会随着时代的发展而发生演变。它是一个开放的、动态的、建设的过程。作为艺术提炼和情感升华的精神活动，它与人类社会的复杂性同步。文化是一个国家、一个民族的灵魂，物质文明高度发达的今天，思想文化建设的重要性显现出来。

以铸魂为业的作家和文艺理论家、批评家，需要有健康向上的人格意识，才能开时代之风气，创造出以德化人、以情感人的作品，在价值引领、精神引领、审美引领方面才有新的提升。新时代文学艺术担负着重要的职责，在现代性向后现代性转型时期，面对消费主义愈演愈烈、个人主义甚嚣尘上、历史虚无主义错误思潮不绝如缕的情况，文艺应该将思想意识导向健康的精神向度；在崇尚金钱、等级观念的风气下，文艺应该将价值取向导向人的全面发展和自由平等的观念；在趣味低俗、精神颓废的后现代病侵蚀下，文学艺术应该将审美趣味导向一种乐观进取、优美健康的美学范畴。好的文艺作品是思想意识、艺术审美、社会功能各要素关系平衡的结果，引领整个社会风气积极向上、宽松美好。

文学艺术和社会科学工作者的历史观、政治立场、价值判断和审美主张，对时代的精神图谱的构建起着决定性的作用。文艺作品中虚构的场景根植于普遍的社会现实，经过艺术加工和理论升华后变成文艺中的审美要素和基本构成。文艺和理论都是从社会现实中提炼出来的纯粹精神产品，是一个国家、一个民族的精神和灵魂的象征。事实不断被证明，完全脱离社会现实、脱离民族文化、脱离人民情感的文艺和理论，最后都被边缘化、被遗忘。作为反映国家和民族灵魂的精神产品，应该是启迪智慧、增长知识、凝聚人心，能够解决人的生命困扰和精神难题，应该是有用的文学艺术和社会科学。

中国传统思想与马克思主义有共同的追求。孔子鄙视"乡愿"人格，主张"和而不同"。历代先贤在君子人格的建构上不断完善，既有"格物"的实践基础，又有"致知"的理论提升，再达到修齐治平的目标。把"出淤泥而不染"作为律己的标准，崇尚重信守义、仁爱明智、豁达宽正、好学善思、自强不息的君子人格。他们构建了自由意志与自省意识合作型的独立人格，并通过省、察、克、治等一整套方法论达到知行合一。张载的"为天地立心，为生民立命，为往世继绝学，为万世开太平"，同样也可以作为现代知识分子的目标和追求。传统文化强调德行，强调"我为人人，人人为我"的集体主义。它与西方"个人主义"的人格意识不同，它是共享型的，是人类命运共同体的理论前提。中国人信奉的"人同此心，心同此理"，同马克思提出的人的"类本质"的哲学概念有相同的路径和目标。"现实的个人"是受一定社会历史条件制约着的"现实的历史的人"，而不是"单纯的人自身"。文化文艺、社会科学工作者"个人"的逻辑起点，是以人民为中心。眼光长远格局大，才能了解中国精神、提升中国价值、激发中国力量，构建有中国特色的学科体系、学术体系、话语体系。

作家、艺术家、人文社会科学学者的工作性质要求有"独立之精神，自由之思想"，追求个性化创作。个性化创作是有积极意义的，无论是技术层面还是价值层面，它有文本实验、文体探索的行为，有理论原创等技术环节，并对创作主体性的确立有重要意义。在现实社会中文艺要照顾到方方面面，需要在此基础上有超越性，有文化担当，有全球意识，有人类职责。格局有多大，文章就有多大。现实社会的广阔性和复杂性决定了文艺创作和理论探索不是一个纯粹的私人事情。文化文艺拒绝千篇一律，它要突出个性，但这个个性是普遍中的个性，个人化不是简单的自我宣泄，它是一个抽象的过程。毫无疑问，无论是文艺原创还是理论创新，都需要个性化。个性化的缺席无疑会导致公式化、概念化，机械地、盲从地理解社会现象，最后变成一种教条。个性化在文学艺术、社会科学这种智力劳动中是起决定性作用的，个性化作品体现的是创作主体独特的经验和知识。从个别性到典型性，使之具有普遍意义，需要服从社会普遍常识。文学理论中方法、观念都属于个人化的表现，而共鸣、美感、价值判断等要素是公共领域的。它们的层级越高，越有典型性和普遍性。个人在观念上的异想天开和方法上的另辟蹊径，不一定符合社会普遍认同，但一定有深刻的问题意识。

好的现实主义作品既是尊重历史的，在价值判断上也是站在人民一边的。社会主义现实主义文艺讲人民性、批判性，资本主义的现实主义文艺也同样有这方面的意识形态需要，他们的"人民"主体也包含普罗大众，他们也替弱者说话，替穷人说话。社会主义现实主义文学的精神实质所坚持的人民性、批判性，有净化社会、繁荣文化、提升文明的功能。人的认识能力有限，很容易从某一点事实出发，偏其一隅，究其一点，瞎子摸象，以为看到了真相、抓住了本质。现实主义这个概念如何落实在作品中，包括对概念主体的确认，对现实的认识、体验和态度，以及对文艺理想的追求。要从主体关系的角度去理解现实，以物质实践的思维理解现实的本质，即经济制度、发展模式、所有制形式等最基本的构成。事实与现实是有区别的，它们实际上就是个体与一般的关系。某一个事实可能千真万确，但在现实中只是一个真实的细节，它不足以构成关系。见微知著的"微"是典型的细节，有些非典型的细节，不具有样本意义。如果在表现细节时，不顾系统性和关系性，细节被无限放大，现实就会被歪曲，从而导致历史虚无主义。

## 第二节　城乡差异的结构性反思：东西的《篡改的命》分析

　　东西的《篡改的命》把视角深入城乡矛盾的内部，通过汪长尺这个人物，道尽了结构性的不平等。本性善良的汪长尺想要突破这个结构，他只能把自己异化，像一株病毒植入这个制度的机体。他的下一代，被交换命运的儿子，却"毒株变异"，完全不受他的控制。如果把一切罪恶都归结为制度，那么，我们就无须再进行道德层面和心灵层面的建设。同样，如果我们对制度中的毒瘤视而不见，依赖道德的清洁和人性的善，那么，病毒将扩散和侵蚀整个社会机体，后果不堪设想。东西的《篡改的命》显然是想在两种框架之下寻求一种合理的出路。

　　农民工进城通常会包装成励志故事，灰姑娘遇王子，"草根"成功逆袭等，人物总是要经过一番磨砺，大彻大悟，回到家乡，成功者带着先进技术和理念与乡亲共同致富，失败者满身疼痛回乡慢慢舔伤口。《篡改的命》也篡改了以往的模式，大概跟作者曾经从事剧本写作有关，故事跌宕曲折，结尾出人意料，娴熟地使用了戏剧中的悬念和冲突手法。故事的曲折只是手段，温暖的人文情怀与黑色幽默、反讽、魔幻叠加在一起，尖刻的批判又与宽容、救赎、正能量混搭。正如一场光明正大的战争也要用暗箭、绊马绳、铁蒺藜。除此之外他还有一门利器——干净有力的语言，流畅的叙述，把读者牢牢地粘住，使人物与读者有一种感情勾连。故事所展示的一切，既是真实的存在，也有一种潜在的可能，包括评论家和作者自己认为荒诞的那些部分，它们既浑然天成、合乎常理，又让人觉得匪夷所思、不敢苟同。

小说给读者留下了许多探索的空间。为了重点突出人物与命运的关系，作者在结构上其实很用心，但他把这些都隐藏起来，让人看不出他在技巧上所花的功夫。前几章定好基调，结局就这样随着情节走，走到尽头，一片荒凉。尽管中途有无数次分岔，汪长尺最终不得不选择了通往悬崖的路。一开始汪长尺几乎是纯洁无瑕的，他就是一根试毒的银针，在社会大洪流中检测了一遍，通身黢黑，无法还原。这既是社会的悲剧，也是他个人的悲剧。为了不让这悲情故事过于恐怖，作者采用幽默的语气、调侃的手法，加入了喜剧的成分。这种带泪的说笑反而加重了这种悲剧，写到最后，人物面对绝望，唯有一死。

## 一 谷里村人的道德困境与价值迷失

成功的小说人物都是一个自在的生命。汪长尺这个人太强悍，他会自己从书页里走出来，完成他的意愿。他的行为和选择、一举一动都折磨着读者。他就像你的兄弟和朋友，让你操心，想给他找份好工作，帮他讨薪、治病、申冤，给他鼓励、打气，告诉他就做个平凡的人也很好，不要再干傻事了，别把儿子送给仇人了，投胎也千万不要再投到城里。但他不听，一定要一条道走到黑。他那么善良，那么优秀，如果不是命运差池，他应该是令亲人朋友骄傲的人，他甚至应该是谷里村里程碑式的人物。尽管最后他做出那样惨烈的选择，虽然不能赢得人的尊敬，但仍然还是一个值得信赖的人。他不应该那样死，但是又必须那样死，谁都拦不住。小说里的

※ 乡土文学的时代之变

这个人物自己一步步发展成这个样子，没有人能控制得了，包括作者。与汪长尺一样不让人省心的还有一个人——汪槐，汪长尺的父亲。这个人像作者的某个长辈，对城市生活有一种病态的迷恋。社会资源分配的指挥棒，改造着农民的价值观，进城当工人当干部可以过上人上人的生活。当汪槐的招工指标被人顶替后，他把所有的希望寄托在儿子汪长尺身上。他是很爱惜自己羽毛的人，在村里算得上说话有分量的人，但是他把所有的神经细胞都聚集于儿子进城这件事上，以命相搏，摔成残疾，最后意志坍塌，甘为乞丐。他的性格里有一种坚硬的东西，这种品质让他的每一次妥协都变得困难。这对父子的拼搏和努力折磨着人的神经，他们似乎在跟读者谈条件，每次跌落深渊之前，好像都在说，不要管我，我走投无路了，我只能这样！

东西这部小说人物不多，最突出的这两个人物，个性极强。其他次要人物虽然用笔不多，也都令人难忘。林家柏是一只看不见的恶魔，他是一个象征，是金钱社会的一个符号，他身上附着了商业资本原始积累阶段的一切恶毒品质，奸诈、狠毒、虚伪、薄情寡义，为达目的不择手段。小说结尾时他才出场，他也是这一场悲剧的主导者。如果说谷里村乡民混合着刁钻自私和仁慈善良，那么汪长尺的儿子林方生的势利和绝情是非常彻底的。林方生这个人物很关键，他的品质决定着这部小说人物的价值取向，他如果还有一丁点良知，汪长尺的一切努力都还有点盼头。当他知道自己其实是一个寄生物之后，不敢面对真相，不敢承担后果，作为人的独立品质也就丧失了。林方生的怯懦和自私，是对汪槐和汪长尺两代人滚烫血泪的一个冰冷回应，是对他们疯子般行为的彻底否定。作者对社会、对人性的悲愤和失望都体现在这个人物上。人性泯灭、价值观被摧毁。汪长尺的毁灭，其悲剧力量震撼人心，这也正是这部小说所体现出来的批判性，人如何化解在物质化社会中的道德困境。同时，这种结构性贫困也体现了某些不完善的制度设计。

我们再整体地看看故事脉络。

汪槐、汪长尺父子在谷里村是乌鸦堆里的凤凰，黑猪窝里的麒麟，他们自己就是这么认为的，他们就该折腾。他们内心骄傲、好高骛远，不甘心只做种地的农民。他们根本就没打算在农村待下去，同村的张惠漂亮、能干、爱汪长尺，汪长尺却嫌她是个初中生。后来在城里发达了的张惠嘲笑汪长尺，当初看不起初中生，现在不得不娶个文盲。汪长尺高考志愿填的是北大和清华，再填服从分配。高出分数线二十分却落榜，父亲年轻时有过招工被人顶替的血的教训，他怀疑汪长尺名额也被人顶替了。"一班的牙大山比你低几十分都录取了，二班的张艳艳分数都没挂出来，也录取了。凭什么不录取你？"[①] 他搬一把椅子到县教育局门口静坐，文明的上访方式根本不灵，汪槐想用跳楼的招数吓唬人，不小心摔成了重度残废。他认为汪长尺是天才，三岁能背唐诗，五岁能打算盘，只有读书才能改变命运。而汪长尺饿着肚子复读，在拥挤的教室后面添把椅子，同学都叫他"椅子先生"。由于一天只吃一餐饭，经常饿得晕倒。有一次偶然发现父母为他读书欠一身债，他决定成为同学黄葵的"环太平洋贸易公司"的职员。公司其实就他们两个人，业务就是死乞白赖替人讨债、帮人坐牢。他的选择让人惋惜，他悲惨的人生也从这里开始。村里有位一心想进城的漂亮姑娘小文看上了他，两人在城里生了儿子大志。然而，工伤、失业、饥饿一系列挫折，为了不让儿子大志重复父辈的命运，一家人又不愿再回到农村，妻子小文干起了三陪，那么骄傲自尊的父亲汪槐也不得不在县城当叫花子。汪长尺是一个把尊严看得比什么都重的人，他的困难是他有一个别人不敢想的目标，他本来可以像黄葵一样用下三烂手

---

① 东西：《篡改的命》，上海文艺出版社2015年版，第12页。

段致富，讨薪时老板已经对他有交代了，但他不忍丢下工友。工伤失去了生殖能力，朋友点拨他可以索赔，他一开始也是不愿意的。后来他不得不默认父亲乞讨、母亲捡垃圾的事实。他一开始还劝小文改行，后来也认同了小文的"职业"。他不想重复父亲当年县教育局上访的那一套，他的讨薪和索赔要玩出新花样，结局却还是跟父亲一样惨败。尊严像彩色气球一样高悬在半空，漂亮而又虚幻，物质的重力使它一点一点地往下坠。城里的打拼不仅不能改变儿子大志的命运，常常连生计都成问题。他觉得靠体力已经不能解决这个问题了，需要靠智力。他想到了一个绝妙的好主意——把儿子送给有钱人家。他在孤儿院刷油漆的时候认识一位不能生育的副教授，副教授的父亲是官员，母亲是警察，她丈夫却是林家柏。林家柏是他一直寻找的仇人，他在城里所有的厄运都跟林家柏有关。他替这个林家柏坐过牢，林家柏还要杀他灭口，捅了两刀没捅死，拖欠他的工资，诬陷他杀人。他还在林家柏的工地摔成重伤，这位老板还贿赂司法致使他索赔不成功。现在，他要把孩子送到仇人家里。自己心里这个坎过不去，但是经过三遍自己与自己的辩驳，他成功地说服了自己：仇人之前对他的一切加害都事出有因，仇人的种种恶行都合情合理。三遍，仇人便变成了好人。从此他是一个影子父亲，十三年在对面楼上日夜守护，一切都按他期望的方向发展。可是，林家柏外面有了女人，他想要一个自己的孩子，这一切就再也无法维持下去了。汪长尺觉得这会影响儿子的幸福，他跟林家柏摊牌了，要林家柏回到那个家庭，林家柏答应了，前提是汪长尺必须彻底消失。为了让汪长尺放心去死，林家柏给林方生（汪大志）存了一千万元，保证他一生无忧，另给汪长尺的父母二十万元。

一颗石子抛向空中，它终究要落下来。故事一路下来，到了最后，已经不是现实的故事，而是一种可能的故事，小说不必要必须与现实完全对应。世俗地看,把孩子给仇人,甚至都不算什么委屈。这里不排除有鸠占鹊巢的恶毒想法,如果林家柏不出轨,不离婚,一切皆大欢喜。这个不起眼的变化才是推动小说情节的铰链,如果把这个铰链抠下来,故事甚至都不好结尾了。读者不禁会想,那算个什么故事?都市频道天天播放的家长里短、鸡毛蒜皮、情感故事、励志传说、坑蒙拐骗的把戏,讲的全是这些。现实生活中就算林家柏完全不管他们母子,这位家庭背景很好、家道殷实的副教授妈妈完全能够让林方生过上很舒服的生活,甚至过上汪长尺两代人认为的那种上等人的生活。再说,小说一直在强调林家柏是个有钱人,通过法律判决分割财产,也应该有一个不小的数目。汪长尺有必要舍这个命吗?这已经不能全怪世道人心、怪社会了。小说情节反转固然精彩,但它缺乏依据,没有一个信念或动力方面的支撑,小说在这里出现一个结构上的豁口,它突然断裂了。东西采用了荒诞的手法,他让它脱离现实,与现实并行,探索另一种可能,从而增加了一种批判力。人的性格里天生有一种隐秘的冲动,小说指向了某种可能,既是复仇也是救赎。对应他最初的尊严和欲望,他应该有一个掷地有声的结局。他们一家在城里打拼吃尽苦头、遍体鳞伤,这笔账找谁去算?如果有一个方法,可以杀敌一千、自损八百,对他来说也是个好办法,但是,没有。他得把自己的性命搭上去,而对方并没有什么损失。他只不过通过复仇这个动作来解救自己。汪长尺不是基督徒,谈不上严格意义上的灵魂救赎,但他需要一种解脱。儿子交出去以后,老婆一气之下跟他的工友兄弟刘建平私奔了,儿女双全,安安稳稳普普通通地过日子。这个情节的转变使汪长尺找不到生命的实际意义,也找不到继续活下去的理由。这个人物,他的拼搏本身就不同寻常,他是一个对生命有认知有觉悟的人,这是他跟谷里村其他人的区别。

## 二 "农民工"的身份困境与个人自由意志的矛盾张力

汪长尺算是一个有知识的农民,他身上既有儒家文化自带的君子人格基因,也有现代人的法律常识,他懂得在游戏规则之内追求合理的人生享乐,但最终抵挡不住消费主义这个狂魔。有一只无形的手死死地揪住汪长尺,把他往下拖。在这只手的操控下,无论汪长尺多么努力都是枉然。这只手就是尊严和欲望混合起来的一种东西,或许叫"人的自由意志"。他的行为不符合这个社会的生存伦理。环境是外在压力,个人寻求成功人生是内在动力。社会的种种黑暗和不公正待遇没有给他任何解释和交代,理想在磨难中也没有得到升华。系统出现故障是制度有漏洞,小说毫不掩饰地对社会不公平现象进行揭露。在汪长尺整个不长的人生中,自高考落榜之后,就有一种由环境和自身合成的隐性病毒生成。他的虚弱道德观和价值观不足以形成抗体。考上大学被人冒名顶替,县教育局全体人员装聋作哑,公职人员的腐败和冷漠是汪家父子遭遇的第一记重击。为了医治维权时摔成重伤的父亲,变卖了家产,债务累累,一贫如洗,复读考大学变得不可能。资本家心狠手辣,买凶杀人,栽赃顶包,公安系统有人甘当黑恶势力的保护伞,颠倒黑白,使他从一个自由劳动者变成了通缉犯,整个村庄都卷入恐惧。法官与房地产老板赤裸裸的金钱交易,司法黑暗,有冤无处申。维权过程受尽侮辱,劳动局体制上的软弱和工作人员的无能,把他逼回父亲的老路,以死相拼,终究还是斗不过钱多势大的人。消费主义对人狂风暴雨般的洗脑使他彻底改变方向,坠入深渊。

汪槐、汪长尺、汪大志三代人的命运都被篡改,三个人有两种篡改方式。父亲汪槐和汪长尺本人是被动地篡改,在不知情的情况下,自己不能掌控的情况下,被莫名其妙地篡改。这种篡改反而留有一些希望,早期低级病毒,容易杀灭,人性美好的东西与"病毒"是共生关系。第三代人汪大志变成林方生，汪长尺亲手植入的原生性病毒升级，变异成了恶性病毒，有主动篡改的功能。这个程序是汪长尺蓄谋已久、一手操控的，父辈和自己身上还保留下来的一些抗体被彻底清除。年轻警察林方生得知自己的身世后，快刀斩乱麻，彻底切断了他跟谷里村汪家的一切关系。第一代人汪槐和第二代人汪长尺的篡改是不甘心的，他们拼了身家性命也要找回他们应有的那部分，他们身上还存留了一些道德抗体，还能修复。或者说他们只不过是走岔了路，根本不能称为篡改。而第三代人汪大志，他处心积虑抹掉原来的东西，他最怕的就是还原，他达到了真正篡改的目的。问题是，无论怎么改都是悲剧，汪大志这种看起来成功的篡改更让人绝望。有一个情节早已露出端倪，林方生寻找养父林家柏，精神恍惚，被车撞了。一直暗中保护他的汪长尺不顾一切救了他，而这个白眼狼竟反咬一口诬陷他。"林方生说，我没撒谎，我记起来了，是这位叔叔把我撞倒的，怪不得他来看我，原来是做贼心虚……汪长尺脑袋炸了，他想刚才诬陷我的是大志吗？他好像已经不是我的儿子。多少年啦，我一直盼着他变成他们，现在终于脱胎换骨，基因变异，从汪大志变成了林方生。"[1] 汪长尺最大的悲剧不是他自己的苦难和冤屈，而是他一手操纵的篡改游戏竟是这样的下场。如果他在天有灵，看到儿子找到了顶替他上大学的牙大山，破了浮尸案，揭开了自己的身世，最后却销毁所有的证据，他会怎么想？他自己最后投胎也投到林家是对这种结局的认可吗？

  农民工在城里处处遭受歧视，身份上的落差加重了汪长尺的焦虑，但这个问题是他不得不面对，一点一点堆积起来的。最后，看起来慢慢能够容忍、消化，实际上这个块垒哽在胸中，一天天长大，变成了毒瘤。他害怕儿子将来也受这样的委屈。汪长尺陪小文

---

[1] 东西：《篡改的命》，上海文艺出版社2015年版，第288—289页。

到医院咨询为什么孕期有晕倒的现象，"医生说怀孕初期有的孕妇会眩晕，但你一个农村妇女不应该这么娇气。汪长尺一听就火，说农村妇女就没资格眩晕吗？我还想让她弱不禁风、脸色惨白、整天喊腰酸背痛呢。医生的脸一沉，说你太敏感了，我只是说了一句实话"。① 医生的确只陈述了一个事实，农村妇女经常劳动，身体健壮，这有什么值得大惊小怪的呢？但是"农村妇女"这个词戳到了汪长尺的痛处，才导致强烈反弹。第二次羞辱他的人竟然跟他一样也是农民工。小文在洗脚城工作，他每天晚上去接她。"他坐在宾馆一楼的大堂等她，等着等着就睡着了，保安把他踢醒，说喂，你不能在这里睡。汪长尺说沙发不是空着的吗？保安说你这副尊容会把住客吓跑的。汪长尺说你也像是农村里出来的，有点同情心好不好？"② 保安还是把他赶到了人行楼道，并时时探头，怕他行为不轨。第三次感到强烈歧视时，他把这个委屈连同眼泪默默地吞下肚里。他下身受伤维权索赔，劳动局的孟璇一直帮他周旋，虽然没有任何效果，农村人都重礼数，每次给孟璇带点小礼物，他认为孟璇是他进城后遇到的第一个好人。"孟璇回头看了一眼，没看见汪长尺，就把包里的粽子掏出来，丢进了路边的垃圾桶。汪长尺的胸口像被谁戳了一刀，他从树后闪出朝垃圾桶奔来。孟璇听到了脚步声，回头看着，满脸尴尬。汪长尺捡起粽子，剥开一个粽子大口吃起来，吃着吃着就吃出了眼泪的味道。"③ 这种事情多了，后来被人当贼一样防着的时候，他已经没有什么反应。汪长尺给林家柏岳父漆红木家具，林家柏的岳母陆珊珊请假全程监工，这位快退休的文职警察寸步不离农民工漆匠。"表面收拾杂物，其实暗中监视，生

---

① 东西：《篡改的命》，上海文艺出版社2015年版，第118页。
② 东西：《篡改的命》，上海文艺出版社2015年版，第126页。
③ 东西：《篡改的命》，上海文艺出版社2015年版，第176页。

怕汪长尺碰伤家具或偷什么东西，他一看墙壁，陆珊珊说字画是假的，他一看古董，陆珊珊说古董也是假的，他扭头瞥了一眼储藏室，陆珊珊说酒就更假了。汪长尺一声不吭地刷着。"① 汪长尺的心态已经彻底变了，不管陆珊珊如何哭穷，他知道这是个富裕家庭，儿子大志要是能够进入这个家庭，那就是他前世修来的福分。他终究还是认同了身份差别这个事实。心比天高，命比纸薄，这样的人最容易被自己毁灭。

### 三　回不去的谷里村及理性的吊诡

作家想要探索一种可能，表面看来是有励志、命案、贫富悬殊、社会不公、体制缺陷等要素，但这些要素只是处在最表面的一个层次。命运天生不济，社会万象共生，人性里头总有一种隐秘的冲动，那是不为人的意志所转移的。人处在这个命运之网中，只有哈姆雷特式的选择，要么生存，要么毁灭。

病毒在感染期和潜伏期还可挽救，只要时时清理心理垃圾、自我反省，就能回归到普通人正常的人生，但是他们的动机和性格决定了不会那么做。农村和城市的巨大反差是他们追梦的最初动机，到了城市后他们从来没有坐下来反省。没有技术，没有本钱，一无所有，却又想要过人上人的生活。他们不是没有过过好日子，贫贱夫妻的那种温馨和体贴他们也体验过。"为了给小文减负，他从一楼转移到三楼。小文一推开楼道的门，就能看见他。现在他随身带着包，包里装着保温盒，饭盒里装着小文白天炖好的鸡汤，小文一出现他就把饭盒打开，喂他吃，饭盒的隔层里备有酸萝卜。包里还有糖果饼干，小文想吃什么他就递什么。"② 老婆怀孕，他经常逗她

---

① 东西：《篡改的命》，上海文艺出版社 2015 年版，第 252 页。
② 东西：《篡改的命》，上海文艺出版社 2015 年版，第 127—128 页。

※ 乡土文学的时代之变

开心,也学着城里人相信胎教,"汪长尺打了一个响指,说音乐。小文扭头找音乐。汪长尺忽然唱了起来,他唱的是一首流行歌曲《只要你过得比我好》"。① 这样多好,如果不把孩子的教育投资想象得那么夸张,汪长尺做建筑工人,小文做一个足疗师,也够他们三个人过了。他们并没有把这种生活定义为快乐,因为主流社会不认可,有钱人过的日子才叫幸福。社会主导着一种风尚,高质量的生活一定是用金钱堆起来的。做三陪女钱来得快,同村开洗浴中心的张惠是小文的榜样。小文没见过大世面,她太喜欢那种穿名牌、说话带卷舌音的派头。汪长尺所向往的上等人的生活与小文是一样的,儿子送到林家过的那种好生活就是他真正向往的生活。"他们给他买意大利服装、英国玩具,让他喝美国牛奶,吃法国面包和瑞士巧克力。三岁时,方知之就给他听英语单词,四岁时给他请钢琴教师。在方知之的调教下,五岁他就分清了前鼻音和后鼻音,六岁懂得弹巴赫的《小舞步曲》。七岁,他进了本市最著名的小学。"②

善良的读者希望这是一个"草根"成功逆袭的故事。小说前言给了一个暗示,主角汪长尺在别人的监视下准备跳河自杀。难道逆袭不成功?或者只是其中一个环节?看上去这是一个悲惨的故事。怀着出人头地、衣锦还乡的志向,结果一头重重地栽下去,扎进湍急的江水,然后浮起一具肿胀的尸体。作者避开了这个窠臼,要飞跃,要登高,需要起跳的距离和一个大的运动空间。他们跟其他进城的农民工不一样,他们要的是对他们自身的一种肯定,招工被顶替,高考被调包,他们是有能力的,他们应有的生活轨迹被恶意篡改,而这一群篡改者竟然是制度和制度管理者,他们要讨个说法。如果仅仅为了物质,他们完全可以跟张五、二叔、刘白条一样守在

---

① 东西:《篡改的命》,上海文艺出版社 2015 年版,第 125 页。
② 东西:《篡改的命》,上海文艺出版社 2015 年版,第 271 页。

谷里村。家里有两头牛，一头猪，一条大黄狗，几亩薄地，日子并不是没法过。两代人对下一代都定了一个极高的目标，这在旁人看来近乎疯狂和不可理喻。几经折腾，尽管他们已经感觉这条路行不通了，仍然逆势而行，不改初衷。大志被他们送回农村由爷爷奶奶带，这本是件好事，爷爷汪槐琢磨出一个绝妙的主意，"小学部分我打算自己教大志，所有的课本我都收齐了。初中，我们送他到乡里去读，按说乡里教不出什么人才，但可以搞双保险，就是他上课时我坐在教室后面跟着，白天老师教，晚上我教，一节课给他教两遍，每个问题都让他倒背如流"。① 他采用这个方法要让大志考上县中，那时候，"恐怕考清华北大都不是问题"。还叮嘱刘双菊千万别说出去，这是他们家独创的成功学秘籍。他们都没有把孩子当成一个完整的人看待，而是获取功名的机器，包括他们自己。无情的现实让他们练就了一副火眼金睛，他们看出来在这个社会结构下改变命运的唯一途径是教育，在板结的阶层中冲决出去。

　　由于这个难以实现的目标对他们的折磨，汪槐不得不做了自己最不愿做的事，汪长尺最后变成了自己反对的那种人。农民工在城里打拼本没有那么艰难，但他与别人相比，起点不同，寻找的目标不一样，内心坚守的东西也有所区别，所以艰难。如果他一开始就放下做好人的标准，成功要来得容易得多。汪长尺来到城里，每一步都是深渊，就是因为他们死守着一样东西不放，那就是尊严。汪槐做乞丐，收入不少，刘双菊捡垃圾，"一个月比农村辛苦一年还多"，汪长尺看着那些台灯、皮鞋、电饭煲、电视机，觉得"都是别人用剩的，想想都恶心"。尊严越看得重，生存越艰难，现实越残酷，但在生活的重压之下，在高不可攀的理想的催逼之下，孩子还没出生时，"小文算了一笔账，营养费、服装费、高价学费、医

---

① 东西：《篡改的命》，上海文艺出版社2015年版，第220页。

※ 乡土文学的时代之变

药费……越算越没有信心，她决定一个人去医院做人流"。① 而汪长尺答应她会有一笔钱进账，碰巧那天，他出了工伤事故，他自己也搞不清是故意摔的还是不小心一脚踩虚。摔成了残疾，索赔失败，还几次三番被人脱裤子验证。羽毛弄脏了，尊严被碾得粉碎，最后支撑他的那点精神彻底垮掉了。丢下这个"包袱"，他反而一身轻松，妻子做三陪他也找到了说服自己的理由，调侃自己："真没想到还有人为我打工。"儿子的行为切换成林家柏式的冷漠，他反倒高兴。他死后竟然投胎投到林家柏情人的肚子里。

汪家三代人的悲剧，有体制的问题和社会的问题，但最根本的问题还是人本身的问题：合理的欲望解释与人性悖论，二者不能自洽的情况下，就是对人的终极意义的消解。林方生长大后当了警察，他着手办的第一个案子就是西江桥汪长尺的浮尸案。故事在这里又来了个大转弯，这个可以再写半本书的事件，作者让它闪电般地结束。林方生找到了还活着的汪长尺，那个本名叫牙大山的家伙，当年顶替汪长尺的名额上大学的人，在省城当了副局长，娶了漂亮老婆，女儿在读研究生（这一切本来是属于汪长尺的）。他又找到生父汪长尺的老家，也就是他自己的家，看到了爷爷奶奶，看到墙上镜框里嵌着自己小时候的照片。他把所有的证据包括小时候的照片彻底销毁，汪家的奋斗故事终结，凤凰或麒麟回归到虚幻。人活着的意义被曲解，两代人留下的硬东西丢失了。汪长尺用生命换来的结果却一文不值。奋斗、励志都是健康人生形态，从来都是被鼓励的，但是汪家三代人都把这种追求发展到了病态的地步，一不留神，信念病变，转化为病毒。物欲膨胀的社会风气是病毒加速分蘖的温床，制度不公让病毒变异升级，人性的弱点让病毒自我复制，到了汪大志（林方生）这一代，最后变成恶性病毒，由着它对

---

① 东西：《篡改的命》，上海文艺出版社2015年版，第129页。

生命程序进行篡改和自我篡改。如果社会环境和制度没有及时杀毒，如贫富悬殊、社会不公加剧、司法腐败等，个体的道德自律力量微弱。社会的健康运转需要制度和理性共同约束。

## 第三节　乡村与自然的诗性辩证：
　　　　谈雅丽的诗

谈雅丽的诗大多写乡村的变迁，她从事农业畜牧业工作，有更多的机会了解乡村。她有时候把自己变成十里铺的渔民、水草或者鱼。她厌恶小资情调骨子里又透着小资情调，她痛恨假惺惺却又反思自己这个假乡下人其实就是假惺惺。悲情和矛盾使她的诗有了思辨色彩。

彻底的自然主义就是人本主义，或者说完成了的人本主义就是自然主义。如何完成？这是一个大难题，把自己作为中介，否定自己，变成另外一个东西。诗人都愿意尝试把灵魂和肉体分割开来，变成两个独立的实体，把灵魂看作第一性，诗歌有时就是需要一点唯心的手法。诗人还有一个喜好，往自己身上揽责任，把文学的社会担当看得很重。这样一来把自己的人格弄得很分裂。一心想要保持"中立"，却又忍不住发表议论，自然主义一不小心就成了现实主义，对社会生活的客观精准描绘，政治、道德、主流意识形态一揽子活全部承担。既然无法说服自己做一个自然的记录员，那就干脆站出来说几句吧。武断，专横，偏激，这才是一个诗人的本色。

谈雅丽的诗，有一种奇怪的混搭效果，粉色梦幻和残酷粗粝缝合在一块，自然主义与虚无主义织补成一块。有时候高调地做着公主梦，悬浮于梦幻森林；有时候像个农妇躬身大地，"关心粮食和蔬菜"。诗人手把一柄漏勺，热烈地投入生活，不停地搅拌、过滤，打捞诗的材料。漏勺太漏，所剩无几，舀起来的东西有亮闪闪，也

※ 乡土文学的时代之变

有沉重和黑暗。

女诗人写诗一般都从写爱情诗开始，爱意浓烈得化不开时，诗是最好的稀释材料。在《短札》和《一条河流的若干幻想》中，诗人内心纠结，身体里奔腾的荷尔蒙，将花与身体类比，"想到一朵朵盛开的百合卷起甜蜜的舌尖/花蕊中的刺让人情不自禁地昏迷——"[①] 生命中铿锵的颤音，欲火焚烧，炽烈异常，欲罢不能，却又畏缩不前。也许她要讲的并不一定就是爱情，还有更深的指向。在《有如水草》中表达了这种忧虑，她堕入爱情虚无主义，轻盈如薄雾，高高地悬浮在尘世之上。白天的浊重与夜晚的清澈，使诗人处于精神搏斗、人格纠结的阶段。她把自己与十里铺的渔民做了身份上的认同，很深的分裂其实一直横亘在内心，她想将两座对峙的山峰捆绑在一起。实际上她知道她做不了十里铺的渔民，就算她与他们有共同的依存，共同的河汊沟港，野蒿青芦，她也相信巫师、蛊毒和水鬼，但是那白天与夜晚的矛盾，不可交叉和重合：白天，明亮却浊重；夜晚，黑暗却清澈。她到底是白天还是黑夜？或者她天生就有一颗站在白天向往黑夜的心。她讨厌自己看上去轻盈干净的小资情调，以及那种藏也藏不住的假惺惺。

久居都市的人会向往田园牧歌生活。在《蜂蜜》中，她写到了水稻、橘子园、蜂箱、忙农活的父母、单纯快乐的孩子，这是一幅甜美温润的乡村图画，小资眼里的乡村都是这个样子。她愿意把自己嵌在童话一般梦幻的画框里，身穿绣着白花的紫纱罗，轻盈飘逸的女子，在有薄雾的树林里慢速奔跑，只看到洒满碎光的背影，有一天她也会停止奔跑，站立在大地上，从那以后，她变成了一位母亲。一个正常母亲的痛、牵挂和牺牲。在《温柔的鸟巢》里，那湖水、雪地折断的芦苇、候鸟的空巢。这些意象，暗喻爱情的失落，

---

① 谈雅丽：《鱼水之上的星空》，作家出版社2012年版，第8页。

最后一次饱含热情的亲吻和道别。这位学畜牧出身的诗人，有着一颗博爱的心，她有太多与各种生命打交道的经历，这些可怕的经历让她看透了人性的黑暗，于是，她亲手撕下描金的凤眼面具，扯下粉红透明的轻纱，面对人类的虚伪行为，她诅咒，为无辜的生灵号啕。"一个信誓旦旦的会议正在研讨／如何建造一个白日梦，如何让动物过得更好／我们的仁慈——／乃是用最高伏特的电，激昏待宰的牲畜／在此，魔鬼和上帝互相安抚……我捂住心脏疼痛的部分／不能清晰地——表达我的担忧"①（《牛羊宰场》），这是她最有批判精神的诗，不管不顾，下狠劲撕开一道血淋淋的口子。诗人把自己整个抛出去，歇斯底里，泪流满面，痛彻心扉。做完这些，她又感到前所未有的孤独。不知有没有人研究过，动物是否也有孤独。至少，孤独是人类最难克服的困难，一个人战胜了孤独，几乎就所向披靡了。她在《双色球》里写孤独的父亲，父亲被热烈的琐事包围，他用穿牛仔裤来追忆年轻，用染发来掩饰衰老，用买彩票来打发闲余的时光，墙上密密麻麻地贴满了往期的号码以证明自己的存在。无可奈何的时光，无所事事的小镇，更加证明了一种深刻的孤独。这样一幅古典的画面，最容易勾起人的伤感。

"底层关怀"这个词曾一度被频繁滥用，为精英知识分子标榜的"博大的爱"，这个词本身暗含着一种立场，一种高姿态，那些自认为身份高贵的人俯身向下，为芸芸众生施舍。谈雅丽的职业决定了她常与渔民、畜牧水产养殖户打交道，她的诗少不了写动物和植物。她的立场是飘摇的，她一方面把自己降身为"底层"，却又忍不住作为诗人的高调姿态站出来说几句。站在人的立场看动物，动物成了被关怀的对象，站在鱼的立场看人，人其实也很可怜。她长期跟动物打交道，有特别细腻的感觉，甚至感同身受，才会有

---

① 谈雅丽：《牛羊宰场》，《诗刊》2015年10月刊上半月号。

※ 乡土文学的时代之变

"觉得自己和它一样,也流着碧绿色的血"。她大概很介意"人类中心主义",但处处又显出人本主义情怀,不知道如何在这种复杂的角色中自由切换,常常为此烦恼。如果说《牛羊宰场》中牲畜是被人宰割的,那么在《上岸渔民》中,渔民又是被人类亲手制定的制度宰割的。渔民们不守规矩吞下的恶果,监守自盗的老四偷偷电鱼,电流却把偷鱼的老四翻成一条肚腹朝上的黑鱼,禁渔使渔民生活动荡,告别渔业等于丢掉老祖宗传下来的饭碗,诗人悲观失望,失业的渔民像无根的浮萍四处飘浮,有的改行成了洗脚城的小姐,有的去广州打工,还有的人坐牢,有的人沉迷于六合彩,然而,诗人的敏感神经触摸到痛苦和绝望。上岸的渔民何尝不是另一种"上岸"?社会发展,产业分化,有它内在的规律和存在的理由,一切在打碎、寻找、重组中恢复机体的活力。诗人似乎意识到了这一点,她在《畜牧志》中对土地的思考,对行业发展的追问,开始对原先的看法有了反思和批判的意思。

一个喜欢水草、阳光、雾和大颗大颗星星的抒情女诗人,躺在梦幻和童话中,一旦发威,那便是柔性中透着坚硬,"我喜欢刀子落下,在我们中间旋转诱惑……/我对饱饮的折磨抒情,我甚至对门外逡巡的/那只母豹,也报以凶猛的热爱"[1](《对一只母豹的抒情》)。谈雅丽喜欢写虎豹,用以表达内心的"凶狠"。《斑斓之虎》让人想到博尔赫斯的《另一只虎》和《黄金老虎》。博尔赫斯一生写过很多老虎,他的虎色彩炫目,朦胧而又光亮,如神话和史诗般辉煌,那是诗人的"理想之光"。人的内心藏着两个角色,脆弱和强大,它们互相对视,不是谁被谁打败的问题,而是互相成就对方。诗的美和意境与信息量都是诗人特别在乎的事情,字面单纯、干净到极致,信息丰富到极致,这是诗的魅力。《翻阅白水河》尝

---

[1] 谈雅丽:《河流漫游者》,湖南师范大学出版社2016年版,第9—10页。

试在简洁单纯的字面上承载复杂和多义,信息量厚重绵密,意象繁复,把成筐成筐的材料浓缩成一汤匙,富含营养,挑战作诗的难度。《荒芜之地》也是一首内涵深刻的诗,偶然闯入一个神秘而又荒芜的坟场,少数民族、丛林、古墓、古怪的图腾,灵魂与肉身的精细分类,从经验世界到超验世界的新奇和恐慌,旋转和眩晕,还有对生死和存在这种大问题的思考。

把自己攥在手心,舍不得放出去,这不是诗人所为。智者常说,只有当我变得不是我了,我才是我。要使自己异化才有希望,好诗人都知道蜕变和升华的意义。

# 第 五 章

# 乡村建设主题文艺创作的方法论探索

## 第一节 乡村建设主题创作需处理的八大关系

乡村建设主题写作，成为新乡土题材写作的主力军。《宝水》《金虚》《天露湾》《山海情》《乡村国是》《大地颂歌》《海雀，海雀》《驻村笔记》《白虎寨》《人间正是艳阳天——湖南湘西十八洞的故事》《悬崖村》《逐梦——湘西扶贫纪事》《扶贫志》《在群山之间》《石头开花》等列出来是一个长长的书单，都是近几年优秀现实主义乡村题材文艺作品。

值得注意的是，乡村建设主题写作这种"同题作文"，有大量作品存在模式化、类型化问题，其深度和高度还有很大的提升空间。乡村建设主题写作如何写，写作者都还在摸索。它不同于其他乡村题材小说，它是纯粹的现实主义创作。虽然可以借鉴传统的乡土文学创作手法，但仍然有很多作品囿于题材本身属性的规定性，很难出新意。乡村建设主题写作是乡村题材加写实主义，文学性上不能任意发挥。书写对象大多为普通平凡的人物和日常琐事，故事缺乏传奇性。非文学性+纪实性的乡村建设题材尤为困难。这类主题有很多艺术上的禁区：因为主题严肃，不能娱乐化；它的现实主义与写实主义特征，不能魔幻化；它属于时代大事件，有其真实性原则，不能寓言化；探讨的民生问题，不方便科幻化；玩闹嬉戏要有所节制，讽刺批判也要适度。扶贫以及乡村振兴的书写特别考验作家的功力，很多有一定影响的大家加入这类题材创作，他们长期在这一领域耕耘，文字老练，功夫扎实，驾驭这种现实主义题材相对容易，但如何表现好身边的普通人，如何避免在大量同类题材中写法上的重复和雷同，如何以其独特气质在众多同类作品中跳脱出来，如何在题材上有更深广的拓展，如何在艺术手法和价值层面有更大的提升，如何在艺术性和思想性有杰出表现，如何使作品有长久的价值。要创作出真正有影响力的作品，作家艺术家在创作实践中还需要突破一些障碍，总结起来，需要处理好以下八大关系。

第一，叙述主体与叙述对象的关系。一些作家把扶贫及乡村振兴题材的文艺作品限定在单一的叙述角度。作品多以驻村工作队成员为叙述主体，叙述主体以全知全能叙述角度看待和评判整个帮扶过程。当地农民、贫困户成为叙述对象和完成帮扶事业的工具人。帮扶工作者的个人感受相对较多，帮扶者以一种高姿态感受驻村后生活环境的反差和文化素养的悬殊，作者把驻村干部与农户作为矛盾主体。毫无疑问，驻村工作者作出了巨大的牺牲，理所当然成为作品中的主角和典型形象；就扶贫题材来说，农民、贫困户也是脱贫攻坚的主体，他们因条件限制或种种原因陷入贫困，但他们摆脱贫困的愿望比任何人都强烈，大部分作品忽略了这个群体的精神面貌、人格、内心活动。扶贫要扶的是千千万万的普通人，他们的物质状况和精神世界仅仅作为叙事客体，从历史唯物主义的角度来看，并不符合历史发展逻辑。一部分原因是材料欠缺的困难，创作者短期采风、调研，不排除采访难度大、采访对象不善于表达、素材收集困难等因素。由于缺乏对人物的深度了解，蜻蜓点水、点到

※ 乡土文学的时代之变

为止、想当然等各种因素的集合，没有挖出问题的关键所在，用总结材料和个人书面自述来充数，缺少鲜活、扎实的一手材料。通常，材料扎实的不一定写得好，但写得好的一定是材料扎实的。方法的欠缺和观念的落后，会造成材料堆砌，标题零乱，结构随意，既无风格也无逻辑。把驻村干部与贫困户的紧张关系，设置为矛盾主体，忽略了驻村干部与村民共同面对的脱贫攻坚、面对的困难所形成的紧张关系。抓不住主要矛盾，难题也就无法解开，叙事疲软无力，读者（观众）的情绪也就很难抓住。

第二，先进人物塑造与复杂人性揭示的关系。仅仅罗列事件难以形成气韵生动的好作品，形象突出的人物是作品的灵魂。个性鲜明的人物塑造是最难的，由于扶贫及乡村振兴干部轮流下乡的政策模式，"铁打的营盘流水的兵"，乡村建设题材除了当地村支书和农民，难以有贯穿始终的人物。很多作品采取小单元、多主角的形式，那么，每个单元的人物塑造相当于经营精悍的短篇的过程。为了展示事件，作者常常在叙述上过多地大包大揽，没有让人物自己通过语言和行为去经历。那些由事件堆砌起来的人物成长并不明显，以至于最后只能通过牺牲自己性命这种极端的方式来确立提亮人物形象。如果前面铺垫不够，这种处理方式非常突兀。次要人物（配角）塑造成功反而更容易，这些人物放得开，自由发挥，人物的复杂性和人性构成展现充分。为了突出典型人物，扶贫及乡村振兴干部全是高大全、红光亮的人物，不免有一些不合逻辑、捏造过重的情节，驻村工作队也有偷奸耍滑的人。为了突出劳动人民的伟大，村里农民全都是好人；为了强调驻村工作的难度，村里的二流子、无赖、懒汉被塑造成可恶人物。现实中的帮扶对象应该是参差不齐的，总有一些刁民、懒汉、自私自利之人。人是在矛盾和斗争中成长的，文艺作品要表现的是驻村干部与不同人打交道、处理复杂关系的能力。农民在脱贫攻坚与推动乡村振兴的过程中也在成长，驻村干部如何与这类人打交道也是人物成长的关键。每个人物都要个性独特很难，有些人物在很多章节里没有存在感，可能突然跳出来，大放光芒。通常一部作品成功地塑造两三个典型人物，就非常了不起了。

第三，非虚构写法的朴素风格与艺术表现张力的关系。如何将"硬材料"巧妙地化在故事里头，需要创作者有高超艺术。乡村建设主题作品往往为了把该地的历史沿革、贫困程度、扶贫效果说清楚，不得不加入数据汇总和情况说明，不免在一些章节里混入总结报告和数据罗列。最糟糕的结果是写得像个新闻通稿，虽然内容很扎实，但是缺少文学性。准确和真诚是乡村建设题材作品的大前提，做到这一点，这个文学作品才具有作为历史资料的价值。如何适度地将数据转化为形象描述、转换成感性的表达方式，需要艺术提炼。过于强调文学性，又显得空洞无物，以文害意，因此不能一味强调文采。把握好思想深度和表现力度的关系，认清诗性表达与浮夸文字之间的区别。有些作者通过叙事视角切换，结构上的艺术处理，忽略了内在逻辑与外在形式的统一，主体与对象之间的对立统一，以及矛盾的互相转化。扶贫与乡村振兴的书写并不需要在结构上玩花样，哪怕是平铺直叙，只要有细节、有现场，所言之物落到实处就能打动人。例如，精准识贫过程所涉及的极其琐碎的登记和认定，将这些艰难复杂的过程细节化、现场化，都会很感人、很精彩。打磨好每一个细节，让它饱满、结实；认真经营好每一个句子，让它发光、有力。某些扶贫及乡村振兴题材的失败多是材料不足、细节不够，以花里胡哨的结构和浮夸的语言掩盖内容的空虚。

第四，鲜活的群众语言和精确叙事逻辑的关系。这个问题是接着上一个问题的。乡村建设主题的人物对话模式、口语特色，是一个展现鲜活群众语言的好机会。然而这一点只有少数深入了解当地语言的作家能做到。大多数语言风格出奇的一致，田间地头的农民说出一口文人书面语,很奇怪。文学创作与学术论文在语言和思维上是两种不同的方向,学术论文是高度概括性的语言,文学创作是极其细节化的表达的语言;文学创作多形象思维,学术研究则多抽象思维。文学创作少用上位词,多用下位词;学术语言则相反。例如,"×××回到简陋的住处",一进屋便"倒在简易的木床上"。这里住处到底有多"简陋",这个床到底有多"简易",把具体状态、材质呈现出来,是简单还是豪华,读者一看就知道了,驻村干部的艰苦便形象化了,不用作者站出来用"简陋""简单"评判。语言材料不够,口述材料里可以发现人民群众的想法和观点。无论影视作品还是文字文本,群众语言用得好了,作品的美学层次也相应得到提升,任何地方方言稍微加工,呈现出来就接地气,耐人寻味。老一辈乡土文学作家在这方面有成功的经验,他们的文艺作品里使用方言非常精妙,周立波的《山乡巨变》就是范例,扶贫题材中,电视剧《山海情》继承了这一传统。

第五,多元文化要素呈现与叙事主题的统一性关系。就扶贫题材作品来说,贫困地区大都在革命老区、民族地区、边远山区,正因为现代文明介入程度低,物质贫困、教育落后、信息阻滞,传统物质文化和非物质文化保存比较完整。贫困地区的民俗处理得好,可提升作品的美学价值。贫困村的风俗、传统文化要素通过人物对话与场景关系表达出来,有陌生化和厚重感效果,增添画面美感。作品中镶嵌大量的民间歌谣、方言土语、地方风物掌故,增加了文化人类学和社会学价值。各地有自己独特的文化元素,这些文化元素一旦盘活,这些珍贵的自然遗产、文化遗产和非物质文化遗产,将在产业升级中发挥重要作用。用好文化元素,无论是写脱贫攻坚还是写乡村全面振兴都会使作品厚重。歌舞台剧、电影电视剧、视频、新兴视听媒体更适合表达这些文化元素。新媒体的生产和传播对乡村题材创作的介入,更直观地体现了新兴文学广阔的发展前途。文化元素的糟粕也不可回避，封建迷信、落后思想、愚昧风俗正是阻碍发展的东西，太干净反而不真实。正视问题，清理污垢、排除困难都会增加帮扶工作的难度，艺术化地表现这些难度才是文艺作品出彩的部分。有些作品为了审美和艺术性，生硬地介绍风景和文化要素，"风俗是风俗，脱贫是脱贫"变成风俗与人们真实的生活两张皮。高明的艺术家是让文化元素自然形成作品中的角色，自我演绎，使其在艺术作品里拥有自主性和生命力。

第六，题材的类型化与艺术创新性关系。由于大致相同的实践过程和生命体验，带有指令性的统一的主题要求，以及励志倾向的人设，近几年来乡村建设类作品不免形成一些固定的套路。套路一：固定的矛盾冲突。反面典型人物的人设单一。扶贫题材一般会设置贫困户反面典型，好吃懒做、泼皮无赖、曲解扶贫政策等，为难驻村工作队的干部，这种人设成为一个固定套路。套路二：前后对比反差，体现在帮扶前与帮扶后的效果。为了强调帮扶难度，夸大原先贫困的程度；为了体现扶贫的成果，拔高脱贫后的成绩和效果。套路三：正面典型人物高大完美，不近人情，多是没有七情六欲的英雄人物，显得工具化和纸片化。套路四：重宏大叙事，轻日常化书写。作家在大时代总会有为时代写一部"史"、立一个"传"的冲动，新时代乡村题材写作毫无疑问是这个火热的年代的伟大事件。既要宏观把握，还要处理好"微观""实证"的关系，才可能具有牢固的社会学和人类学价值。创作者往往热衷于时代大事件，忽视鸡毛蒜皮、油盐酱醋的小事。处理好小题大做与大题小做的关系是一个作家能力的体现。同时作家自己也面临三个层次的"新变"，即超越以往的自己，超越小范围的同行，超越同时代大多数人。

第七，观念先行与审美复杂性的关系。善与崇高是乡村题材天然的主题，帮扶者的奉献，贫困者的自强不息，他们共同战胜困难的顽强精神等。快适、美、善这三个层次递进、回环、互相渗透，快适使美和善得以贯彻，美连接着快适和善，善（崇高）是快适和美的终极关怀。按照爽文的套路安排悬念、笑点、泪点，单纯追求好看，作品只能达到第一个层次。有些有艺术追求的作品能达到第二个层次，给人以审美享受、感官的陌生化、巨大的视觉冲击感。优秀作品是三个层次的融合，让人震撼心灵、刷新认知、升华精神。乡村题材创作还包括主旋律与艺术求真关系的辨析，服从真理的主旋律作品才是好作品。追求真理难免要一层层地剥，必然有反思和批判的环节，那么，主旋律作品做到反思和批判，如何把握这个度，应该有一个实事求是的真理原则。主旋律并不是无节制地歌颂，以社会学和人类学观察视角看待事件的发生和发展，经得起时间的考验，具有历史价值，得到官方和民间的认可。新时代乡村题材创作审美的复杂性就包含在反思、批判与继承的基础上的创新，产生一种从未有过的新东西。带着神圣的使命，将陌生化的乡村微观景象，众多小人物丰沛的内心和热切的情感，扶贫工作和乡村振兴者的奉献精神和人格魅力，这种整体上向美、向善的强大精神力量呈现出来，形成一种新的动能。很多要素是天然的，不需要作者刻意塑造，只需要用心撷取、提炼。

第八，价值基调与主题升华的关系。扶贫和乡村振兴是一个伟大的事业，值得大书特书。作品要有长久的价值，需要建构引领时代先进文明的价值框架。如何书写贫困者的绝望、惶恐、焦虑、自卑、希望、奋斗、喜悦的情绪变化过程，以及扶贫干部的困难、焦虑、耐心、果敢、责任担当、取得成功的心路历程，当扶贫者与贫困者两种情感叙事线索交织时，某种价值就会体现出来。乡村振兴是在脱贫攻坚基础上的巩固和提升。缩小乡村与城市的差距，提升农民的物质与精神水准。某种意义上，乡村振兴比脱贫攻坚更难。创作者放低姿态才看得到平等的、高贵的人。贫困和落后并非卑贱，对待弱者的态度、少数民族的态度、穷人的态度，体现作者的情怀和价值追求。从细节和字里行间、从人物角色的定位和奋斗历程，可以看到作者的感情流露。现实中有些作品，作者为了强调困难，把女干部描写成用色相换取扶贫资金的花瓶；为了强调落后，可能涉及民族地区与现代文明格格不入的习俗和传统；为了强调困难，不加辨别地把贫困者和落后者描述成低能儿、野蛮人。如果把善的价值基调理解为一种怜悯和施舍，就会出现某种价值偏差。作者最好是让人物在对抗困难中确立价值，人物对脱贫和乡村振兴的理解深度决定了作品高度。作品主题的升华并不是说教，在贯穿整个作品的内在逻辑中，一定有那么一个东西，使作品的整体价值凸显出来，或者通过某种意象，共同的器物或者观念作为一种中介，把它艺术化，对整个脱贫攻坚和乡村振兴事业进行价值提升，通过扎实的叙事实现精神升华。将民族的、地区的与世界对接，真正体现社会主义价值理念，体现中国人民建设新农村的道德高度和文明高度。

乡村题材是这个时代的大主题，作品中的精神性要素是从民族文化中提炼出来的最精华的东西，采用最新艺术精心创造的高品质艺术范本。新时代乡村题材文艺作品中，扶贫和乡村振兴题材具有天然的故事性，有多不胜数的感人事迹，然而，如何通过艺术方式呈现出来并不是一件容易的事。扶贫和乡村振兴题材与其他题材不同，它是道德原则、真理原则和艺术原则的高度统一。作为道德原则，它是实现人民对美好生活向往的具体表现，是追求富强、文明、平等理想目标的必要条件；作为真理原则，要做到不夸饰、不做作，实事求是；作为艺术原则，它虽然有一定程度的艺术化虚构和提炼，但它的基本前提是写实主义。"民族要复兴，乡村必振兴"，2021年中央一号文件《关于全面推进乡村振兴加快农业农村现代化的意见》提出实现巩固拓展脱贫攻坚成果同乡村振兴有效衔

※ 乡土文学的时代之变

接。新时代乡村题材的人学和美学接续扶贫题材的热点。如何把握乡村题材的叙事关系和内在逻辑，扶贫与乡村振兴题材写作方法与之有相通之处。

## 第二节 少数民族作家笔下的扶贫主题文学

在全面脱贫奔小康的进程中，少数民族同胞作出了突出贡献。少数民族作家关注本民族发展，用深情的文字把这一伟大历史事件呈现出来。他们在表现这一题材时具有天然优势：个性化的艺术思维、独特的文化背景、具有民族特色的语言，将他们自由放达的生活理念融入作品之中。少数民族作家的扶贫题材作品在艺术表现力和思想价值方面可圈可点：一是情感投入方面自我"加戏"，始终隐含着"我"的主体形象；二是用深情、温暖、厚重的笔调把最动人的东西呈现出来，包括独具特色的风土人情、人文历史、脱贫攻坚中的辛苦和汗水，以及对扶贫人的感激和敬意；三是鲜活的民间语言，具有陌生化特征的人名、地名（民族语言的音译词）；四是在精神层面上突出意志锤炼和心灵净化的作用。

### 一 如实展现脱贫攻坚事业

报告文学是扶贫题材书写中的常见体裁。少数民族扶贫题材的报告文学开创了许多新的表现形式，跳出了一般报告文学的固定套路，进行了一些创作方法上的新尝试。土家族作家彭学明的《人间正是艳阳天——湖南湘西十八洞的故事》探索出新的创作方法。彭学明是湘西人，比其他作家更了解十八洞村。他擅长写语言灵动的诗歌和散文，《人间正是艳阳天——湖南湘西十八洞的故事》中的十八洞村在他的笔下多了一份美、一份温情和一份不为人知的前世今生。他走进被访人的心灵深处，通过大量意味深长的对话，呈现出十八洞村民对习近平总书记的爱戴。2013年11月3日，习近平总书记在十八洞村首次提出"精准扶贫"。作者用村民转述的方式把习近平总书记在十八洞村的场景进行再现和还原。他笔下用墨最多、用情最深的人物是施金通。他还采访了石拔专、龙秀林，以及施成富和龙德成夫妇、孔铭英和施全友夫妇等扶贫干部和村民，文章巧妙地呈现了鲜活的民族语言，村民真实的想法。

花垣县苗族作家龙宁英抓住机会，习近平总书记2013年11月在湖南湘西考察时提出"实事求是、因地制宜、分类指导、精准扶贫"，第二年，她就着手采写十八洞村脱贫攻坚的故事。《逐梦——湘西扶贫纪事》从历史、现实对比的视角，按时间顺序，以扶贫行动中的重大节点为线索，表现了扶贫人与帮扶对象之间的矛盾、协商及最后的团结一心、攻坚克难。从扶贫事迹中，读者也可看到湘西淳厚的风土人情。

彝族作家阿克鸠射的《悬崖村》书写了四川大凉山的"悬崖村"。他之所以关注家乡的脱贫攻坚事业，是因为被家乡人的热情感染。乡亲们在电话里情不自禁地告诉远方的亲人："精准扶贫瓦吉瓦（好得很），习总书记卡莎莎（感谢）!"习近平总书记视察"悬崖村"，指导大凉山的脱贫攻坚，凉山州昭觉县发生了翻天覆地的变化。上下落差800米的悬崖峭壁，12段218级藤梯，现在换成安全结实的钢梯，成了"悬崖村"挂在天上的"高速公路"。"悬崖村"修建了崭新的小学，孩子们不必再胆战心惊地爬藤梯。《悬崖村》用深情的笔调反映了"悬崖村"发生的变化。

仡佬族作家王华以淳厚绵长的语言见长，出版了多部乡村题材作品。报告文学《海雀，海雀》在柔软、细腻的文字下隐藏着坚韧的筋骨和气节，她用扎实的细节展现了村支书文朝荣带领村民走过的艰难岁月，修路、架电、引水，将一个光秃秃的石漠化的海雀村变成植被丰茂的万亩林场,在对抗石漠化的战斗中,涌现出李淑彬、胡索文等一批植树造林的模范人物。少数民族作家的脱贫攻坚书写集中表现在报告文学这一体裁上,类似的作品还有龚盛辉(瑶族)的《沧桑大爱》、姚元和(土家族)的《脱贫攻坚手记》等。

### 二 深情描绘新的乡村生活图景

诗歌是扶贫题材中的"轻骑兵"。脱贫攻坚过程中的人和事使人感动,情景也极易入诗,其氛围也能迅速激发诗人爱与悲悯的情绪。土家族诗人周明是湖南桑植县人,也是人潮溪镇和平村驻村第一书记。他写扶贫题材的诗不用专门查资料、找材料,他所有的工作、生活都是诗歌素材。他的《傍晚的夕阳,落在背篓里》(组诗)中的《跋涉者》写道:"他将苦与累抵押给青春/兑换成孩子的学费,妻子的苦药。"[1] 他自己就是这位跋涉者。他在诗中设置了一个老虎的隐喻,老虎在贫困的陷阱旁等候着跋涉者,他表明了决心不愿成为老虎的俘虏。其《癌症患者》写道:"向彩月的孙女跪在枇杷树下/认真做着算术题/全是减法/最后一题,结果等于'0'",[2] 透出扶贫人对抗贫困的决心。

彝族诗人郁东的《飞向村庄的阳光》(组诗)描写了贫困村的变化,将新建的房子又白又亮的灯作为意象,照见父老乡亲心里的温暖。芦苇岸(土家族)是写脱贫攻坚题材诗较多的诗人。《诗刊》"庆祝建党百年专号"刊登了他的《小康的大地》(组诗),歌颂脱贫攻坚的惊人变化,描绘了一幅幅华夏大地上的小康生活图景。白族诗人何永飞走访了高黎贡山、怒江、独龙江等地的扶贫点,他在《生死通道》中写道:"贫困的影子,彻底拔出,疾病的

---

[1] 周明:《傍晚的夕阳,落在背篓里》,中国诗歌网,2020 年 7 月 9 日。
[2] 周明:《傍晚的夕阳,落在背篓里》,中国诗歌网,2020 年 7 月 9 日。

魔头/羁押于现代医学,身体的经络就像独龙江/畅通无阻。"① 在《溜索,再见》中,他写道"日子,从黑跨向白,从冷跨向暖",② 热情赞扬彩虹桥接替溜索的巨大变化。

### 三 积极呈现精准扶贫过程

小说也是表现脱贫攻坚题材的重要文体。土家族作家李传锋的长篇小说《白虎寨》,开头写到华尔街次贷危机,由此引起连锁反应,在广东打工的鄂西土家族姑娘幺妹子失业回到白虎寨带领村民致富。故事围绕幺妹子展开,小说塑造了一批人物,包括漂亮能干的村支书幺妹子与扶贫工作队的向思明,在土家寨做人类学调查的顾博士,土家姐妹春花、秋月等,这群年轻人时尚、前卫、充满时代活力。

瑶族作家红日的《驻村笔记》看似一部文风朴素的笔记体作品,却是经过充分艺术考虑的现实主义小说,笔记体恰当呈现了精准扶贫过程中艰难琐碎的工作。居住着3000多名壮、汉、苗、瑶各族百姓的红山村,贫困程度深、贫困面积大、地势险峻、环境恶劣,驻村扶贫干部带领村干部克服重重困难,进行了一场精准识贫、建档立卡、架桥筑路、通电供水、移民搬迁、建立产业链的脱贫攻坚战。作者对扶贫政策理解到位,真切情感流露于笔端,塑造了毛一、老跛等个性独特的人物。作品以笔记式叙事手法,营造出一种人在现场、感同身受的艺术氛围。这种对精准扶贫显微镜式的观察,有助于呈现脱贫攻坚的艰难历程。

土家族作家李文锋的《火鸟》以湘西土家族、苗族等民族的脱贫攻坚为原型。文字功夫扎实,抒情和写实到位,对主题的认识也

---

① 芦苇岸:《小康的大地》,《诗刊》2021年庆祝建党百年专号。
② 芦苇岸:《小康的大地》,《诗刊》2021年庆祝建党百年专号。

很有见地。他不回避人物的缺点、错误和遗憾。小说语言讲究,节奏、矛盾、张弛都表现得恰到好处。苗族作家江月卫的《守望》也以扶贫驻地的人和事为原型。苗族作家向本贵的《前程似锦》、土家族作家龚盛辉的《凤凰飞回客溪村》等小说也表现了脱贫攻坚内容。

上述作家大都有担任驻村第一书记或当村干部的经历。李传锋当过村干部,退休后重回恩施鹤峰山乡,长时间感受乡村生活。红日(潘红日)曾到罗城仫佬族自治县黄金镇寺门村担任驻村第一书记。李文锋有过7年的驻村经历,并长期结对帮扶困户。江月卫在辰溪县仙人湾瑶族乡布村担任驻村第一书记。这些工作经历为他们的扶贫题材创作提供了第一手素材。

2020年7月,中国作家协会召开了"全国新时代乡村题材创作会议"。各省根据自身特色策划主题,如湖南省委策划的"梦圆2020",其中就有一批少数民族作家加入这一主题的创作中。广西、贵州也推出了相应的脱贫攻坚专题策划。少数民族作家以各种文体,艺术化反映了脱贫攻坚的艰难历程和辉煌成就。少数民族作家在传统叙事的基础上,加入了大量新元素、新方法、新样式。这些文艺作品在艺术上高度形式化,在题材可信度上又非常接地气。人物形象丰满复杂、鲜活结实、可信可亲。电视剧、舞台剧等视听艺术文艺作品更是以丰富复杂的艺术手段,呈现给观众的多元立体的综合性艺术,将空间艺术与时间艺术有机结合,形成新的连接和发生点,建构新的价值框架,新的叙事主体和对象,新的精神气质和氛围。

## 第三节 扶贫人英雄传:卢一萍的《扶贫志》

长篇非虚构作品《扶贫志》采用史志的写法,有报告文学的外表、列传体的骨架、传奇的精神内核。讲述大湘西扶贫人的故事。四川作家卢一萍为了写好这部小说,从"精准扶贫"首倡地湘西土家族苗族自治州花垣县十八洞村出发,锵锵而行,行程万里,沉浸式体验,获得丰富的一手材料。半年时间完成书稿,这位中年壮汉作家感觉"虽然很累但很开心"。不同于常规报告文学的写法,《扶贫志》是叙述人视角叙事+当事人口述+资料+数据,扶贫大业,非常之事必有非常之人。

群山之巅有一棵千年梨树,它兀自开花又寂然结果,酸涩的果实叭叭地掉在地上,摔得汁液四溅——却无人在意。狗吠、鸡鸣,秋风从高处掠过,又从低处溜走。冬去春来,如此景象千年不变。这是一种历史性隐喻,《扶贫志》作者笔下的湘西十八洞村这棵梨树的意象成为一种精神性象征。某年某月某日,这个风景绮丽、青瓦褐墙、被称作梨子寨的千年老寨,实现了令世界瞩目的重大历史转折。老梨树突然精神焕发,"自那以后,梨子寨那棵梨树逐渐显露了枯木逢春之相。初冬,它抖落了一身风霜浸染的老叶,酣然入梦;春风徐来之时,它又舒展一身枝条,舞动一蓬灼灼大花,招呼着梨子寨人,不要辜负这生机盎然的武陵之春"。[1] 读此前言,可能会让读者产生一种恍惚,以为是在读一本诗意铺排的情感小说,那画面甚至有修仙、玄幻的意味。老梨树的意象,柔化了非虚构扶贫题材的"坚硬"。

## 一 "自那以后"的特殊含义

"自那以后"在这个文本语境里有特殊含义,它隐含着一个重大历史节点。这个深刻的隐喻,在中国历史文化意象中,如古代文人笔记小说,常有某年某月某日发生一件灵异之事,有人嚯然成

---

[1] 卢一萍:《扶贫志》,湖南文艺出版社2021年版,第6—7页。

※　乡土文学的时代之变

仙,有人瞬间实现财富自由。而在这里,自那以后,老梨树便开出灼灼大花。这个重大历史转折点就是2013年11月3日,习近平总书记在十八洞村提出"精准扶贫"。"精准扶贫"作为一个新起点,扶贫模式发生转变,速度更快、质量更高。卢一萍是一位成名较早的"70后"作家,出版过长篇非虚构作品《八千湘女上天山》,近期出版了军旅长篇小说《白山》、报告文学《祭奠阿里》。但扶贫题材是第一次接触,起初他有些犹豫,担心自己作为异乡人完不成这个任务。扶贫题材极其难把握,尤其对一位成熟的作家来说是一种写作艺术上的挑战。但卢一萍说:"军人的血性让我最终决定挑战这个'急难险重'任务。"[1]

扶贫题材写作需要大历史观、大情怀、大格局、大悲悯。这是精神骨架,没有这个骨架,再好的故事立不起来。《扶贫志》前言用了老梨树意象的诗意表达,正文超越了"文学化"羁绊,在人物传记体结构上采用了文献学的考据、社会学调查、人类学观察视角、必要时就是资料罗列和数据佐证。扶贫看上去是一个观念先行的题材,似乎也不需要作家重新构建一套新的价值体系,但是作家如何挖材料,如何处理人物关系,如何通过事件评价其历史意义,这是对作家历史观和认识水平的考验。文本本身呈现给读者的是一个枝繁叶茂的脱贫故事,文本背后作者的用心则是深植于当代社会的深刻的忧患意识。卢一萍写在后记里的一番话看似散淡,却道出了其中真意:

> 为反映湘西精准扶贫全貌,我的采访是以"大湘西"为范围的,除了湘西土家族苗族自治州,还包括常德、张家界、怀化三市的部分地区。借助湖南文艺出版社"作战式的保障"方

---

[1]　卢一萍:《扶贫志》,湖南文艺出版社2021年版,第425页。

式，40多天的采访时间里，完全可以用"马不停蹄、夜以继日"来形容，我先后深入30多个村寨，采访了90多人，行程1.53万公里，从5700多分钟采访录音和200余万字的笔记等素材中，以人为志，选取了20多个亲历者的故事。①

他在书的结尾罗列了一长串需要感谢的人，县委书记、扶贫队长、机关干部、小学老师、公司经理、田间地头的农民……扶贫是一个全社会共同参与的大事件。卢一萍从花垣县十八洞村起步，游走在老乡的屋檐下、院坝、农田、工厂车间，把收集来的眼泪、汗水、喜悦、幸福，不加修饰地呈现给读者。他自称是一个"颇为合格的农民"，但已经离开他的四川农村老家30年。

显然，以人物为"志"这个结构是经过充分艺术思考的，书中所涉及的人物大致可以分为以下几个类型：一是扶贫工作队及当地扶贫责任人。这个类型的人物是扶贫人的中坚力量，如花垣县委书记罗明、十八洞村扶贫工作队队长龙秀林，提供了花垣县和十八洞村的脱贫经验。还有从北京、长沙等地来的扶贫工作队，如杨凯、时鹏、曾李、刘斌等，留下了基础设施建设、产业扶贫和知识扶贫的成绩和经验。致富返乡的乡村能人转变为村级扶贫责任人，他们"吃得苦、霸得蛮"，为了带领乡亲们致富，他们放弃了正处于上升期的私人企业或个人晋升机会，如发家致富后回古丈牛角山村（原毛坪村）扶贫的龙献文；保靖县大岩村有经济头脑的农民龙献英（龙献文的妹妹），发家致富后锲而不舍地带动村民种黄金茶；辞去公职返回丈夫老家芷江侗族自治县五郎溪村当村支书的田昌英；回到花垣县麻拉村当支书的成功人士麻兴刚；回到泸溪县马王溪村办厂的成功人士石泽林；麻阳苗族自治县楠木桥村村支书谭绍鲜；怀

---

① 卢一萍：《扶贫志》，湖南文艺出版社2021年版，第426页。

※ 乡土文学的时代之变

化十大杰出青年之一的楠木桥村村主任谭泽勇等。二是野蛮生长的乡村能人。这一类扶贫人有着传奇的人生经历，如为了留守儿童学拍电视剧的苗家大嫂田金珍，自我逆袭的脱贫者永顺洛塔的吴添春，商界天才谭艳林等。三是来自四面八方的扶贫志愿者。他们凭着一份责任和善念，不计名利，无私奉献，如石门县薛家村扶贫志愿者河北人王新法，凤凰竹山创办旅游产业的退休乡贤张顺心，永顺县的富二代大学生扶贫者王少甫等。

古代章回小说通常会给主要人物的命运安排一些隐晦的总结语（《红楼梦》里叫"判词"）。在标题就有提示或者判词，通过这种提示大致可以判断人物的身份、性格和命运。《扶贫志》把这种提示安排在每章大标题中，如探索者、先遣队、大地基石、仰望星空的人等。落实到每个人物又有不同，如永不死的老兵（王新法）、一张嘴干部（龙秀林）、百万资产"贫困户"（田金珍）、"莓茶王子"（王少甫）、老光棍（施金六）、人人嫌的老酒鬼（龙先兰）、折翅的天使（吴添春）。前半截出现在小标题里，后半截（括号里的人物）在正文仔细交代。提示语包含了人物的身份、状态、精神面貌、最初的偏见（绰号或调侃）、肯定和赞扬。判词和画像是史传体常用手法，有的是第一印象，有的是最后的结论。这种画像式的判词有一种画面感，容易让人想起陈洪绶的《水浒叶子》[1]，精神形貌一笔勾画出来。由于都在大湘西，其中很多人物有关联性，扶贫人传授经验、互相帮助、先进带后进。扶贫事业在大湘西全面展开，书中人物是千百万扶贫人的缩影。

---

[1] 《水浒叶子》，陈洪绶（1598—1652年）绘，共绘制40幅梁山人物形象。陈洪绶运用一种独特的锐笔和直拐线，线条的转换和衔接十分强悍，衣纹的走向和人物姿态有强烈的运动感，重重落笔又轻轻收笔，韵味无穷。《水浒叶子》广为流传，成为后世难以超越的水浒人物画。

## 二 作为"脱贫手册"的历史价值

在西方学术传统影响中国之前,列传体是中国史学的主流方法。钱穆先生认为以人为主体的结构要优于以事为主体的结构。《扶贫志》虽以"志"之名实则突出人物之"传",以人的叙事推动事物演变。因此,《扶贫志》虽是文学,但其史料文献价值同样值得重视。首先它像一部脱贫教科书,从精神层面激励着扶贫人。书中的扶贫方法、典型事例又可以让相似情况的村寨对号入座。其次它可以作为扶贫人手册。书中涉及数十位典型人物,他们的处事态度、工作方法、与人沟通的方式都有样本意义。人物较为开阔的眼界、见识和胸襟有榜样作用。他们的世界观、人生态度、生活追求有可模仿性。最后是产业致富模板的功能,可以拿来作为致富范本。书中总结了许多可行的经验,如"六个一""三大建设""九不评""四跟四走"等,每一项扩展开来都有可操作性。

扶贫政策执行过程中可能会有贫困户不服气,其实农民并不是胡搅蛮缠。书中人物都有很强的问题意识,每一位扶贫人一开始也都不顺利,他们是如何一点一点地做工作,讲政策,摆道理,勇敢地自我反思,正视问题,创新工作办法,从精准扶贫一开始就走正规程序。扶贫人与贫困户最后成为好朋友。

作品通过真人真事现身说法。聚集起来的集体智慧和不同类型的成功例子,总有一款适合有需要的人。人物通过自述现身说法,像邻里之间聊天、谈心,有很高的可信度和可操作性,如"金美丽"(黄心猕猴桃)的成功经验,田昌英的致富法宝,科皮村四硕士的数字农业。《扶贫志》里有很多有意思的小故事,都是真实的故事,地址很详细,只差留电话号码和微信号,有心者可以顺着线索找他们取经。

扶贫是一个严肃的主题,有很多艺术上的禁区。由于主题严肃，不能娱乐化，它只能是一个现实主义与写实主义文本。通过细小事物反映时代大事件，必须遵循真实性原则。为了更深地挖掘人物的内心世界，《扶贫志》有一些叙事手法的创新。从"精准扶贫"首倡地十八洞村出发，花垣县委书记罗明的叙述开始，叙事中有意隐去了作者/采访者，叙述者对着所有人说话，而不是对采访者一个人说，受话人是虚拟的，所有人，或者没有人。作者跟讲述人拉家常，讲述人面对着一个可信的倾听者，这样的安排结构有一个好处就是语境是开放性的，讲述者有一种莫名的诉说冲动，掏心窝子地要说出自己的秘密。"你把秘密告诉了风儿，就不要怪风儿告诉树林"（纪伯伦），这样，读者看到的大段大段的自述便觉得亲切可信。每个人的述说都是一张藏宝图，走进说话人的思维，如同走进一片风光旖旎的山水丘陵，那里有脱贫致富秘籍，有人生智慧。

在处理历史文献方面也超越了报告文学的窠臼，没有拘泥于对几百年、旧社会的回顾。为了前后对比的巨大反差，许多扶贫题材文艺作品对历史文献的把握少则从四十年前说起，多则从清末民国说起。《扶贫志》避免了这个套路，将与扶贫有关联的政策性问题进行打捞，如"早在2001年，时任国务院总理朱镕基到湘西视察，在一个座谈会上，他就对湘西州的干部们说过：湘西其他方面不要搞，当前尽快搞好退耕还林，以后你们就吃旅游这碗饭！"[1] 以此佐证花垣县从以牺牲环境为代价的矿产资源型发展模式向环境友好的旅游资源型发展模式转型，说明这种转型是有历史渊源的。

### 三 个性张扬的平民英雄

按照新历史主义观点，历史充满了断层。在历史必然中，肯定

---

[1] 卢一萍：《扶贫志》，湖南文艺出版社2021年版，第33页。

存在着非连续性和偶然性。单从人物的叙述可以看出，有时候一个善念变成一项事业，这样的事例多不胜数。偶然性背后有着很强的必然性。知行合一，这是中国乡村经验，也是大多数知识分子的信条，有意义的事最后都落实在行动中。在西方人文科学主导下的资本主义，个人主义的落脚点是个人财富自由。因此麦克斯·施蒂纳在《唯一者及其所有物》中认为"利己主义"是"唯一者"的所有动机、行为和目的，他把"人道自由主义"设定为人类发展最高阶段。马克思、恩格斯在《德意志意识形态》中批评施蒂纳的观点，认为仅从经验现实出发去界定人的本质是不够的。施蒂纳的理论，目的就是为利己主义者立法。施蒂纳的"唯一者"哲学有着他们自己深厚的文化土壤。中华文化传统讲求命运共同体："大道之行也，天下为公。"（《礼记·礼运》）《扶贫志》中的平民英雄一方面骨子里刻着这种文化基因，同时，这种英雄意识又是新时代公民个性张扬与集体主义相结合的英雄主义。

田金珍在这部作品中是一个标识性很强的人物，她的行为和逻辑极其独特，她像一位起于陋巷的春秋战国时期的"狠人"，认准一个伟大的目标，对困难很少评估。过程充满了未知性和不确定性，她凭着不妥协、不敷衍、不将就的狠劲，最后居然成功了。只读过小学三年级的农村妇女，要拍电视剧、当导演。她拍电视剧不是赶时髦，也不是想出名，就是看不得孩子受苦。只想记录留守儿童的辛酸，把这些孩子的故事告诉更多内心柔软的人，让大家一起同情他们，替他们想办法。只要让这些"有父母的孤儿"回到父母身边，她的目的就达到了。母性本能和心中不断升腾起来的大悲悯，两种东西搅和在一起，使她变成了一个疯狂生物，没有人能把这个生物摁住。整个过程荒诞而又传奇，她搭起了一个叫作"农民剧组"的草台班子，身兼制片人、编剧、导演、剧务、发行。卖猪筹款，丈夫忍受不了这个败家婆娘，一度闹翻脸。录制、剪辑、合成，这么一个有技术含量的艺术产品，奇迹般地完成了。在村里播出后反响很大，"影碟放到一半，坐在前排的麻中华将头埋在膝盖上，双肩抖动，哭了"。[①] 首映式后，看片的人一传十、十传百，《千里寻母记》出现了盗版。田金珍的事迹火出圈了。她朴素的话语却包含了很高的生活智慧，她认为留守儿童长大成人后，基本生活都没问题，但由于从小缺少父母的爱，以至于成家之后不知道如何去爱自己的孩子，这才是大问题。田金珍的"疯狂"行为并未就此止步，她为了夜郎坪村不再有留守儿童，她种桑养蚕，做苗绣，同样在毫无风险评估的情况下都成功地做成大产业。

总有一些自发为乡村谋幸福的能人，孔子曰："十户之邑，必有忠信。"（《论语·公冶长》）这可能就是人类文明进步的密码。古丈毛坪村的龙献文、保靖大岩村的龙献英，他们是两兄妹。龙献文本来是一位拥有三个公司的企业老板，却做出一件让人觉得"脑子进水了"的决定：回乡当村支书。他的牛角山茶叶专业合作社虽然历尽艰辛，但"2010年春节前夕，31户村民全部搬进新房"。产业还在扩大，龙献文带领乡亲们致富的信心在增长。嫁到保靖的妹妹龙献英也带领大岩村的乡亲种茶致富。刚开始种茶也不顺利，大家认为茶当不得饭吃，栽好的茶树被公婆薅死了，改种红薯和辣椒。

麻阳苗族自治县楠木桥村与竹子坳、黄茶村合并后成了深度贫困村，涉及易地搬迁和危房改造。老百姓一开始思想不通，认为扶贫队要他们扒房子重建，想拿回扣、得好处。村支书谭绍鲜知道老百姓并不是要存心污蔑扶贫干部，他们有的人是对建房面积的政策不满，政策规定了，每人多大面积。竹子坳村和黄茶村的人还不信任他们，过去被心术不正的村干部坑害过。谭绍鲜找到原因，耐心

---

[①] 卢一萍：《扶贫志》，湖南文艺出版社2021年版，第80页。

做通他们的工作。在此基础上，他们还创新性地发展出"九村联创扶贫产业园"，产业园规模化、集约化，开创了抱团攻坚的新模式。

《扶贫志》是一本为平民英雄树碑立传的书，讲述那些平凡普通的人是如何破茧成蝶成为英雄的。这本"英雄人物谱"中，芷江五郎溪村的田昌英的死磕精神特别显眼。

> 这里原来没有路，离麻阳和芷江的县城都远，很多疾病没有得到及时诊治，本是小病，酿成重疾，导致脑膜炎、脚瘸、眼瞎、聋哑、半身不遂……当时五郎村办残疾证的就有80多人，很多是一级、二级残疾。她就问老公，你们这里怎么这么多残疾人？是不是近亲结婚的原因？他说不是，就是因为穷。[1]

田昌英一开始的目标很简单，希望五郎溪照上电灯，通公路，喝上干净水。基础设施建好后建市场。村民夸他们的田书记能干，像愚公移山一样搬走了穷根，像穆桂英挂帅一样带领他们打了一场又一场的脱贫战，把一个"鬼地方"变成了好地方。很穷的时候田昌英就严禁乱砍滥伐，习近平总书记提出"绿水青山就是金山银山"，她最有心得，很顺利在这个穷村发展乡村旅游。她很自豪地说："我当初之所以想把生态环境保护好，就是想搞这个。"

让成功人士麻兴刚没想到的是，镇党委书记让他去麻拉村当村支书，麻兴刚当即拒绝了。他已经是州人大代表，某矿业集团的党委书记兼常务董事长。最后他不仅当了支书，还把儿子拉进来扶贫。龙山的谭艳林，从小就有过人的商业头脑，15岁出远门，做过流水线工人、鞋垫生意、工地杂役、超市理货员、外贸企业主管。为了让姑姑这样的残疾人有事做，她回乡办起了民族工艺品

---

[1] 卢一萍：《扶贫志》，湖南文艺出版社2021年版，第131页。

厂，生意做到了海外。七彩乡的石泽林的成功经验可供农民分享："人要出去走走，才能开阔视野。就像我当年要是没有 9 年的打工经历，我怎么能办陶瓷厂呢？"①

作家没有刻意往人物身上打高光，他们有着普通人都会有的缺点，有错误和失败，都是在学习、探索中成长为坚定的扶贫者。《扶贫志》就是由这 20 多位情感复杂、故事曲折的扶贫人，构成了一个丰满坚实的文本。

### 四　多重力量的集合

从实用主义角度来说，这种叙事手法既是脱贫攻坚战的回顾和总结，同时也对乡村振兴有参考意义。无论是文盲还是学者、老百姓，无论是官员、穷人还是大老板，众多人物汇集一起，足以形成一股强大的精神能量，这种精神能量从多方面激励人、鼓舞人。扶贫是一项旷世伟业，实现起来极其艰难，这样的鼓励是有必要的。

正能量，给人以奋发向上的精神力量。作品散发出来的能量产生多重效益。传递国家的信心，告诉人们以举国之力，在 2020 年全面脱贫的事实，同时为扶贫干部增加工作信心。它有艺术性又很励志，书中个人奋斗的故事具有很强的感染力。别人如何在一贫如洗、一穷二白的情况下发家致富，不是神话传说，也不是虚构文本，有真人真事，可参照、可模仿，书中有大量如何因地制宜地制定发展策略的案例。除此之外，作品还委婉地告诉人们如何用发展的眼光，做一个有方法的干部和有见识的农民。

小说从多方面呈现出它的价值。

其一，从众多脱贫攻坚故事中看到发展的力量。从《扶贫志》里可以看到乡村振兴的前奏，多方面的基础都已经打好。首先是思

---

① 卢一萍：《扶贫志》，湖南文艺出版社 2021 年版，第 338 页。

想基础，不同身份、不同工种的人群对脱贫攻坚、全面奔小康的意义和目标有了清晰的认识。其次是物质基础，作品中反反复复出现的，也是人们为之奋斗的目标，如公路、铁路、桥梁、电网、信号基站、学校、医疗卫生设施、房屋等，都得到极大地改善。再次是产业基础，工商业、农业现代化、第三产业（服务业、文旅融合、文化创意产业）的创造性转化和创新性发展。最后是干部基础，人的基础是根本。经过多年扶贫，各级下派的扶贫干部得到了锻炼，在此基础上总结扶贫中的经验教训，继续在乡村振兴中发挥作用；各村寨自身成长起来的村干部、乡村能人，都在这一过程中得到锻炼。村民也对国家政策和不断更新的帮扶方式有所熟悉，与扶贫干部达成理解和合作。

其二，人物的感染力。把新感觉、新文风，通过人物自述、对话、叙述人叙事、资料补充等多种方式表达出来。人物群像有层次感，单个人物性格鲜明、风格独特。通过细节塑造人物，如写到龙秀林，他是十八洞村第一书记，经常接受大媒体采访，算是见过大世面的人。有一次接受中共中央办公厅回访，龙秀林本来做了充分准备，写了汇报材料，中办的人却说"随便说说，咱们不看稿子"，龙秀林脑子一片空白，一紧张连第一个问题是什么也忘记了。"蒙了数十秒钟后，龙秀林清醒过来了。"他生动形象地总结了十八洞要实现的"五来"目标："鸟儿回来了，鱼儿回来了，虫儿回来了，打工的人儿回来了，外面的人儿回来了。"平时听多了四平八稳的公文报告的领导，突然听到如山泉、似春风的诗化排比句，高度评价了龙秀林的汇报。

其三，对比的力量。扶贫工作队大都是年轻人、高学历，村民以为他们是来镀金的，甚至不配合工作；认为他们四季不明、五谷不分，扶贫可能就搞些形式主义的东西，一开始都怀有戒心。湘投集团派往永顺科皮村的四个人都很年轻，刚来的时候，有人说，上

※　乡土文学的时代之变

头派的人学历是比较高，但做事能不能落地，我们还得看一段时间。科皮村朵枯人的这种想法具有代表性。新闻经常出现贫困户用不签字"要挟"工作队的怪现象。四硕士中陈鹏在英国留过学，他把在英国看到的现代化农业思路引用过来，在科皮村推行高科技农业，引入人工智能、互联网、大数据，用人工智能取代人工劳动。提前把乡村振兴"产业兴旺、生活宜居、乡风文明、治理有效、生活富裕"落实到位，赢得贫困户的好感。朵枯的路修通后，老党员田兴发和另外5位村民给工作队写了一首山歌，用永顺当地的山歌调声情并茂地唱了出来。工作队制定"五树五建"①，扶贫还要扶志。扶贫以人为本，工作队一共成立了14个协会。②

其四，榜样的力量。扶贫人所作的贡献除了经济上的改善，他们的行动是一种示范，告诉人们重新认识自我与对象的关系，打破精神、知识和情感的裹挟，人生进入广阔的世界。王新法是凭空飞来的扶贫人，既不是石门薛家村人，也不是政府下派的扶贫工作队成员，他是扶贫人中的一个另类，一朵奇葩。他的另类还体现在生活细节上，60岁的人，背着有毛泽东像章和"为人民服务"的帆布包。河北人王新法自费到湖南石门薛家村扶贫的事迹已经广为人知了。他没把自己当外人，修桥补路，建烈士陵园、农家乐、茶园等。扶贫干部谢淼说起"王大哥"时，总是难以抑制住自己的泪水："王大哥的话不多，席间很严肃，眉头拧着，总在想问题。从他偶尔讲出来的话语中，就感觉到这个人太干净了，一辈子经历沧桑，都没有受过什么污染。"③ 作者也给王新法一个评价："他是个

---

① "五树"即树崇德向善新风，树遵纪守法新风，树移风易俗新风，树诚实感恩新风，树勤劳致富新风。"五建"即建乡村夜校，建新型农业培训中心和创业协会，建乡村车间和"一村一品"基地，建扶贫互助合作社，建爱心公益超市。

② 如乡贤协会，文艺协会，水电协会，各种种植协会、养殖协会，禁毒协会，红白理事会等。

③ 卢一萍：《扶贫志》，湖南文艺出版社2021年版，第388页。

顶天立地的英雄。"王新法的去世，作者用的"殒落"这个词。

扶贫题材天生就是一种"硬材料"，几乎每个接触这类题材的作家都想把"硬材料"进行艺术化处理，要么用功过猛，花式结构、骈俪文采，写成一个空洞无物、多肉少骨的东西；要么毫无艺术成分，写成一个总结汇报材料。《扶贫志》软硬兼顾，比较恰当。但它并不是完全没有缺陷，以人为主线的叙事模式，结构上需要一种精神贯通，而实际上它的章节分布表现得并无内在逻辑，五大块的主题相互交叉，边界不够清晰。某些篇章单薄，材料不足，而有些章节过于冗长。对人物精神性把握还有提升空间，作品的艺术价值还有探索的可能。但瑕不掩瑜，作品传递了正能量，对扶贫人的付出给予了肯定，对从事扶贫事业的人们是极大的鼓舞。同时，也让读者体验到了扶贫事业的艰辛和伟大。以文学的方式对此重大历史事件进行真实记述，既有历史文献用途，又有现实参考价值。

## 第四节　实景与光晕的平衡术：
## 　　　　李文锋的《火鸟》

把人物作为完全的人来写，作品就有了可信度。李文锋长篇小说《火鸟》，塑造了金苇珉这位颇具传奇性的扶贫干部形象。金苇珉不是那种一开始就很主动的扶贫干部，她的成长性见于一点一滴的事例。金苇珉是一位从事文艺表演的温柔漂亮的女性，某种意义上她是不符合人们对扶贫干部的期待的，她一开始的表现很不称职：（1）她起初没打算真心扶贫，扶完一轮急切地要回城；（2）有点娇气，刚下乡几个人帮忙都没能骑上马背，对农村的卫生状况极度厌恶，宁愿憋着也不上茅房；（3）不敢决断，遇到难缠的事就找闺蜜聂俊倾诉；（4）对乡村的贫困漠不关心，对村民的态度不冷不热。就是这样一位不称职的扶贫干部，经过认亲、迁居、修

※ 乡土文学的时代之变

路、通电、跑项目、跑资金、饮水工程、脱贫项目实施等一系列锤炼，经过与反对势力一轮一轮的斗争，在极其困难艰苦的扶贫实践中，在善良的村民的感染下，自我反省、自我提升，金苇珉变成了一个雷厉风行、作风泼辣的女汉子，一个敢于担当作为的优秀干部，一个与恶势力硬碰硬的强者，一个有悲悯和大爱的温柔女性，一个感情孤独渴望亲情的小女子，一个有智慧、深谋远虑的领导。人物是小说的第一生产力，《火鸟》的人物塑造层次丰富，个个生动鲜活。上有县长郝明灯，他是一盏悬挂于人民心中的明灯，是所有不公、所有麻烦的终结者；中有扶贫干部；下有淳朴的村民王九哥、二狗子、叶玉、单耳，有点自私但总体上不坏的王大北，为了家乡脱贫致富献出生命的尿天锤、林三爷。背后有党纪国法撑腰，聚集人民群众的能量，面对恶上司朱雨莲、贪官羊闯、披着棕熊皮的杀人魔王、幽灵一般的蒙面者、阻挠工程的刁民等，在"恶狼"环伺之下，女主人公金苇珉最终以智慧和勇气胜出了。因为扶贫经验丰富、成绩好提拔为走马乡党委书记，这个职位使她有机会展开一张大的脱贫攻坚的蓝图：隧道工程打通南半县和北半县，解决南半县因交通与现代化建设长期隔绝的问题；青牛山与耳朵山联合开发，文旅融合，建成牛耳山国际公园。这里面单耳是一位值得一提的人物，他是耳朵山的民间高人，圣贤形象。他的山歌创作表现出汪洋恣肆的想象力，是一个纵声歌唱的浪漫派，他的理性和逻辑也是一流的。上能仰观天象，下能俯察民情，会五方五行、奇门遁甲术，还受《易经》的启发，自创"花圃易"，对时局运筹帷幄。由于单耳的出现，金苇珉被耳朵山的秘境幽隅、藏声隐景、风云变幻深深震撼。这个人物的设置给小说造了一个"活眼"，这个"出格"的形象从众多村民中跳出来，聚集了民间的能量和中国传统文化中的智慧，打通现代与传统，将沉淀深厚的乡土文化用象征手法凝聚起来。

扶贫题材一不小心就会写得假大空，但这部小说作者很用心。扶贫小说主人公有情怀、有担当，面对困难和挫折不放弃，这是此类小说的标配。《火鸟》也有这些标配，但作者在此基础上进行开拓和创新，他不回避人物的缺点和不成熟。作为扶贫干部进村的场景，骑马是一个意味深长的设置。"王九哥骑马到乡政府接金苇珉进村时，天刚蒙蒙亮。"[1] 这句话包含的信息量很大，委婉地把这个贫困村的现实条件和贫困程度展现出来。《火鸟》化解了主旋律题材难以人性化、接地气的死结，在重视人的本能冲动的前提下，树立了一个超功利、超现实的理想标杆，以此作为人性向上的动力。小说紧扣主题，扶贫干部金苇珉一直在"啃硬骨头"，节奏、矛盾、张弛都在挑战困难中展现出来。

大凡贫困山村，由于交通阻隔，现代化程度低，传统文化遗存较少受现代化冲击。小说在展现芙蓉县的民间传统文化时用笔细腻，用情很深。对风物民俗的处理非常智慧，那些可以列为非物质文化遗产的东西是当地人的生存本领和生活方式。被现代社会视为古老遗存和神秘文化的东西：地花灯、阳戏、土地戏、傩戏、毛古斯、三棒鼓，在青牛山村和耳朵山村就是生活本身，就是村民的日常消遣。这些情节设置很自然地成为后面"文旅融合"扶贫思路的材料。芙蓉县是大湘西某个县的艺术化命名，通过小说要素可对号入座。二胡既是精英艺术，也广泛流行于民间。金苇珉这个城市精英渴望与村民打成一片时，二胡成了最好的媒介。金苇珉在村民石玉家拉上一曲二胡时，村民不光有情感上的共鸣，有些人作为内行还能看出门道，识别其中复杂的变幻和高难度的技巧。石朴奶奶与抗日英雄以二胡的琴弦作为信物，连接着大洋彼岸的情谊，很自然地将耳朵山的投资者、美籍华人王小生纳入小说情节，解决了大型

---

[1] 李文锋：《火鸟》，湖南文艺出版社2020年版，第2页。

旅游项目的资金问题，使项目扶贫档次提升。二胡在小说里不仅是推动情节的手段，它还从物象上升为意象，成为一个精神象征。傩戏是禳灾、祛晦、医治疑难杂症的神药，遇到重大事件烧香拜佛、敬鬼神。在开发耳朵山之前，单耳给金苇珉占卜，金苇珉用现代思维解读"泰卦"的意思：阴阳消长、居安思危。小说后半部，"山歌"这一民间形式也隆重出场，单耳的山歌即兴演唱，"出口成章"，信手拈来。这一情节设置，把芙蓉县作为"山歌之乡"的文化背景很自然地带了出来。

小说情节推动用心巧妙却自然顺遂，看起来简单的结构是作家经过了充分的艺术考虑。在适当的时候采取限知叙事，与读者共情，达成一种默契。作者似乎掌握了实景与光晕的平衡术，超现实主义，逆"类型化"书写，诗性语言的运用，方言的点缀，神话故事的补充，这些要素理性克制的叙事贯穿整个小说。漂亮的金苇珉来到单身汉扎堆的青牛山村，"险情四伏"，小说以王九哥醉酒后上错床，石朴（二狗子）的"护花行动"等描写，非常节制地写到男女间的事情。小说开头对青牛山村惊人的贫困程度通过人物与场景的关系不动声色地流露：需要骑马，说明没通路；村民有寄生虫病，说明缺水；晚上开会点煤油灯，说明没通电。作者不作任何解释和评价，一切都从人物的言行情节推动中去体会。文字里有一种绵柔的气息，诗一般的意境，有悲悯和大爱。聚集残疾人的篾器厂的二胡演奏，干净的灵魂对美好的向往，写出了有缺陷的人群的完美，以及人的高贵与山川大地灵蕴的互动。作者把自己化身导演，把山川风貌做了滤镜，对整体清晰度做了调整，聚焦中心点，周围做了虚化（羽化）处理，打上一层唯美的光晕。人物也采取最佳取景角度，像18世纪西方印象派画家的手法，在破败简陋的环境中强化人体的光线和质感，突出人的高贵和平等。这是人类的终极关怀，也是扶贫的真谛。风景绝美，然而吃不饱、穿不暖、看不起病、上不起学的窘况，诗意来袭却又感伤并至，一种矛盾美学扑面而来。文章结尾七彩水母、一飞冲天的火鸟、梦幻云霞，青牛山的音乐队，耳朵山歌者的祭坛，有唯美大片的画面感，增添了追悼金苇珉的壮烈和悲情的氛围。

《火鸟》称得上是一部艺术表现力丰富的主旋律小说，正因为现实意义明确，它的思想价值的确立、艺术手法的创新、立意的高度、精神的升华，跟同类题材相比难度更大。它的艺术性也在同类题材中显得格外抢眼。当然《火鸟》也还有提升空间，有些重要情节没来得及展开，人物设置了太多巧合，节奏过于铿锵激越等，但不妨碍它是一部优秀的扶贫题材小说。小说最大的意义是为脱贫攻坚提供某种思路，它的现实意义甚至与艺术意义同样值得称赞。打破行政区域界限的扶贫壁垒，进行分类整体推进扶贫的思路，对于传统文化积淀深厚的区域，芙蓉县扶贫经验有一定的启发意义。对扶贫问题的反思、扶贫干部的任用，都提出了新问题。"反型化写作"艺术手法也给扶贫题材开拓了新路。创造性地探索主旋律题材小说中人物事件处于社会万象中的多层级构造，不同类型的人物生活所包含的复杂性和丰富性。

# 第 六 章

# 文明创新与文学创新的关系

## 第一节 作家写作发生与人类文明新形态的关系

文学是社会文化发展精神领域动荡和变迁的例证，它见证了重大社会变革中人的认知变化。作家作为创作主体，其社会责任与观念更替，话语建构与文明重塑等有价值的历史经验也是一笔精神文化遗产。中国在进入现代化的过程中，文学是最先促其萌芽和发展的动力之一。回顾和反思社会主义文学的发展历程，深入细致地分析、探讨中国当代作家写作发生与社会主义文学及人类文明新形态的关系问题，对于中国式现代化道路与社会主义文学发展具有重要的现实意义。中国当代作家如何书写中国人民改变世界历史进程的这一突出成就，如何构建人类文明新形态话语体系，如何为中国式现代化建设提供重要的思想资源，为未来社会主义精神文明建设提供思路，如何在精神文化领域为探索人类文明新形态积累新经验，从文学的角度思考如何进行话语创新与全球文明的重建，文学创作和文学研究在新的发展模式下应当回应重大理论问题和现实问题。

作家写作发生与人类文明新形态的关系涉及三个核心问题：一是以社会主义文学生产机制对人类文明新形态的影响的视角，考察中国当代作家写作发生的特点与规律;二是从中国当代不同时期作家的写作发生,来看待社会主义文学生产方式与人类文明新形态的发展变化;三是作为创作主体的中国当代作家,在中国式现代化道路上如何描绘和阐释人类文明新形态。本节重点从讨论文明创新的紧迫性角度切入文学创新。

## 一 文明的历史积淀与现代性转化

全球化时代既是全球化合作,也是全球化竞争。从中美经贸摩擦开始,全球化出现逆转趋势,即"从超级全球化到有限全球化"(郑永年语)。有一点可以肯定的是,有限全球化将意味着各经济体之间的相互依存度降低,而竞争力度将加大。竞争的终端是文明的竞争,整个社会似乎都感觉到了文明创新的紧迫性。文明的创新和升级不仅是中华文明的自我创新和升级,还是在整个现代文明基础上的提升。自工业革命之后世界各国陆续进入现代文明,资本主义一直唱主角,但经过几百年的发展,资本主义在实践中总是存在着不公平和缺效益两大软肋。逐利的资本主义在微观上有效,而在宏观上总是低效甚至无效的。一旦逐利者集聚和交互起来,就免不了短视、倾轧、浪费,危机也一次比一次严重。这一点马克思早就有预言。就实际情况而言,特别是在全球化以后,尤其是大数据技术作为管理手段后,社会主义在宏观层面更有合理性,中国道路就是一个明显的例子。只要中国保持国家宏观调控能力,经济发展的优势会越来越明显。

经济发展取得令人瞩目的成绩,与之相比,文化的影响力和吸引力相形见绌。虽然老祖宗留下了丰厚的遗产,有中华五千年灿烂的文明,然而,文化上面临的困难比经济要大得多。自工业化、信息化以来,消费主义和互联网叠加后,就阻止不了低俗化与民粹化。相比几百年前欧洲获得的文化崛起的机遇,中华文化在此基础

※ 乡土文学的时代之变

上上升难度要大得多。但是，目前面临的问题是，中国在文化上如果不及时强大起来，即便经济腾飞，也会显得粗糙和脆弱，甚至会遭遇发展瓶颈、后劲乏力等问题。世界历史上多次出现过盛极一时却非常短暂的经济体。这是作为哲学社会科学工作者需要了解的外部问题。内部涉及的问题更复杂，哲学社会科学每个专业可能都面临新的压力和挑战。如何重新认识自我，找到新方法，对文明重新定义，以及精神价值的重新建构，"回答好这一重大课题，需要广大哲学社会科学工作者共同努力"。[①] 哲学社会科学工作者应当担当起新的使命，解决一系列新问题。

文化从类别上讲，由器物、制度、观念组成。从性质上讲，有物质文化和精神文化。器物或者物质在现代社会由科学技术承担，属于自然科学的任务，自然科学成果转化为国防科技、基础设施等硬实力。人文社会科学所面临的任务应该主要是指制度、观念和精神文化，具体落实到文史哲，范围更小，主要是观念和精神文化方面。中华文明有着不间断的悠久历史，历史考古发现将文明起点不断地往前推移。历史遗存、名胜古迹等器物文化对制度文化和思想观念有着深刻的影响。传统思想资源博大精深，卷帙浩繁。文化体量大、历史久，在重大历史关头调整时可能不太灵活，在某些历史时期会出现延滞和拖拽。自进入工业化之后，中国花了近百年时间调整。虽然调整慢但基础稳，20世纪成功地实现了现代国家转型。政治制度、法律制度、管理制度、经济制度、学术制度等都是现代国家的框架，这方面没有什么疑问。尤其在制度方面，中国特色社会主义制度与目前世界主流制度（资本主义制度）相比更显优势。但精神文化的影响，无论是精英术业还是百姓生活，都还没有产生一个先进文明应该有的强大影响力和覆盖感。

---

① 《习近平书信选集》第1卷，中央文献出版社2022年版。

近代以来，中国人的文化心路历程经历了曲折和动荡。第一次鸦片战争前期，对世界发展状况不甚明了，吃了不少亏。统治者更早的时候就有了文明转型的意识，中国第一所新式学堂是京师同文馆，由恭亲王奕䜣和文祥于咸丰十年奏请开办，同年发生了很多大事，英法联军入侵北京，火烧圆明园，咸丰皇帝和王公大臣逃往热河。挨打之后办学的紧迫感更强烈，一年半以后正式招生，加大力度培养外语翻译、洋务人才，请外国人教学。洋务运动是第一次以学生的姿态向别人学习，但甲午战争的惨败，使统治者和知识精英开始反省，反省的结果就是文化自卑。新民主主义革命取得胜利以后，70多年发生了翻天覆地的变化。国民教育体系完善，大学教育普及。第七次人口普查显示，中国具有大学文化程度的人数达21836万人。新民主主义革命与马克思主义中国化在理论层面和实践层面取得双重胜利，中华民族伟大复兴进入了快车道，以中华文明为主体的话语体系正在建构之中。年轻人不再文化自卑，看西方的姿态从仰视转变为平视。韩少功说文化比较有"迭代和地缘两个尺度"[1]，采取这种比较法，中西文化只存在差异，不存在优劣。

## 二 经济实力与文化领导权依存关系

人文社会科学以及文学艺术不断地塑造人的认知。在不同发展模式下文明的冲突与世界秩序的重建，哲学社会科学的力量不亚于军事斗争和经济较量。文化的强弱直接反映到经济活动之中，经济活动又推动和塑造文化影响力。文化影响力是一个变量，如果说经济的强弱由量化指标决定，那么文化的强弱也是可以"测量"的。比如，哲学社会科学成果是否被其他文化广泛应用，有没有在世界上有话语权的新闻媒体，思想价值和文化艺术是否被其他文明广泛

---

[1] 韩少功：《人生忽然》，湖南文艺出版社2021年版，第238页。

接受，思想资源和智力成果是否被其他文明共享，科学家、思想家是否被其他文明视为导师，文学艺术作品是否具有普遍性和典型性。如果说这些指标都很虚的话，那么有些指标是可以拿数据说明的：具有世界影响力的国际奖项数量，具有世界影响力的顶级学术期刊数量，世界高层人才的流入比例，人均预期寿命、教育水准等。还有一些虚实相间的指标，如国民幸福指数、妇女儿童发展现状、对待弱者的政策、对异见者的容忍度等。文化影响力是由以上各项指标拉动的，它不是静止的，而是由经济实力作为参照，与文化实力共同作用形成的。假定文化影响力有一个变量曲线图，坐标系中的横坐标 X 代表经济基础、纵坐标 Y 代表文化实力，加上 P 点的覆盖面——焦点到两条准线的距离，覆盖面即为文化影响力。再将每阶段的数值引入代际（自变量）和区域（因变量）坐标图，构成一个连续的动态变量图。可以观察到一种文化在单位时段（以世纪为单位）的影响力。只有大区块覆盖面时，可判断其为较强文化影响力。单一文化过大的影响面就是文化霸权，如以西欧、北美为区域的长达几百年的西方文化。而某些以资源输出为主的国家虽然经济很发达，但由于文化根基浅或者长时间没有文明创新和提升，社会发展指数很低，文化影响力很低。

  文化影响力反过来又能拉动经济指标，如品牌价值。科技的竞争最终是文化的竞争，经济价值中包含着文化符号价值，其比重直接体现在商品中。如果说 8 亿件衬衣换一架波音飞机有技术壁垒因素，那么 20 部手机换一个名牌包就是文化影响力因素作用的结果。如果一部手机与一个名牌包的生产成本是相等的，多收的 19 部手机是文化符号价值。假定这个品牌的包实际上是在某个发展中国家代工（最不发达国家代工的能力都没有），但只要这家奢侈品牌贴上他们的标签，便身价百倍。有能力贴文化符号价值标签的国家通常在世界秩序中掌握了文化话语权，而这个文化话语权与人文社会科学领域即哲学、文学艺术享有崇高的地位是相匹配的。这就是通常所说的"文化领导权"。因此，意大利马克思主义思想家葛兰西（Antonio Gramsci）认为，在资本主义制度下，无产阶级更重要的是要夺取市民社会的文化领导权。

### 三 文明创新的认识论前提

文明创新关键在于这个创新是否高于其他同级别文明，是否能解决人类文明进程中面临的根本性难题。哲学社会科学的任务不仅仅关注表面的"话语场"，而是需要深度开掘人文社会科学的新领域，如重新建构话语体系的逻辑起点、历史与发展的逻辑关系、历史资源的当代性价值等问题。资本主义话语场现状被信息寡头操控，信息平台可能掀起话语事件，可以行使话语领导权，就连美国两任总统特朗普（Donald Trump）的推特账号也在掌控之中。在大数据操控下，民众被驱赶到信息茧房，享受舒适的"奶头乐"，谁也不在乎真相是什么。自媒体广泛普及的情况下，文化主体本身要建立起一种存在意识，必须进入话语场。如同后结构主义所说的那样，主体是由话语场和非话语场共同塑造起来的。近代西方哲学把主体看作"个体的人"的概念的时候，就必然涉及人的具体行为和特征，如男人/女人/性别模糊的人、所属语言、所属文化背景、所处生产关系中的位置等，否则就是一个空洞的主体。那么，为了使这个主体确立起来，在话语场中就会有很多禁忌。20世纪60年代以后西方经历过几次文化运动，话语禁忌也慢慢形成，由左派政治家、媒体和学术界（后来被调侃为"白左"的那些人）共同建构，站在道德制高点，出于一种善良的目的，尽可能照顾各个群体的感受，尤其是弱势群体：同性恋（LGBT）、少数裔、非法移民、非基督徒等。由于弱势群体这个名词边界模糊，定义不清，实际上就变成了左派政治势力拥有最终解释权。当弱势群体变成政治筹码后，其他政治势力也不断加入进来。一张清单拉下来,谁都惹不起,非暴力不值得肯定吗?反战是多么正义的组织?恐怖分子难道就不该享有人权?生态主义(关注气候变化)最光明正大。于是文化领域最热门的研究是女权主义、民粹主义、生态批评、种族主义、后殖民主义、东方主义,后三个主义其实是西方中心主义视角。这些主义,在世界性的先进文明中都是不得不考虑的问题,每一项都是文明升级过程中出现的难以调和的矛盾。文明从低级到高级,公平、正义、自由这些因素是主要推动力。中华文明在文明创新、文明升级时会不会遇到这些难题,如果遇到怎么解决?一是从传统文化里头找资源,二是发明创造新的办法。中国传统文化就注意区分王道与霸道。孟子曰:"以力假仁者霸,以德行仁者王。"以德服人者才能使人心悦而诚服,儒家从来主张王霸并用,但同时又强调以理服人比以力服人更文明、更高级。哲学社会科学做好这个功课,就是无用之大用。

文明创新的认识论前提,首先是要文化自觉意识。"文化自觉"是把自己看作一个普遍的实体,由个别到一般。"文明创新"应该包括对自身文明的反思和继承,也包括对他人文明的借鉴。虽然西方思想在学术界占主导地位,但在对待全球化这个问题上,西方的基本思路表现出很大的局限性。其中之一是主体意识的问题,自我中心主义、西方至上主义、殖民主义、极端国家民族主义、种族主义等,这些问题都没有得到很好的解决。以这种姿态出现在世人面前并不能使其他非西方文化心服口服,以至于出现以暴制暴的局面。为了掩盖这些矛盾而进行一些表面的改革,又被政治正确反噬。要寻求解决全球化不同文明之间和解的办法,需要在更高层次上重新构建自我文明与他人文明的认识,需要对自身文明深刻反思,从而理解不同文明之间的关系,世界才可能出现一个相对安定的局面,实现"美美与共、天下大同"的理想。中国是否有能力主导重构全球文明。中国传统文化与社会主义制度优势落到实处，效果很明显，打通了传统文化与新技术之间的隔膜，实现了新制度与新科技的契合，如集体主义传统与数字时代的契合，土地制度、财产权模式适合集中力量办大事，人文传统与公共突发事件的治理模式的协调性和有效性，"多元一体"文化构成的民族基本形态对"异文化"的包容和理解等。世界上不同时期的先进文明大多是由多个族群的不同文化融合而成的。哲学社会科学面临的任务就是一个文明升级的任务，哲学社会科学工作者也需要自我提升三种能力：处理增量信息的能力、世界价值体系解释能力、文明创新能力。

基础学科是真正需要坐冷板凳的学科，但我们又有着经世致用的实用主义文化传统。基础类研究很多时候是"无用"的，因其用途不直接、不明显而没有得到足够的重视，而文明创新很大程度上是源于思想领域的突破和价值层面的提升。基础学科的无用之大用，在新历史机遇下或可发挥作用。人文学科工作者的创新动力一旦被激发，高质量的思想类文明创新成果有望产生。

## 第二节　鸟兽率舞　万物生长：
### 沈念的《大湖消息》

生态文学是近年兴起的新的写作趋势，这一动态可以看作文明提升的例证。生态文学的写作对象以被破坏和污染的山体、水系、森林、田土、湖泊、草地、沙地（漠）为主。国家提出"山水林田湖草沙共治，人与自然和谐共生"的口号，山水林田湖草沙一体化保护和系统治理在全社会推行，在管理制度上施行河湖长制、林长制。文艺界配合这一重大生态工程，生态文学写作、生态美学研究与批评兴起，成为新时代乡土文学的新兴力量。

※ 乡土文学的时代之变

沈念的《大湖消息》把读者带进了错综复杂的大湖腹地和长江集成孤岛。对洞庭湖生态环保的几个关键问题分篇章展开，以水为逻辑起点，每一个问题都涉及大湖的历史性和当代性。柔性的语言+沉重的社会实践+深刻的灵魂拷问，真实而恳切地记录大湖的生态万象、人与大湖的生死纠缠。沈念为了深度研究洞庭湖的生态问题，做了长时间的实地勘察和文献准备。他从历史深处打捞相关资料和历史掌故，走访湖岛群众收集民间口头流传，理性严谨的科学数据和环保实践案例，多要素的复合叠加，多维度的大湖发展变迁和生态实况，展开一幅宏阔的生态实践图谱。他擅长向内的笔法，他的近期作品中也可以看到这种写作实验，如扶贫题材小说《天总会亮》以及关于非物质文化遗产的小说《长鼓王》，探究个别事件背后社会、经济、人文的系统性与关联性。这一次，他在非虚构上进行了新的尝试，知识密度和情感力量的黏合度很高，沉重的社会实践与轻盈的艺术手法浑然一体。他在内在逻辑和形式安排上的创新，打开了生态文学书写的一扇新大门。

## 一 生态环保问题的历史性与当代性

"水天一色，风月无边。"李白在最后一次登临岳阳楼时留下的一副对联，八百里洞庭深刻的内涵和广阔的诗意尽在其中。然而，沧海桑田，李白看到的洞庭湖比我们现在看到的洞庭湖大得多。洞庭湖由魏晋时期的五百余里到唐宋之际的七八百里，到清中叶道光年间发展到八九百里（这一时期为洞庭湖的鼎盛时期）。接下来情况急转直下："20世纪40年代中期洞庭湖已是洲滩广袤，湖体支离破碎，港汊交织，滩地发育系数达0.4左右。洞庭湖滩地发育程度如此之高，表明洞庭湖已进入它的衰老阶段。"[①] 沈念早些年就展

---

① 李跃龙：《洞庭湖志》，湖南人民出版社2013年版，第6页。

开对洞庭湖的调查,号称五湖之首的洞庭湖近几十年更是坏消息不断。进入工业化社会以后,人口、产业结构等因素,从其他地区拖家带口的人涌向湖区,大面积垦荒、围田,湖区湿地面积极度萎缩。未经科学调研,盲目种植"湿地抽水机"黑杨,加上供应链中间环节造纸厂就地建厂,就地排污,土地变干,湖水变黑,单一种植造成的昆虫灭绝,飞鸟不栖,湿地迅速变成"绿色沙漠"。仅有的一些小块湿地虽然是候鸟和留鸟的栖息地,但危机四伏。动物的命运与湖水共进退,在捕猎合法的时代,狩猎能手被当作英雄登报表扬。触目惊心、丧心病狂地捕杀,甚至造成物种灭绝。在相当长一段时期内洞庭湖的人和万物都活得很艰难。近10年来进行彻底整治,渔民上岸,农民转型,其过程艰难曲折。洞庭湖慢慢恢复生态多样性,湖区湿地环境友好,一派自然和谐。沈念以非虚构手法贴切地表达洞庭湖的悲伤与反转,他笔触落到个案和实体,用大历史观、大时代观思考生态问题和民生问题。历史反思与现实批判结合,他对笔下的人物、动物、草木和水饱含深情。

沈念生长于岳阳洞庭湖流域,写洞庭湖有天然的优势,也有天然的责任。在这部作品里,他是一个深度介入的"旁观者",实际上他也是一位生态保护的践行者。他无数次实地走访,"我记不得有多少次和当地的朋友(湿地工作者、媒体记者、生态保护志愿者、水生动植物研究者、作家、摄影家、画家等)深入洞庭湖腹地、长江集成孤岛,去经历今天的变迁,也经历过去的光阴"。[1] 跟湖区各种职业的人打交道,有的成为朋友,加了微信,经常有联系。就像文章的开头那样,他跟"80后"的黑脸疤槽的小余站长走到湖的深处,小余站长不仅因长年在湖区日晒雨淋而肤色暗沉,性格也因空旷无人而"只言片语,吝啬乏味"。同样环境的"元老

---

[1] 沈念:《大湖消息》,北岳文艺出版社2021年版,第259页。

级"人物老张则为了对抗这种乏味而显得话多。在这部作品里,真正的主角是天上的飞鸟、地上的走兽、水里的游鱼,以及构成这个完整生态的水和万物。主角们出场炫目、抢眼、自带光环,一幅流溢于天地间的绝美风景展现于眼前。

> 一群豆雁星点般撒落,在轻快掠起的飞行中,发出波纹般的微光。偶有形单影只的头上一撮凤凰般艳丽色彩毛羽的凤头䴙䴘、琵琶形长嘴的白琵鹭在近一点的洲滩边优雅踱步。几只针尾鸭夹着如箭镞般翘起的"拖枪"尾巴,混迹于一群肥大的罗纹鸭中。黑色的椋鸟群,像个紧攥的拳头,在惊马奔逃般的甩身中,总有几只掉队的同伴,沮丧地看着高高飞走的队伍,给天空镶上流动的黑边。还有几只麻灰色羽翼的苍鹭,弓着颈,好几个小时一动不动地在浅水里站成一尊雕像,直到游过来鱼虾、泥鳅,才会将细长的尖喙刺过去。在本地人眼中,这是一种懒惰的鸟,渔民给它取个绰号叫"长脖老等"。[1]

这幅诗情画意的图景中包含了许多偏僻的鸟类知识,作者为了写出真实的洞庭湖,潜心研究《中国鸟类图鉴》,对应洞庭湖区的留鸟和候鸟,建立鸟类知识图谱。生态文学或者生态文学批评其实都是一个历史性概念。民生问题与发展问题在生态建设中不是二元对立,而是融合发展。生态问题很容易被看成一个非黑即白、先入为主的东西。作者为了接近真相,走进湖区人民的日常生活。所涉及的人物很难进行道德评判,不好简单地贴上好人或者坏人的标签。中国传统文化对万物怀有仁德,"子钓而不纲,弋不射宿"(大意为:孔子只用钓竿钓鱼,不用网打鱼,只射飞鸟,不射归巢

---

[1] 沈念:《大湖消息》,北岳文艺出版社2021年版,第10页。

栖息的鸟。《论语·述而》)。这种儒家君子礼仪对于处在生存危机的民众来说，显然缺乏道德约束力。按现在的评判标准，每个湖区人都是环境恶化的"凶手"，他们可能都打过鸟，或多或少地吃过野生动物，都是围湖造田的主角，都是与湖争食的索取者，种植过黑杨、意杨。就像环保者鹿后义，曾经是一铳打死几百只鸟的"英雄"。人物内心深处的道德拷问、人性纠结也具有历史性和当代性，问题的困难和复杂程度超出想象。沈念在处理这些问题时，站在唯物史观的立场，做出恰当的评判。

### 二 打开大湖的纵深记忆

中国新闻网 2020 年 4 月 22 日报道《湖南"五加三"生态环境整治，让洞庭湖更美更绿了》，文章介绍了近几年洞庭湖的治理成效，洞庭湖Ⅲ类水质断面比例从 36.4% 下降为 0，出口断面总磷浓度升幅达 97.9%；2019 年，洞庭湖区总磷平均浓度比 2015 年下降 41%，接近Ⅲ类水质标准。被称为"长江之肾"的洞庭湖，终于摆脱生态危机，使八百里洞庭重现碧波荡漾。大湖的好消息一个接一个。洞庭湖是中国第二大淡水湖（曾经是第一），也是长江中游最重要的调蓄湖泊和湿地。同时作为长江经济带生态环境重点治理对象，洞庭湖的生态问题从来就不是一个简单的环境保护问题，它涉及社会发展、民生保障等一系列国计民生大事。八百里洞庭历史上曾经真实地存在过，现在这个数字只是一个比喻。地方志记载历代洞庭湖的变迁，从《洞庭湖志》（清道光年间编纂）上翻拍下来的一张舆图：洞庭湖三府一州八县四大水入湖全图，《大湖消息》引用多张《舆图》还原洞庭湖鼎盛时期的状态。两相对比，大象变成了蜥蜴，湖面极大地萎缩。在湖区中心地带仍然是"横无际涯""日月出没其中"，湖区作为湿地，它的生态问题仍然是最突出、最集中的地方。即使封建王朝时期，对洞庭湖的治理也不敢有丝毫怠

※ 乡土文学的时代之变

慢。从《洞庭湖志》可以看出，频繁的皇帝朱批，事无巨细地指导，常年不休地治理和整顿。"七年①五月，湖南巡抚马奏：周历查勘，所有奏定应毁私围六十七处，并长沙县团头湖围、湘阴县莲蓬塞、武陵县美眷障等三处，亦于乾隆二十八、三十一等年勘明废毁，缺口宛在，流行无滞。"② 嘉庆六年（1801）正月，新授刑部右侍郎、湖南巡抚奏报洞庭湖治理情况，方志作者对部分奏折进行总结概括，并引用前朝官员对洞庭湖的态度，说明其重要性："经户部查湖南省围田一案，缘洞庭湖地方表延半省，所有黔、川、楚、粤各省山溪之水，俱由此湖以达长江，而长江水涨之时又从岳、澧各口倒漾入湖，全赖湖面宽广以资容泄。若围田过多，侵占湖面，设遇江水盛涨之年，难免泛溢之虞。是以乾隆十二年抚臣杨锡绂奏准禁止私围，又经前抚臣陈宏谋奏定章程，前抚臣乔光烈遵旨议覆。蒙高宗纯皇帝谕旨，褒嘉永远遵行。"③ 从历史规律来看，常有侵占湖面的事情发生，地方治理查办也毫不手软。洞庭湖在农业社会的主要功能是蓄洪、调节长江水位。

生态环保所涉及的话题不像一般的人文社科，它还涉及广泛的自然科学领域的冷僻知识。要把洞庭湖说清楚是一件不太容易的事，《大湖消息》涉及地理、水文、动植物、渔业、农业、生态环保等知识。文章插图借用《洞庭湖志》中的《舆图》，美化了版面，提升了作品的艺术性，具有历史感和直观性，方便读者理解文本。鸟类和鱼类的冷知识，包括拉丁名。涉及动物的冷知识都化在故事中，如文中写到一种叫鳑鲏的鱼，产卵到河蚌里。说到小孩子

---

① 指嘉庆七年（1802年）。
② （清）陶澍等修撰，何培金校点，《洞庭湖志》，湖湘文库编辑出版委员会，岳麓书社2009年版，第26页。
③ （清）陶澍等修撰，何培金校点，《洞庭湖志》，湖湘文库编辑出版委员会，岳麓书社2009年版，第25页。

第六章　文明创新与文学创新的关系

们赶鱼,"连最小的鳑鲏也不放过。乡下又把鳑鲏叫四方皮,这种鱼喜欢在有河蚌的地方栖息,在发情期间通过摩擦河蚌的敏感部位,趁着蚌壳张开之际,排卵到蚌内完成繁殖"。① 湖岛上的孩子还会拿弹弓去射击躲在水塘的鸟,"惊起一片飘散的飞羽和尖厉的叫声",似乎有作者儿时的影子。

渔民的门前屋后种上几棵鸡婆柳,作者对鸡婆柳进一步解释:一种褐红色枝条柳叶状互生叶的树,树身却是黑色的,结出的果子如樱桃大小。还有一些不常见的草,秋后暖天重生的南荻、狗牙根,入冬发芽的紫云英、碎米荠、短尖苔草,浅一片深一片地点缀着田间垄上。正是这些奇特而又平凡的植物装点着洞庭湖湿地,形成一个完整有序、生机勃勃的生态系统。关于四不像麋鹿的描写,非亲眼所见,很难写得如此生动。"蹄印交互踩踏,地面的图案奇形怪状,真正的野兽派抽象画作。野外鹿群都是非确定性聚居成群,长途迁徙时是昼伏夜行,行走中发出清亮的磕碰,打破洲滩上的宁静。麋鹿趾间有皮腱膜,前趾是悬蹄,在软泥烂草的沼泽湿地草滩上能奔走如飞,缺陷是不能像马一样钉铁掌,走到水泥石板路上就像醉酒的汉子。"② 麋鹿的可爱惹人怜爱,而前文提到的那个像"紧攥的拳头"的椋鸟,作者给它附会了一个有趣的故事,更增添了些许神秘。椋鸟"终日变换嗓音,学唱听来的曲调,任何外界的声音,都被它模仿,一旦它偶然撞中了那段旋律,椋鸟会变成一团灰烬,在风中飘散,而灵魂钻进旋律之中,再也出不来了"。③ 这故事一看就是音乐家的最爱,果然,莫扎特在店里听到一只椋鸟唱出了他的协奏曲中的一段。就买回去精心饲养,后来鸟去世后,还为

---

① 沈念:《大湖消息》,北岳文艺出版社2021年版,第224页。
② 沈念:《大湖消息》,北岳文艺出版社2021年版,第81页。
③ 沈念:《大湖消息》,北岳文艺出版社2021年版,第92页。

它郑重其事地举办了一个葬礼。

小余站长与作者讨论今年湖里监测到的四种新纪录鸟类——黄头鹡鸰、北灰鹟、卷羽鹈鹕和黄臀鹎。在场的湖区人从来没听说过，这几种鸟的名字也不知怎么写。大湖到底有多少珍奇动植物？谁也说不清。那些平凡的、随处可见的植物，湖区人却有更精确的分类。当人们笼统地把一种植物叫作芦苇时，实际上在湖区人的眼中有着芦与荻、苇与茅的区分。沈念将鸟类知识图谱巧妙地化在好看的故事之中。洞庭湖的地理堪舆、行政规划、山脉河流走向，也通过故事呈现出来。历史文献与资料数据的佐证穿插于文本之中，感性唯美的文字不至于空疏。

### 三 大湖的它们，大湖的主角

作品的历史叙事除了依据《水经·湘水注》《洞庭湖志》等文献资料，洞庭湖近半个世纪以来发展变迁的史料依据主要是湖区人民的口头流传。这部活的历史材料是以一个个鲜活的生命作为注解。打开网站，搜索洞庭湖新闻，会出现这样的标题：《湖南君山采桑湖：人鸟争食变成如今候鸟天堂》《沅江七星洲：湿地再现秀丽水景》等。连森林公安老高都不禁感叹："渔民上岸转产转业，候鸟保护意识深入人心，湖上已经没有了毒鸟人，人与自然的关系也因此变得友好。"[①] 麋鹿、江豚、珍稀物种的存量是考量洞庭湖湿地的重要指标，尽可能延续和恢复珍稀物种。湖区人为了实现升级和转换，应对复杂的变革，经历着生死纠缠和深刻的疼痛。

自然界鲜活的生命，有灵性的动物有它们自己的生存法则和快乐法则。老湖区人都知道"清末民初，私围垸者是要杀头的"。

---

① 沈念：《大湖消息》，北岳文艺出版社2021年版，第56页。

20世纪六七十年代鼓励围湖造田，造成湖区人口膨胀，大湖的生态系统遭到破坏。1998年特大洪灾以后，国家启动"洞庭湖二期治理"。退田退耕，还林还水，这是一个浩大的工程。饲养员李新建外号"麋鹿先生"，他所在的小岛被划为麋鹿保护区，9个月时间1万多村民散迁到22个乡镇的400多个村场，长江中下游生态恢复规模最大的整体移民工程走完了最艰难的一步。"麋鹿先生"从小生活在岛上，懂得那些离散的人对故土的眷恋。人与鸟兽争地，现在人走了，岛上真正的主人候鸟、麋鹿回来了。"草木与日子疯长，岛上变成了一片息壤，村庄没有了炊烟，倒有了原始林的气象。"[1] 当大湖的主角麋鹿、江豚、白鹤，各种说不出名字的动物纷纷出场，飞禽走兽婆娑起舞，眼前这自由舒展的场面令人陶醉。

> 那天湖上风吹雾散，看得清晰，鸟的羽毛极其洁白，人们走动的声响惊扰了鸟，它们抬头张望，扇了扇翅膀，像举起一双大手，微屈的长脚突然蹬得笔直，拔地而起，又在空中平展双翅滑翔，再振翅往高处斜飞，扇动的翅膀像一个大写的字母"M"。[2]

这是红旗村的景象，黑水鸡不像白鹤那么高调，"黑水鸡喜欢藏身于枯败荷塘的水面上，是潜水的高手，一头扎进水里，游出十几米远"。[3] 它有伪装的技巧，有一种可爱的聪明。作者介绍，所谓黑水鸡头像鸡，游水时像鸭，嘴额是鲜红色的，肋部有白色纹，黑

---

[1] 沈念：《大湖消息》，北岳文艺出版社2021年版，第79页。
[2] 沈念：《大湖消息》，北岳文艺出版社2021年版，第165页。
[3] 沈念：《大湖消息》，北岳文艺出版社2021年版，第165页。

得透亮,发出墨绿色的光泽。

麋鹿岛以麋鹿为主,"麋鹿先生"李新建心里牵挂着岛上的麋鹿,常常做梦都是母鹿乐乐和小鹿吉吉在水中游得快的情景,他梦见吉吉是踩着乐乐的脊背,一个跃起,像被风托着,越过了防护铁栏,稳稳地落在了一片水中。眼前的情景如梦中一般,吉吉在妈妈背上,沼泽地里,水花像一个转动的喷洒,在阳光下发出碎金般的耀眼斑点。公鹿成成的一对鹿角,像放大的分枝分叉的珊瑚,阳光下熠熠发光。物种的传奇历史与社会性叙事使这部作品有历史厚重感。一念向善,心存良知,便有无意间的某种成全。麋鹿在《大湖消息》中占有篇幅最大,它是洞庭湖的常驻"公民",也是耀眼的明星。沈念为了探究麋鹿的来历,专门查阅文献。麋鹿本为中国物种,也即古代灵兽"四不像",清朝时被集中放养在皇家猎苑。1894 年北京永定河发大水,逃散的麋鹿成为灾民的果腹之物。所幸的是在这之前,英国传教士暗中串通竞价,使出各种手段弄走数十头。1898 年,英国 11 世贝德福特公爵花重金买走了 18 头麋鹿,养在乌邦寺庄园。"公爵豢养的十八头鹿在这里自由生息、开枝散叶,一百多年后,数千头麋鹿后裔的足迹分布到了二十三个国家。"[①] 麋鹿的回归路线映照着人类与自然打交道的心态,也是经济发展、文明程度在家园建设中的实践参照。据"麋鹿先生"说,点点刚出生时,安排专人喂养,像是给一个婴儿请了一位月嫂。小麋鹿的细皮嫩肉怕被蚊虫叮咬,不能吹电风扇,专门人工给它打扇。人性良知、危机感、救赎、解脱,最后都落实在行动上。

从网开一面到十年禁渔,不只是放生,而是自我救赎。江豚,因为有长江白鳍豚警示,危机来临,人们倾心保护。江豚的篇幅在

---

① 沈念:《大湖消息》,北岳文艺出版社 2021 年版,第 71 页。

《大湖消息》里仅次于麋鹿。作家的这种叙事安排，也是出于一种艺术结构和思想表达的考虑。江豚的发展史同样也是对生态环保的警示和反思。江豚是被湖区人赋予了神性的动物。渔民说，江豚最有家庭责任感，小江豚遇险，它的父母会莽撞地尝试营救。大湖上没有人会去捕捞江豚，有不信邪的渔民恶意捕捞江豚，会遭到船毁人亡的结局。即使误伤了江豚，犯了禁忌，都要烧香祈祷谅解，严重的会卖船改行。那么，为什么江豚最后还是濒临灭绝？

平静的湖面下布满了迷魂阵、地笼王，不过，在"十年禁渔"政策出台之前，这些要命的陷阱就被拆除了。然而壕坝与高丝网结合起来的陷阱，对鱼类是灭绝性的捕捞，所有洄游的鱼都被一网打尽，就连不知底细的渔民也不能幸免。一对从湖北过来贩虾的夫妇的螺旋桨被网挂住，巨大的冲力造成的反向拉力将船拉翻，夫妇丧身水中。直到 2012 年，这张壕坝的水下巨网才被渔政和江豚保护协会在联合行动中打击取缔。

长江白鳍豚的先例警醒着江豚保护者。国际顶尖级的科考合作，用世界上最先进的观测设备搜寻了 3400 千米，得出一个残酷结果：零。2007 年 8 月 8 日，组织方正式宣告，长江白鳍豚"功能性灭绝"。美国《时代周刊》将其列为当年全球十大灾难之一。长江白鳍豚的物种灭绝给老朱打击很大。老朱生怕江豚走长江白鳍豚的老路。沈念为了跟踪调查江豚情况，经常与老朱拉家常。老朱告诉他，自己先是当民办老师，后来招进了渡务所当轮机员，再后来成为江豚保护站的一员。老朱说，那时候在江上跑船，经常看得到江猪子，往后是越来越少。江猪子是当地人对江豚的昵称，这个称呼直接而准确。资料显示，长江江豚种群数量持续减少，1991 年约 2550 头，2012 年约 505 头，这一数据一度被人当作"危言耸听"，目前所剩不到 100 头。上岸后的渔民身份 180 度转变，从捕捞者变成保护者。14 岁就在丝茅铺捕鱼的江哥，练就一双火眼金睛，洞庭湖数不清的鱼类和鸟类，江哥一眼就能辨别出种类。当地媒体人发起一个江豚保护协会，上岸后的江哥与另外 10 名渔民兄弟一起加入协会。"放下屠刀，立地成佛"，江豚保护协会 10 年来"共巡逻一千九百五十六次（夜晚六百二十六次），打捞江豚尸体十四具，成功阻击电力捕鱼等非法捕鱼二百三十多起，清除滚钩十一万多米，清理迷魂阵、密阵一千三百四十多杠两万八千二百余米；参与人数一万余人次，有来自全球各地的志愿者"。[①] 江豚保护协会与老朱所在的保护站协作，共同为江豚撑起保护伞。老朱记得故道有一头小江豚出生，像是自家添了新丁般的喜悦。江豚的例子告诉人们，人犯了错，用最大的努力和诚意来补偿，更高级的文明应该是与自然万物的深度沟通、理解、融合。

崔支书父子的故事诠释着湖区不可承受的黑杨之殇。以村支书的儿子外号"崔百货"的视角和内心活动切入湖区的重大生态环保事件——"黑杨种植"。"崔百货"（崔山）的父亲是红旗村有着绝对权威的村支书，母亲的手掌有着铁钳一样的力气。崔山的老婆和崔山的相好香寡妇两人赌气同时跳湖死给崔山看，正在月经期的母亲下水救起两个女人，自己铁打的身子废掉了。大面积种植美洲黑杨、意大利杨，是 30 多年前的事，老支书走家串户游说，为了说服大家栽树费尽口舌，因为植树造林有非常强的实用目的，护堤、防浪（抵抗江水的拍打和清洗）、防血吸虫。黑杨命贱，适应性强，天生喜湿，生长快。用于造纸、做家具，很划算的经济林，一时间成了湖区人民的救命树、保安树、摇钱树。经过大力推广，空荡荡的湖洲很快就变得一片绿荫。

崔山内心深处反感黑杨，他模糊地理解"生物多样性"，模糊地知道"湿地抽水机"的破坏力。他对造纸厂直接排放的污染心生

---

① 沈念：《大湖消息》，北岳文艺出版社 2021 年版，第 114—115 页。

恐惧，给厂长提出处理污水的建议不被采纳，风高月黑之夜堵污水管。被开除回村后又秘密组织村民，两天砍倒了几十亩半大黑杨树，与村支书父亲对着干。崔山的努力没有白费，终于等来了国家的干预，要求强力清除黑杨，"县里被迫投入很高的代价去修复一条污染的河流。湖洲上的黑杨不见了踪影。上面的清零禁令严苛，动真格而卓见成效，野草艰难地反攻那片土地，两三年后才有了草地丰茂的感觉"。[①] 村支书父亲管得了红旗湖村，却管不到儿子的意识形态。老支书在这场持久的黑杨战争中耗尽了生命。

**四 "他"或"她"的拍案惊奇**

如果纯粹只想了解一段往事，弄明白前因后果，只需看一个调研报告就可以了。沈念显然不想要这样的效果，他要使文学的功能最大化，他要用情感融化人心。一个作家精心地创造出这个作品，使读者得到的信息、产生的印象、受到的感动，终生难忘，甚至使每个接触该作品的人构建新的价值体系。这大概应该算得上好作品。沈念是有这方面的写作抱负的作家。

这部作品对人的描写笔墨吝啬却充满深情。非虚构作品必然涉及很多具体的人，作者在人物的称谓上做了一些艺术考量：虚化人物的标签，精心勾画人物的精神气质。人物形象像飘忽的精灵，个性独特，没有实体感，却有很强的辨识度。鲜明的人物特征修改读者对湖洲人的认知。人物的名字在开头一段话提起，后面用第三人称"他"或"她"贯通到底。通篇有无数个"他"和"她"，这个"他"在不同的篇章里代表着老朱、小余、老高、李新建、崔百货、鹿后义、谭宙地、割芦苇的少年等。这个"他"既是个别，也是一般。红旗湖村的那个"她"，在红旗湖村是一个具体的她。她

---

[①] 沈念：《大湖消息》，北岳文艺出版社2021年版，第198页。

的经历不可复制,她的精神气质却是红旗湖村人整体的精神气质。"又一次见面,她站在临街的屋门口,那双脚又细又瘦,迟迟没有迈过门槛,扶住门楣的手微微弹动,像极了一朵花的绽放。"① 这是她出场时的情形。作者有意模糊人名,让读者的关注力倾注在大湖生态这个主题上。整篇叙事涉及很多人物,在湖区,大湖养育了所有人,所有人也为大湖而生。他们与湖深刻的关联,休戚与共,不可分割。所以作者需要以"致江湖儿女"表达他的立场。写人比写动物难,下篇"唯水可以讲述"刻画人更耗费精力,也更能看出作者的叙事功力。"她"喜欢花鼓戏《春草闯堂》《补背褡》,还有折子戏《戏牡丹》《柜中缘》。"师傅说,帝王将相戏非儿戏,妖狐鬼怪情是真情。师傅这句话,震得她一惊一乍的。"② 她守着一个与风有关的故事,这一章写得极其唯美,蒙太奇手法,快速闪回,抽象的光影,欲说还休的悬念和高潮,难以捕捉的内心世界,狂暴的性情,阴郁的节奏,恬淡如秋天湖面的晚年生活。她的一生过得像一出悲情基调的戏文。她常年与鹤打交道,自己老成一只仙风道骨的鹤,连走路也开始模仿鹤的步态。

生态问题有时候不能用道德、善恶来界定。大多数情况下,渔民的生计问题才是根本问题。从江豚保护站老朱口中得知,由于长江流域禁捕、禁止外地渔民作业,而洞庭湖水域是渔民们自由的天堂。各路渔民一窝蜂涌来,高峰期达到 10 万渔民。天然捕捞量从 20 世纪 80 年代的 1 万多吨,到 2020 年的 8 万吨,鱼的生长速度远不及捕捞的速度。污染,各种费用,成本上涨,恶性竞争。人们活得像一出戏,有时候分不清戏里戏外。戏子奔逃、离奇的凶杀案,上演一幕幕大湖的拍案惊奇。极少数人平静而深刻地生活,大多数

---

① 沈念:《大湖消息》,北岳文艺出版社 2021 年版,第 164 页。
② 沈念:《大湖消息》,北岳文艺出版社 2021 年版,第 169 页。

人平庸而乏味地活着。春风湖村也有一个具体的"他",读者只知道他有一个叫昆山的儿子,还有一个没长大的叫庆声的孙子。他与儿子一同救起十几位落水者,儿子在救最后一位落水者时被一个大浪卷走了,他自己患上了血吸虫病。"政府有很多次的宣传、防治、灭螺、封洲禁牧、改水改厕、建沼气池,从传染源头来消灭这种微细的虫病。运气真差,他想自己一定是过去接触过有虫卵的污水,细虫尾蚴通过毛孔钻进了体内,鬼才知道它潜伏了多久了。"[1] 他从此离不开一种叫吡喹酮的药。儿子死的时候眼泪都流光,流到湖里了。现在他像是在讲别人的故事。他是湖区人民的缩影,血吸虫病是湖区人的魔咒,科技发达有了特效药,但因各种原因还是要了很多人的性命。

春风湖村的另一个"他",在深刻而平静的生活表象下隐藏着一个痛彻心扉的经历,他的名字也只出现过一次,谭宙地。他一辈子在水上漂,却发誓不再下水。儿子死于一场离奇的凶杀案。儿子在镇上读寄宿学校,因一次见义勇为,被惹事的小流氓一刀捅死。尸体被拴在自家船尾底下时发出蹊跷的响声,被鱼啃食时响声惊动了邻居,捞上来时只剩一副骨架。两次水响自家人都听得分明,都没想到是自己的儿子。妻子疯了,他把船卖掉,不再与水打交道。他成为一个执着的志愿者,湖上冬来春去的飞鸟是支撑他活下去的信念。

> 他听到空中的鸣叫、嗡嘤、呼啸,或是欢悦、清澈的声调,像是看到田埂上瘦削的孤影,热泪一滴滴滑过脸上丘壑般的皮肤。他划动双手,身体不由自主地战栗起来,如同一只想

---

[1] 沈念:《大湖消息》,北岳文艺出版社2021年版,第207页。

※ 乡土文学的时代之变

要张翅飞却始终没飞起来的鸟。[1]

这一章写得极为悲恸,水最深的地方,藏着最深的疼痛,写尽了一个渔民与水的悲戚。湖也有阴郁之气,据说村里起早的人,打开门都会侧一侧身子,不让野凉的湖风和雾气撞到身上。

"神枪鸟王"的故事说的是鹿后义,大湖上空苦难的鸟类克星。20世纪70年代,鹿后义一铳打了5980斤鸟,红旗湖一时成为打鸟先进典型,湖区垸内四镇八村的人组团来学习。这个猎鸟能手在一次偶遇一只受伤的白鹤之后,彻底改变了他的生活方向。那天他突然心生怜悯,救起白鹤,取名飞飞。通灵性的飞飞一次偶然又救起鹿后义的孙女。飞飞春去冬来,与他成为朋友。老鹿像抱着自己的恋人,和飞飞在屋前坪跳起了双人舞。红旗湖洪水猛兽之地,"随便裁一小块人生,丢在荒洲野滩,湖里岸上。就会长成一段令人唏嘘的命运"。[2] 第三年,飞飞还带着它的伴侣来见老鹿。鸟对人的救赎产生巨大的激励,鹿后义这位猎鸟"凶手"现在是湖上最坚定的环保人士。

"洞庭湖的老麻雀"形容人生活经历丰富,狡猾,不好对付。执法者和违法者都具有"洞庭湖的老麻雀"的气质,才能棋逢对手。话多的老张"听得懂鸟的絮语,空中的风和湖水的密谈"。七星湖是天鹅喜欢的越冬地。天鹅高雅、纯洁、忠贞,有一种令人起敬的神秘感和高贵感。从古今中外无数的艺术作品中可以看出,人类对天鹅无以复加的热爱和赞美。天鹅的昂贵价格使得一些毒鸟人不择手段,铤而走险。老张跟毒鸟人过招,凭着天赋和机敏。"船从死去的天鹅身边驶过,老张弯腰把它捞起。在捞起

---

[1] 沈念:《大湖消息》,北岳文艺出版社2021年版,第230页。
[2] 沈念:《大湖消息》,北岳文艺出版社2021年版,第240页。

的一刹那，我的心一沉，跟着天鹅的脖颈往下垂落。死亡的阴影吞噬了它生前的荣光。"[1] 老张从那些散泊在洲滩四处的船只中，盯紧一条孤零零停在另一边的小木船，准确地找到并抓住毒鸟人。采桑湖保护区的老高与何老四的过招充满了悬疑片色彩。何老四是一个十多人的毒杀、收购、运输、销售野生候鸟的犯罪团伙的头目，用哨音模仿鸟声，几近乱真。老高火眼金睛，心思缜密，常与何老四斗智斗勇。有一次查获何老四八袋毒死的水鸟，其中有12只小天鹅，还有数量不等的白琵鹭、赤麻鸭、夜鹭、苍鹭、斑嘴鸭等。这一案例曾入选全国法院环境资源刑事审判十大典型案例。老张、老高这些毒鸟人的克星，成为洞庭湖不朽的传奇。

作品中的人物和动物都有独特的造型，有戏剧般的形式感，有接地气的故事。那故事无一例外地带着眼泪的苦咸，或梦里笑醒的欢快，混合着阳光、青草和水的甜味，以及冲鼻的气息——来自淤泥、腐殖、鱼腥味与动物的狐臊气。大湖所有的生命，他们和它们粗粝的命运轨迹和毛茸茸的生活细节构成了《大湖消息》的全部内容。人为此付出的代价，得到的回报，都是为了自己的家园更好、更美。

## 第三节　乡土文学的历史经验，副文本的对话关系研究：周立波的《山乡巨变》

周立波的《山乡巨变》的历史经验和当代价值给新时代乡土小说提供了观念、方法、视角的参照，也给"新山乡巨变"提供了一个重要的范本，它的副文本的传播和拓展方式仍然参与着新时代乡村题材写作。

---

[1]　沈念：《大湖消息》，北岳文艺出版社2021年版，第35页。

※ 乡土文学的时代之变

周立波发表于1958—1960年的长篇小说《山乡巨变》，表现了20世纪50年代末期农业合作社从初级社到高级社的发展历程，描写了农民在这一巨大变革中思想和行为的变化。他驻扎在农村，体验到人物内心深处的情感波动。中国农民几千年来习惯的私有制生产关系模式被彻底颠覆，他们所进行的是一种前所未有的社会主义公有制的分配模式。落后的生产力与社会主义初级阶段趋向公平的分配模式之间形成巨大的张力，这种不对称关系构成小说叙事的底层逻辑结构。小说忠实地再现了农民在这一场变革中的情感变化和生命体验，借由塑造典型环境、典型人物的手法，围绕湖南益阳清溪乡干部（包括驻乡干部和本乡干部）、积极入社、消极怠工、对抗入社、破坏分子（敌对势力间谍）五类人物之间的矛盾展开叙述。小说出版后引起巨大反响，美术界木刻、连环画家稍后即作出反应，对小说进行"二度创作"。在小说《山乡巨变》出版不久，就有李桦的《山乡巨变》木刻的插图版、贺友直的《山乡巨变》连环画（4册）出版。通过不同载体的艺术形式对原文本进行了多角度阐释，图像阐释不仅构成了一个立体的多维《山乡巨变》，同时还使原文本以一个艺术综合体的形式处于"在场"的状态。60多年后再回看这一文化现象，"副文本"的文化价值和历史文献价值均值得关注。"副文本"作为外部因素参与文学经典化，亦呈现一种空间上的叙述延伸和时间上的非静止状态。

## 一 以"副文本"形式的对话关系表现《山乡巨变》的在场性

以不同形式环绕和穿插在文本周边的文字、图像以及其他体裁的文本统称为"副文本"。"副文本"一词由热奈特（Gérard Genette）提出，他认为"副文本"的范围："如标题、副标题、互联型标题；前言、跋、告读者、前边的话等；插图；请予刊登类插页、磁带、护封以及其他许多附属标志，包括作者亲笔留下的还是他人留下的标志。"① 作为改编后独立成册的木刻、连环画的"副文本",与正文本保持着相对独立的关系,它可以独立支撑其艺术生命,开拓其传播渠道。这一类"副文本""参与文本构成和阐释,助成正文本的经典化,保存了大量文学史料"②。有独立艺术形式的图像类"副文本",以其独特的理解方法和呈现形式,与正文本保持着某种平等的对话关系。

明清小说"绣像"沿袭下来的插图传统,一直是附着和穿插在文本之中的"副文本"。五四时期插图广泛应用于图书出版。如果说"绣像"仅具备一种装饰效果,那么,现代出版已经将插图作为文字的有力佐证和叙述延伸。例如,郑振铎的《插图本中国文学史》将图像阐释与文学史叙述结合起来,图像成为不可分割的文本要素。"插图一旦进入作品版面,便与作品融为一个生命整体,只取文字而割弃插图,不啻割裂原作;文图并取,才能最大限度地展示原作的本来面貌与生命力。"③ 鲁迅所倡导的木刻艺术,成为现代文学作品的封面和插图来源的主要艺术形式,它的美学功能和叙述功能不受时代的干扰,在长达一个世纪的时间里依然保持着艺术活力。作为"副文本"的图像艺术在现当代文学发展历程中,曾承担着传播和普及文化的使命。毛泽东延安文艺座谈会上的讲话指出:"我以为,我们的问题基本上是一个为群众的问题和一个如何为群众的问题。"④ 解放区文艺秉承这一宗旨,以浅显易懂的群众语言和喜闻乐见的艺术形式作为与人民情感连接的方式,并在文艺理论上建构了一套新的文艺范式,茅盾将这种新的范式称为

---

① [法]热拉尔·热奈特:《热奈特文集》,史忠义译,百花文艺出版社2001年版,第71页。
② 金宏宇等:《文本周边:中国现代文学副文本研究》,武汉大学出版社2014年版,第1页。
③ 杨义、中井正喜、张中良:《中国现代文学图志》,生活·读书·新知三联书店2009年版,第438—439页。
④ 《毛泽东选集》第三卷,人民出版社1991年版,第853页。

※ 乡土文学的时代之变

"民族形式"①。这一文艺思想在中华人民共和国成立以后以具体形式落实到文艺实践中。视觉媒介担负着文化传播和文化普及的重任,其中版画、连环画属于纸质视觉媒介,与其他视觉媒介相比,传播渠道简单、成本低,在题材上有向上和向下兼容的能力。这一媒介形式在社会主义文艺生产和传播的初期发挥了它应有的作用。连环画适用于整体推介,如歌剧《白毛女》不仅改编成电影、芭蕾舞剧,还出版了连环画册;小说《小二黑结婚》也是通过电影普及后,又出版了连环画册;秧歌剧《兄妹开荒》也有手绘本;等等。版画在文学作品出版的装帧设计与内文插图方面扮演主要角色。木刻是版画中的主要画种,木刻的兴起与中国革命的需要和中国社会现实有着紧密的关系,即鲁迅所说的"虽极匆忙,顷刻能办"的特点。版画的自由线条和黑白面块更适合表达空间感和想象力。例如,1947年黄永玉给诗人陈敬容的诗集《逻辑病者的春天》的插图,可谓开拓了版画的超现实主义和抽象表现力的先河。

周立波的两部重要作品《暴风骤雨》《山乡巨变》都被作过大量的"副文本"方面的拓展,两部作品改编后的连环画和木刻都成为经典作品。施大畏所绘的《暴风骤雨》开创了连环画浓重色块与透视性线条的手法,他把西画具象质感与中国画留白想象进行融合,发展出一种独特的、具有崇高感的笔墨语言。李桦的《山乡巨变》插图作为穿插于文本之内的"副文本",也有其"打开语言的后门"的形式感,增强了故事的质感和厚度。由于艺术家李桦自身的影响力,以及对小说形象化的阐释,《山乡巨变》插图版(1959年)呈现给读者一个丰满而富有视角艺术的文本。董子畏改编、贺

---

① 茅盾在《中国文化》第1卷第5期发表《论如何学习文学的民族形式》。参见杨义、中井正喜、张中良编辑的《中国现代文学图志》,生活·读书·新知三联书店2009年版,第438—439页。

友直绘制的《山乡巨变》连环画在艺术上也是独辟蹊径,吸收传统绣像装饰性线条和不对称构图,结合时代审美趣味,堪称白描艺术的经典形式。《山乡巨变》连环画册出版和发行数量远超《山乡巨变》小说本身(见表1和表2)。视觉艺术的"副文本"对原文本的充实、穿插、延伸,形成一个动态的叙说链,使得这个历史性文本处于一种"在场"的状态。

木刻、连环画属于静态视觉艺术,从阐释学的角度来看,静态视觉艺术也是再认识过程,再认识的前提是对现象有更精确的分析,才能准确地把握和模仿对象。图像阐释作为文学的中介,至少显现出两个功能:一是保持文学"纯形式"的在场性,二是使作品意义处于动态阐释之中。李桦的版画、贺友直的连环画对《山乡巨变》的阐释,是阐释主体对阐释对象深度理解的前提下,对原文本所要表现的价值和意义作最大限度的艺术呈现。毫无疑问,两位艺术家对原文本的阐释采用了将各自艺术属性展开的方式,并通过其艺术属性的语言精准地捕捉到作品的深层含义。由于"二度创作"是一个叙述与阐释共构的复杂过程,图像艺术作为理解型的艺术,其难度更大。伽达默尔(Hans-Georg Gadamer)强调阐释是"作为构成物转化的中介",那么,"二度创作"可以看作再中介。作者在叙述之前首先要充分找准自己作为"再中介"的角色定位,实现对原艺术质料和新艺术质料的双重理解。每个时代都会出现新媒体介入原文本的现象,如戏剧对话本的再现,影视剧对中长篇小说的再现。木刻和连环画是20世纪图像艺术重要的表现形式。经典作品有历史性和抗压性特征,同时它还因其独特的思想价值、知识创新和艺术表现而被阐释者不断地阐释。经典的内在规定性"一是原创性,二是可阐释性"[1]。周立波

---

[1] 卓今:《文学经典的内部构成:原创性和可阐释性》,《中国文学批评》2021年第3期。

的长篇小说《山乡巨变》经典化过程经历过起伏波折,在20世纪80年代以后不被关注的情况下,两位艺术家的图像艺术却以笔墨线条的方式保持持久的在场性。21世纪以来,图像艺术又以纯粹艺术的形式介入世俗的经济活动和社会活动中,无意间实现了"成果转化",客观上使《山乡巨变》保持了"行为方式"和"艺术方式"的双重在场性。两位艺术家的图像阐释,以及图像艺术与文学在场性的内在关联,在《山乡巨变》这个艺术个案中表现出一种独特的跨学科的"艺术史"意义。

审美意识形态在特殊历史阶段会独立于其他意识形态,或者比其他意识形态更先行一步觉察到历史潮流的变化。以20世纪80年代为例,在人文主义、各种思潮汇集的背景下,曾经占绝对权威的红色经典一度被遮蔽,未得到足够的重视。进入21世纪,一方面,社会对各类题材、各种思潮采取包容的姿态,另一方面,民族凝聚力和发展模式的需要,加上作品自身的价值,红色经典再次受到重视。经典的沉浮与审美意识形态及文化意识形态相关联,而政治意识形态又对其他意识形态起主导作用。政治意识形态表现为由社会制度底层架构决定的上层建筑模式。因此,批评家对作品的阐释亦无法置身于这种历史性与架构逻辑之外。20世纪70年代末至80年代初,"包产到户"的土地分配制度的探索,将农民与土地的关系重新定义,表现社会主义集约经济的文学作品的美学光环黯淡下来,人们的审美开始聚焦于个人感受。在这一语境下,《山乡巨变》中的人物被重新定义,拒绝入社的顽固派陈先晋、菊咬筋变成大变革中的清醒者,而邓秀梅、李月辉等推动初级社进程的人物成为这一历史变革中的激进者。21世纪以来,生产力的发达程度适合集约经济模式,农村土地流转,大公司、大集体兴起,共同富裕理想进入可操作层面,人们重读《山乡巨变》,发现正面人物的角色意义值得重新被肯定,而陈先晋、菊咬筋等的反历史潮流的做法相形之下,是一种"顽固的个人主义"作风。亭面糊的守正笃实的形象在经典的起伏中屹立不倒。作为《山乡巨变》"副文本"的图像阐释,以纯形式的方式最大限度地保持了某种艺术中立的姿态,在不断更迭的美学潮流中保持着相对的独立性。

**二 以视觉艺术的行为方式表现《山乡巨变》的在场性**

版画、连环画对文学作品的二度创作,以及这种图像艺术的展览、收藏、再版等艺术活动和经济活动,使文学原文本以纯形式的方式持存。20世纪80年代以来,文学作品高扬人文主义、个人主义、抽象人性,《山乡巨变》显然不能满足读者对个性张扬的需求,它受到冷遇也在情理之中。但与小说文本境遇不同的是,当时作为小说《山乡巨变》插图的版画、独立成册的连环画,却以"纯形式"的艺术形式在文坛以外流行。之所以说它是"纯形式",是因为人们接受和喜爱的理由在于其笔墨线条方面的艺术价值。它们按照视觉艺术自身发展规律在传播并影响着受众,美术学院的学生以其作为临摹的经典,收藏家也将其视为艺术珍品而争相收藏,艺术家个人画展时常将其与其他画作一同展出,艺术家作为研究对象时其作品被研究者频繁提起。

消费文化的兴起,艺术收藏品通过商业运作,成为可以被估价的商品,艺术品的附加功能被极大地拓展,外延扩大的同时也缩小了艺术品本身的内涵,艺术价值符码化——消费文化以贴标签的方式凸显艺术品的价值符号与身份符号,其积极的一面是将那些非流行的经典艺术品推送到大众视野之中。例如,2016年潘家园拍卖会拍卖的西宁图书馆收藏的贺友直的《山乡巨变》连环画,以6万元成交,在当时成为新闻。湖南美术馆先后两次展览李桦的《山乡巨变》木刻,展览的初衷是因为其收藏升值,但客观上促进了艺术的

※　乡土文学的时代之变

普及。

　　李桦和贺友直都是中国著名美术家,他们的作品展出、拍卖所造成的新闻轰动效应,可以看作艺术品的在场性——它以此在的形式让受众感受到它的存在。以贺友直的《山乡巨变》为例,它的每一次展览都是一次被公众接受的机会。由于受众的国别和文化的差异,艺术品"被经验到"的方式也不尽相同。同一个人在不同时期欣赏同一幅画也会产生不同的感受。问题不在于艺术品与人的关联程度,而在于只要产生关联,它就实现了一种"在场性"。1984年6月贺友直参加瑞士第一届连环画节展览,仅隔几年(1988年1月)又在第十五届法国昂古莱姆国际连环画节期间举办个人连环画展,展览中将当时中国城市随处可见的小人书摊作为艺术环节的一部分摆在展厅,外国观众称为"马路上的图书馆"[1]。贺友直带着他的连环画参加了很多国际画展,他亲手绘制的一块画砖被永久地安放在法国国家连环画和图像中心广场上。这块地砖的构图由《山乡巨变》人物亭面糊画像与画家本人头像构成,亭面糊身着蓝色粗布上衣和灰色老头裤,两只裤管挽到膝盖以上,左手背在身后,右手举着酒瓶,看着右下角贺友直的头像憨憨地笑着。贺友直的头像是一幅抽象的只有半截脸的极简主义风格画,眼镜下方是作者的中英文签名以及日期"2000年5月4日"。可以说,贺友直、周立波、《山乡巨变》、亭面糊、彩色地砖等多种要素混合而成的艺术符号,以一种奇特的组合方式永远留在法国的地面上,它甚至超出了热奈特对"副文本"的定义。它的存在样式体现了图像阐释的真正内涵,也即伽达默尔所说的"艺术作品其实是在它成为改变经验者的经验中才获得它真正的存在"[2]。

---

[1]　朱国荣:《白描民间悲欢情:贺友直》,上海文化出版社2015年版,第105页。
[2]　[德]汉斯-格奥尔格·伽达默尔:《真理与方法》,商务印书馆2016年版,第151页。

《山乡巨变》连环画仅由上海人民美术出版社一家就先后19次再版。董子畏对《山乡巨变》连环画文字作了通俗化改编,淡化了方言,以适合普通读者和儿童读者。《山乡巨变》小说文本最初密集地出版发行,出版社和艺术家也敏感地意识到这部小说的时代意义,版画家李桦被邀请给小说插图,连环画画家贺友直的单位领导指派他画一套连环画。二人先后赴湖南益阳桃花仑获取素材、体验生活。他们的作品自面世以后即受到普通读者和学术界的赞扬。在1980年到21世纪头十年红色经典发行处于低谷的情况下,版画和连环画以其自身的艺术规律持续产生着影响。表1、表2和表3是小说文本出版、连环画出版、木刻展览、拍卖等的情况统计。

贺友直《山乡巨变》连环画的实际再版次数要多于表2中的数据,2019年上海人民美术出版社出版的图书版权页标注版次共计19次。与连环画出版相比,周立波的小说出版的版次,三家出版社(作家出版社、人民文学出版社、上海文艺出版社)相加的数量还比不了上海人民美术出版社一家的连环画出版(见表1和表2)。

表1　　　　　　　　周立波《山乡巨变》出版情况统计

| 出版社 | 版次 |
| --- | --- |
| 作家出版社 | 1958年、1960年、1961年、1963年、1985年 |
| 人民文学出版社 | 1959年精装、1959年平装、1979年、2002年、2004年、2018年平装、2018年精装、2019年 |
| 上海文艺出版社 | 1961年、2019年 |

※ 乡土文学的时代之变

**表 2　　贺友直《山乡巨变》连环画出版情况统计**

| 出版社 | 版次 |
| --- | --- |
| 上海人民美术出版社·连环画 | 1961 年（第 1、2 册）、1962 年（第 3 册）、1964 年、1965 年（第 4 册）、1977—1978 年、1978 年、1980 年、2002 年、2007 年（精装）、2011 年（全 5 册，平装、线装）、2013 年（礼品盒线装、宣纸）、2016 年、2017 年、2018 年、2019 年、2020 年。 |
| 人民美术出版社·连环画 | 1979 年、2007 年 |
| 黑龙江美术出版社 | 2002 年（32 开宣纸） |

**表 3　　1979 年以后李桦与《山乡巨变》木刻相关的展览、拍卖和出版**

| | |
| --- | --- |
| 展览 | 湖南美术出版社（2013 年，2020 年），中央美术学院、中国美术家协会（2017 年，2017 年） |
| 拍卖 | 雍和嘉诚（2011 年）、泰和嘉成（1995 年、2014 年、2011 年） |
| 出版 | 《西屋闲话——美术评论十八题》（1979 年）、《美术创作规律二十讲》（1983 年）、《美苑漫谈》（1983 年）、《李桦画集》（1987 年）、《李桦藏书票——李桦签名本》（1991 年）、《美术》（总第 479 期）刊发《纪念李桦先生百年诞辰、第十八届全国版画展作品选登》（2007 年）、《荣宝斋》杂志专辑共 14 页（2011 年 12 月）、《滴泉集：李桦的艺术历程》（套装上下册）（2012 年）、《上海鲁迅研究：鲁迅与美术暨纪念李桦诞辰 110 周年》（2017 年）、《国家美术作品收藏和捐赠系列》（2019 年）、《李桦》（汉英对照）（2019 年）等。 |

画家与大众的沟通和对话主要是通过展览、拍卖、出版和教学。每一次《山乡巨变》图像展览，客观上是由组织机构、观众（读者）、卖家、买家共同加入对《山乡巨变》的再阐释。2013 年，

"精于镌艺，系于民族——李桦木刻版画作品展"在深圳观澜国际版画基地展出，展览了其近百幅《山乡巨变》木刻。2020年，湖南美术出版社在美仑美术馆（长沙）以同样的主题展览。2017年，"桃李桦烛——李桦诞辰110周年纪念展"在中央美术学院美术馆展出。雍和嘉诚、泰和嘉成等拍卖公司为纪念中国新兴木刻运动80周年而举办的2011秋季艺术品拍卖会，以李桦版画《山乡巨变插图》为主拍卖专场；1995年、2014年泰和嘉成拍卖有限公司的李桦旧藏暨版画专场等。由于木刻作品高度概括和浓缩了小说《山乡巨变》的思想和艺术，激起读者重读《山乡巨变》的冲动。除了出版、展览、拍卖等文化和经济活动，图像艺术保持生命力的另一种方式是教学。两位艺术家都曾担任中央美术学院教授，他们的作品既是教学的经典案例，同时也是美术初学者临摹学习的样本。李桦20世纪三四十年代就是版画大家，发表和出版作品数量可观。中国木刻版画的发起人鲁迅曾评价李桦："先生的木刻的成绩，我以为极好，最好的要推《春郊小景》，足够与日本现代有名的木刻家争先。"[1] 鲁迅给李桦的7封信均收入2005年版的《鲁迅全集》第13卷。鲁迅也专门写信批评过李桦某一时期风格过于grotesque（怪诞、奇怪），或者中西混搭却不够统一的问题。徐悲鸿评价李桦有几幅风格近于Durer（丢勒）[2]。李桦版画展览的一则前言这样评价李桦："在他的创作中，总是充盈着强烈的历史责任感，以及独立的艺术精神，他立于现实之中，且勇于批判现实的不合理。"[3]

---

[1] 《鲁迅全集》第13卷，人民文学出版社2005年版，第303页。

[2] 阿尔布雷特·丢勒（Albrecht Dürer，1471—1528年），德国画家、版画家及木版画设计家。

[3] 2013年"精于镌艺，系于民族——李桦木刻版画作品展"前言，见于深圳观澜国际版画基地。

※　乡土文学的时代之变

贺友直对红色经典有自己独特的理解,他还创作过《小二黑结婚》年画连环画,他把大色块对撞的年画风格与连环画叙事融合在一起,兼具装饰性与学术性。中国连环画出版社总编辑姜维朴评价贺友直道:"《山乡巨变》连环画的出现,将中国连环画艺术推向了一个新的高峰,同时也有力地推动了连环画艺术以至中国人物画新的发展。"[1] 贺友直喜欢探索,他说:"我一个只有小学的人走到今天,我有个特点,就是善于思考。"[2] 贺友直提出连环画家的"艺术的加法"[3]。他创作的《小二黑结婚》《朝阳沟》《十五贯》《白光》《皮九辣子》等几乎所有的连环画作品,都遵循这一法则。这些法则在《山乡巨变》中体现得更为充分,人物姿态同周围物件的安排极其讲究,植物、建筑与山川地理的构成也是精心布局。他的画有着独立于内容之外的纯形式的美学价值,也正是由于这个原因,《山乡巨变》连环画成为国画线描人物的经典作品。

### 三　以创作主体的深度介入表现《山乡巨变》的在场性

以文学作品为原文本的图像阐释需要遵循以下创作原则。第一,重视作者意图。阐释的意义对象和原文本思想指向具有不可更改性,阐释者忠实原文本思想和艺术风格,并尽可能挖掘原文本的作者意图。第二,有限创新。由原文本的故事、事件所展开的线条笔墨构成的图像叙事,必然生发出与原文本平行和交叉的新的美学意义、思想价值和艺术价值,所有新的意义和价值均以原文本意义为旨归。第三,有限自由。图像阐释者进行"二度创作"时,在叙事与阐释的双重身份中享受有限的创作自由,尽可能依据原文本的

---

[1] 姜维朴:《贺友直和连环画〈山乡巨变〉〈白光〉及其他》,《连环画报》2016年第5期。
[2] 朱国荣:《白描民间悲欢情:贺友直》,上海文化出版社2015年版,第6页。
[3] 朱国荣:《白描民间悲欢情:贺友直》,上海文化出版社2015年版,第7页。

思想和艺术，在视觉上打开想象的空间，使原文本被遮蔽的信息展露出来，引导读者朝向更深广的意境和意义。

通过新的艺术品种的延伸、拓展、投射，产生新的艺术感知。画家要将停留在读者想象中的人物具象化，需要提供与原文本气质贴切的人物形象和可信赖的素材。从展览可以看出，李桦的《山乡巨变》木刻人物经过反复推敲，一幅作品有几幅不同构图的底稿。版画家在对原著进行想象性理解后，现实中的模特还会"修改"他原先的想象。陈大春个子瘦高，长脸，长相英俊，裤腿高挽，叉着腰拄着锄头歇气，其形象大致符合《山乡巨变》里的描述："身材粗壮，脸颊略长，浓眉大眼，鼻子高而直，轮廓显得很明朗。"盛淑君则是拿着红缨枪的淳朴健康的姑娘。原著里对盛淑君的长相有具体描述："脸颊丰满，长着一些没有扯过脸的少女所特有的茸毛，鼻子端正，耳朵上穿了小孔，回头一笑时，她的微圆的脸，她的一双睫毛长长的墨黑的大眼睛，都妩媚动人。她肤色微黑，神态里带着一种乡里姑娘的蛮气和稚气。"[1] 性格方面也有"样子都好，只是太调皮，太爱笑"这样笼统的描述。因此，画家可以根据自己的理解予以发挥。在李桦的木刻和贺友直的连环画中，盛淑君都是穿着碎花短上衣、净色裤子。李桦的底稿裤子有条纹，成稿为净色裤子。不同的是，李桦刻出来的盛淑君两根粗短的辫子齐肩，贺友直画的盛淑君两根黑油油的长辫在腰臀之间摆来摆去。邓秀梅的形象在两位画家笔下是一致的，齐耳短发，泼辣干练，比实际年龄大，系典型的女性乡干部形象。李月辉外在形象再创作呈现一致性，两位画家笔下都是戴着同款帽子，着装也差不多，看上去确实有如原著所说的软和的性格，像个"婆婆子"。

两位艺术家表现出来的《山乡巨变》的艺术形象，除了自己头

---

[1] 周立波：《山乡巨变》，人民文学出版社2018年版，第15页。

脑里的形象和作品描写的形象，还参照了桃花仑乡原型人物的形象。因为周立波创作《山乡巨变》是有人物原型的，他在益阳桃花仑与乡亲同生活、同劳动，1957年秋天还担任了中共桃花仑乡委员会副书记，跟农民朋友建立了亲密的友谊。"许多人都成了他的知心朋友，甚至两口子吵架也要找他公断是非。日子一久，周立波真正熟悉了农村干部和群众的各种各样的性格与各式各样的思想。"① 胡光凡在文中还提到，从1955年起，周立波就同邓益庭一家做邻居，相处了一年多。邓是一位勤劳的"老馆子"②，是一位"作过四十多年的'老作家'"③。他是竹山湾有名的"面糊"。

当时作家、艺术家在社会变革的大气氛下都有强烈地为时代、为人民创作的冲动。"从一九五五年夏天以来，党中央连续召开了省委、市委、自治区党委书记会议和七届六中全会，集中讨论了农业合作化问题，毛泽东同志作了《关于农业合作化问题》的重要报告，全会通过了《关于农业合作化问题的决议》。这两次会议就农业合作化的指导方针问题展开了一场很大的辩论。"④ "一九五五年冬和一九五六年春，益阳的农业合作化运动同全国、全省各地一样，也掀起了高潮，许多刚建立的初级社很快都转为了高级社。"⑤ 作家、艺术家反映时代的火热生活，都投身到工厂、农村当中。周立波自己也响应号召，1955年从文化部回到家乡湖南。据说周立波的回湘源于毛泽东与他的一次谈话："湖南文坛时下很不景气，没有一个扛大旗的作家，湖南那么多名家为什么不回去几个，把湖南撑起来？"⑥ 周立波回湘后，又把康濯、蒋牧良、柯蓝等作家邀请回

---

① 胡光凡：《周立波评传》（修订版），湖南文艺出版社2018年版，第214页。
② 相当于北方"老爷子"。
③ 湘中农民把作田能手称为"老作家"。
④ 胡光凡：《周立波评传》（修订版），湖南文艺出版社2018年版，第210页。
⑤ 胡光凡：《周立波评传》（修订版），湖南文艺出版社2018年版，第210页。
⑥ 彭仲夏、谭仕珍、何先培：《四大作家返湘记》，《新文学史料》2008年第4期。

来。"中共中央中南局第一书记陶铸指示新上任的湖南省委第一书记张平化，要给回湖南来的作家创造一个优越的工作和生活环境，才能留住人才，结出硕果。张平化当即表态：作家们回湘后，分别享受省委书记和宣传部部长的待遇。"① 作家们回湘掀起湖南文学创作热潮，之后崛起的"文学湘军"与这一次作家回乡有着因果关系。

画家在深入生活、认识生活的基础上，通过艺术的形式再现生活。李桦的木刻作品发表在 1962 年，前期准备工作花了两年时间。在湖南体验生活期间，李桦留下了大量写生及生活素材，共创作了《山乡巨变》系列插画 51 幅，用于《山乡巨变》小说插图，其中套色木刻 15 幅，黑白木刻 36 幅。15 幅套色木刻最终被收录进 1979 年由人民文学出版社出版的《山乡巨变》版本中，这 15 幅插图木刻以及上下册收录的由学生谭权书创作的 3 张木刻，将小说《山乡巨变》中的典型场景全都呈现了出来。从《山乡巨变》木刻展览可以看出木刻的完成程序，展厅通常也将木刻创作程序完整地呈现出来。15 幅套色木刻，每一幅套色木刻的完成在一系列创作写生稿、彩稿的基础上最后定型。人物、农具、家畜家禽又有单独成型的精致的小稿。李桦的创作重实践、重体验。"在中央美术学院版画系任教期间，常常带学生下厂、下乡体验生活。"② 在当时交通不发达的情况下，"先后到过北京的郊区，河北省白洋淀和平山县，三门峡水利工程工地，大庆、大连船厂，又去湘、赣、两广、四川等地写生"③，还不辞劳苦应邀到全国各地讲学。艺术创作是认识事物和表现事物的过程，李桦的木刻创作是通过"深入生活→认识生

---

① 彭仲夏、谭仕珍、何先培：《四大作家返湘记》，《新文学史料》2008 年第 4 期。
② 徐婵娟、李抗：《李桦：渴求光明的斗士》，《荣宝斋》2011 年第 12 期。
③ 徐婵娟、李抗：《李桦：渴求光明的斗士》，《荣宝斋》2011 年第 12 期。

※ 乡土文学的时代之变

活→选择典型→提炼形象→创造形象"等程序得以完成的。创作《山乡巨变》木刻插画，在上述一系列程序之前，他首先要完成"理解原文"这个程序。

李桦为了充分理解"作者意图"，创作中多次与周立波书信联系，讨论创作思路。并在周立波的介绍下，赴湖南益阳农村体验生活。他在日记里所记录的当时到达益阳的情形，既是创作心得，也是一份反映益阳风物人情的社会学文献。"1960 年 10 月，为周立波的小说《山乡巨变》作插图，1960 年 10 月 10 日自北京出发，12 日到达长沙，13 日到益阳，14 日到达目的地桃花仑公社。"① 他的木刻作品真实地呈现了当地的风景、风俗、器物。他刻有多达几十幅反映物件和动物的小稿，对生产、生活细节的表现，是创作《山乡巨变》木刻的材料准备工作。人物是最重要也是最难把握的环节，李桦在观察人物时将创作感受也写在日记中。其中有与刘雨生原型曾五喜的交往，"十月十五日第一次与曾五喜见面，他是周立波同志塑造刘雨生这个形象的模特儿，他现在是桃花仑公社的一个生产大队的总支书"②，其日记很长。在另一篇日记里又对曾五喜的精神气质作了大篇幅的描述。这些日记大都写于 1960 年年底，李桦创作之前频繁地接触小说的原型人物，与每位原型见面都记下了感受，尤其注重对人物外形和精神气质的把握，如某位原型"身材高大、瘦削，但看起来还健康"，又如盛佑亭原型"此人看起来很矮小，爱谈话"，谢庆元原型"这人双脚有点病，看来非勤俭者，爱吃懒做"等。画家动笔创作之前把握形象是第一步，在原型基础上根据自己对小说人物的理解作一些想象和发挥。

小说文字未表达出来的才是画家所着力刻画的。画家的难题是

---

① 出自李桦在湖南美术出版社美仑美术馆展出的日记复印件。
② 出自李桦在湖南美术出版社美仑美术馆展出的日记复印件。

要填补小说的"虚"和"空"。以文字为载体的文学是抽象艺术，小说对人物尽管有衣着、形体、面部、气质的描写，如果将这种"有鼻子有眼"的形象落实在线条中，作"具象"呈现，对画家来说需要下一番功夫。小说为了节省笔墨，对景物描写常常一笔带过，画家将人物呈现出来时，景物却是烘托人物心情的重要因素。周立波在桃花仑乡、竹山乡体验生活时搬过几处住所，一开始住竹山湾，1958年又搬到瓦窑村。这几个村的山川地貌是什么样子，读者不得而知。小说中并未对清溪乡建筑外貌做过多描写，而李桦和贺友直的画作却必须把村部、农户、农具、山形地貌落实到具体形象上。社员开会的场所在乡政府，原先是一个祠堂，小说原著里对乡政府（祠堂）描写有两处很详细。一处是邓秀梅刚到清溪乡政府时，作家以小说人物的视角对乡政府周围环境作过一番介绍：草坪、旗杆、大麻石、草垛、觅食的母鸡，马上就要进入内部："无名的装饰艺术家用五彩的瓷片镶了四个楷书的大字：'盛氏祠堂'。字的两旁，上下排列一些泥塑的古装的武将和文人，文戴纱帽，武披甲胄。"[①] 然后又对房屋布置、格局、装饰等作了介绍，如戏台、天井、享堂、方砖地面，还有各式各样的农具，神龛正面的木壁挂着毛泽东的大肖像。另一处是邓秀梅第二次去乡政府开会："会议室就是东厢房，李主席的住房在外屋，这是这个祠堂里的一间最熨帖的房间，面着地板，两扇闭了纸的格子窗户朝南开，一张双幅门通到享堂。屋里，右手白粉墙上两个斗大的楷书大字，一个是'廉'，一个是'洁'。"[②] 即便是如此细致的描述，仍然是一百个读者阅读，便会有一百个乡政府，但两位画家表现出来的乡政府就非常具体，建筑外貌类似于徽派建筑风格，依层递加、两层风火墙，

---

[①] 周立波：《山乡巨变》，人民文学出版社2018年版，第15、19、28页。
[②] 周立波：《山乡巨变》，人民文学出版社2018年版，第15、19、28页。

※　乡土文学的时代之变

高出两边山墙一倍的墙垣，白墙青瓦，飞檐翘角，响亮素雅。两位画家笔下乡政府几乎一模一样，应该出自同一个原型——桃花仑乡的盛氏祠堂，都是两层翘角的风火墙，地面铺着方砖。

贺友直的《山乡巨变》连环画共534页，每一幅都是精美的创作。这就意味着从底稿到成品需要画几千幅图。比李桦早两年，1958年年底，贺友直接到他所在的上海人民美术出版社领导给他的一个重要的创作任务，即根据周立波的小说《山乡巨变》创作一套反映农村合作化的长篇连环画，向中国共产党建党40周年献礼。贺友直同样也是多次到益阳桃花仑写生，大量走访，与原型人物接触，悉心揣摩，花了5年多时间，出齐了4册连环画。第1册于1961年7月出版，第2册于同年11月出版，第3册于1962年9月出版，第4册于1965年3月出版。尽管当时贺友直已是颇有成就的"老画家"，但《山乡巨变》连环画的创作过程经历了颇多波折。生活在大都市的贺友直对农业合作化并不了解，"再说，故事发生在湖南，那里的农村是什么样子的，地是怎么种的，工具是怎么使用的，还有当地的生活习俗又是怎样，男女老少的穿着打扮又是怎么样的，他全然不知"[1]。带着这些问题，他卷起铺盖去了湖南益阳桃花仑乡，与农民同吃、同住、同劳动。他一开始是"用墨色皴擦出明暗的黑白画法，以白衬黑，以黑衬白，这种画法要比素描法更为概括简练，画面效果也更为强烈，此种画法来源于苏联《星火画报》的插图"[2]。没想到社里领导很不满意，顾炳鑫和程亚君看了这些画稿，给了两个字："重画"。1959年初夏，贺友直第二次卷铺盖去益阳，第二稿和第一稿相比并没有明显的改变。顾炳鑫（时任上海人民美术出版社连环画创作室副主任）对明刻版画有研

---

[1] 朱国荣：《白描民间悲欢情：贺友直》，上海文化出版社2015年版，第55页。
[2] 朱国荣：《白描民间悲欢情：贺友直》，上海文化出版社2015年版，第55页。

究，他自己也是连环画家，建议贺友直参照明刻版画的装饰性线条、衣着和纹路。贺友直从陈洪绶的《水浒叶子》《西厢记》木版绣像画找到线描的诀窍，从《清明上河图》《七十二神仙图》中找到了构图的方法。1960年《山乡巨变》第三稿草图中，贺友直汲取了传统山水画中的高远透视法、木版绣像画中的白描线条等技法，多种手法融合后就有一种略带夸张、变形的意味。用装饰画的线描手法来描绘人物和场景，创建了一种连环画新形式。其中对他启发最大的是陈洪绶的《水浒叶子》，他说："陈老莲不把人物当人物去画，而是把人物当成构图的'部件'去安排，该大则大，该小则小。"①

《山乡巨变》连环画是贺友直画作的艺术高峰，同时也是连环画界的杰作。在此之后中国连环画界各种思潮和流派碰撞，画家们开拓创新，大胆进行形式探索。由于过于强调笔墨线条的学术性，远离了普通读者的审美需求。20世纪80年代后期，流行大笔浓墨、光影层叠、明暗效果等细腻方法的学术性连环画。美术界内部的功力比拼，各类奖项越来越挑剔的评审，逐渐远离大众，走精英路线，是连环画走向衰败的原因之一。

### 四 以艺术形象的方式表现《山乡巨变》的在场性

在深刻领会和把握作家意图的前提下，艺术家通过对原文本的理解和阐释，将文学作品中的想象性形象转换为具象性形象，对这一转换尤须注意区分"误读"与"创新"的界线。以文学作品为原文本的图像阐释大致有三个层次：第一个层次是将文学的抽象形象与自然题材相结合，以阐释者的实际经验作为其阐释基础；第二个层次是转化图像故事、素材的风格化转化运用，以原著知识作为

---

① 朱国荣：《白描民间悲欢情：贺友直》，上海文化出版社2015年版，第56页。

※ 乡土文学的时代之变

其阐释基础;第三个层次是文本的真实世界与象征世界的内在意义组合,以综合知觉作为其阐释基础。进入21世纪以来,图像艺术以纯粹的艺术属性介入经济活动和文化活动中。两位艺术家的表现手法深刻领会了各自绘画品种属性的奥秘。贺友直处理画面时,在充分考虑艺术性的情况下还要兼顾通俗性,白描是最恰当的形式。李桦的木刻对《山乡巨变》的表现突出艺术性。有较高艺术价值的作品在专业领域可能不断被提起,反复被评价;而有较高思想价值的作品则随着时代观念的更新,不断焕发出新的意义。贺友直的连环画线条布局自然洒脱、散逸疏旷,看似随意,实则凝神聚力细细勾画。534幅画越往后越自然,意到笔成。《山乡巨变》连环画第3册①封面是一个女子奔跑时蓦然回首,呈现俏皮害羞的样子。这是一个经典的爱情场面,被男人抛弃了的盛佳秀爱上了离过婚的刘雨生。盛佳秀常趁刘雨生不在家时偷偷弄饭做家务,有一天刘雨生故意提前回来,把做好事的"田螺姑娘"逮个正着,贺友直便设计了一个盛佳秀害羞跑开的场景。画家在构思创作这幅画时,大量留白,只在左上角和右下角各添几笔植物,着重凸显恋爱女子的妩媚情态。周立波在《山乡巨变》中写爱情非常克制,但处理得很高明,如邓秀梅对爱人的思念用一种压抑的笔调。陈大春与盛淑君这对青年人谈恋爱,害羞,躲躲闪闪,有一种青涩感。刘雨生与盛佳秀都是过来人,感情较为直白而火辣。贺友直深刻领会了原文本的作者意图,又加入了艺术家的想象力,因此这个封面人物形象具有不可磨灭的经典性。

《山乡巨变》人物众多,作家在表现人物个性、时空感、表情和内心活动时,可以大而化之地一笔带过,通过人物言行使读者脑

---

① 周立波原著,贺友直画,董子畏改编:《山乡巨变》连环画,上海人民美术出版社1965年版。以下有关《山乡巨变》连环画的艺术评价所依据的画面均依据此版本,不再另作标注。

海中生成一个形象。而画家却需要一笔一画都落到实处，有时不得不无中生有，生造出一个形象来。对于并置于同一空间的人物，画家须给每个人物最恰当的姿态，从肢体和表情中瞥见其内心，不能有丝毫懈怠，否则便会千人一面。《山乡巨变》里开会的场面很多，小说中可以笼统地表现一个会场。画家需要考虑会场中人的面部表情和姿态，人物是面向读者还是背对着读者。画背影既省力又增添神秘感，但《山乡巨变》连环画仍然有多幅正面会场图，会场多达几十人，挤挤挨挨，颇费笔墨。画家把每个人的神态都用心地刻画出来，人们各怀心事，与当时心态吻合。整个四卷《山乡巨变》连环画的人物，每一个细节放大后都有丰富的笔墨语言在里面。

　　《山乡巨变》小说里对自然风景描写不多，花草树木、阡陌交通以及所有的器物，都是画家的艺术再创造。有些画面将江南农村形象在诗意维度层面加以浓缩，对普通日常事务予以美学提炼，意象和意境的融合使一个现实题材作品达到了浪漫主义诗意境界。例如，远山衬托下的宽阔江面，百舸争流，一片繁忙；灌木与山丘之上添一只喜鹊，烘托邓秀梅刚到清溪乡的喜悦心情。树木、杂草、墙垣与人物位置，皆有着高明的美学安排。若人物在第二层画面，第一层则是高大乔木，景与人显得疏朗有致。翘檐的风火墙作背景时则大块留白，青瓦弧线勾向天际，表现出传统乡村的古典美。贺友直参照同样也擅长为文学作品创作插图的陈老莲的人物画法，如人物躯干伟岸，衣纹线条细劲清圆。画面布局手法简练，画风沉着含蓄，格调高古。对原作的把握还体现在人物身份的家居环境等细节上。菊咬筋屋子里放置的农具丰富多样，大禾桶、精致的竹筐、篾箩，晒坪里也摆上一长溜晒着辣椒干菜的簸箕。亭面糊家则较简陋。有些画面大胆创新，以景写人，烘托人物心情，比直接画人更有力量。例如，第2册第109页用实线勾画云层，乌云流布衬托大春的愤怒。又如，第3册第103页，刘雨生对未来收成充满乐观，秀梅说"你眼睛近视,心倒飞得远"。画面是一棵笔直高大的松树,天空3只翱翔的鸿雁,整个画面空无一人,暗喻说话人心境高远,有很强的象征意义。与之相邻的一页是两人交谈,两边犄角松树林密不透风,中间斜拉一条宽大的留白,疏可跑马。

版画自具一种形式感,其形式美在于黑白二色的历史感和古旧意境,把人的感官推向时空幽深之处。经过刻刀、雕版、油印等工序,有一种表达的有限性与想象的丰富性之间的矛盾张力,黑白变化和虚实关系两种简单范畴派生出无穷的可能性。李桦1947年前的作品更注重形式感,早期抗战题材、革命风云题材如《怒潮》系列,以及被鲁迅批评的grotesque风格的系列作品,多呈激荡的画面,动感十足、面部扭曲的人物,用色复杂多变。《山乡巨变》木刻笔法朴素、清癯,同时他也在探索木刻的新技法。他在刻画人物表情时注意避免脸谱化,如《砍树》这幅图的人物安排,小说中并没有指向具体的人,起因是龚子元的堂客捅破窗户纸看到邓秀梅摆放在桌上的文件上的半句话,散布山林归公的谣言,引发砍树风潮。人们倾巢出动,普山普岭通宵达旦地砍,砍倒了上千棵树。李桦的创作令这个画面经典化,他用套色木刻,大块留白,远景一抹淡绿色,几根写意风格的竹子被风吹得弯腰低头,近景是一位捆着头帕的老汉,弓步屈腿,左手握住伏倒的松树干上的树枝,右手高举月牙形砍刀砍向树枝。树干旁边躺着一把锋利的斧子,老汉的衣纹走向表明了肌肉用力的程度,腰上的白围裙使画面有高光和亮度。老汉身后一位戴着头帕的妇女,蹲着捞起一撮树枝正在打捆。松树的纹理与衣纹明暗对比强烈,同远处抽象的山林形成视觉上的呼应关系。画面上的两个人没有具体指称,而是代表普遍的砍树的人物形象。申请入社的场面则是扶老携幼的人群背影朝乡政府走,乡政府白墙黑瓦及高高矗立的旗杆和举向天空的风火墙翘檐,在远山的衬托下黑瓦更黑、白墙更白,一丛被风吹弯的楠竹使画面动起来，人们处于一种火热、激荡的改革大潮之中。

盛淑君与陈大春两人相爱却暗中较劲，都等着对方向自己表白。两人在山里经过几个回合的试探终于牵手成功。李桦是怎么处理这个场面的呢？从展出的木刻小稿可以发现，李桦画了好几张小稿，都是两人坐在一捆柴上，动作有些差异而已。这个修改调整反映出当时的审美潮流。在周立波创作《山乡巨变》时，还可以写恋爱男女热烈拥抱，疯狂而含蓄。1962年已经是人民公社、大集体时期，《山乡巨变》木刻大都标注的1962年、1963年，有些小稿没来得及刻，1979年还刻了一批。审美趣味发生变化，从李桦的版画可以看出时代语境及其历史性和现实性。作为图像表现形式这一"副文本"，其阐释和叙述同样受制于海德格尔（Martin Heidegger）所说的"前理解"（或"前见"，Vorurteil），即"'有典可稽'的东西，原不过是解释者的不言而喻、无可争议的先入之见"[①]，前见并不意味着一种错误的判断。伽达默尔认为前见是起源于具有前见的人，他人的威望、他人的权威诱使阐释者犯错误，也就是说错误判断来自他人的威望和自己的草率。《山乡巨变》当时无疑具有很高的威望和权威，但两位艺术家也在他们自己的学科领域里具有很高的威望。无论是图像阐释还是文字阐释，都是在寻求各自的内涵和意义，正如欧文·潘诺夫斯基所言，"人文科学的各学科在一个平等的水平上汇合，而不是互相充当奴仆"[②]。艺术家所要克服的是排除本学科的某些积习和成见，大胆创新，按照自己的理解做出恰当的阐释，用属于自己的艺术语言使《山乡巨变》获得更为广阔、更加深邃的意义。

---

[①] ［德］海德格尔：《存在与时间》（中文修订第2版），陈嘉映、王庆节译，商务印书馆2019年版，第214页。

[②] ［美］欧文·潘诺夫斯基：《图像学研究：文艺复兴时期艺术的人文主题》，戚印平、范景中译，上海三联书店2011年版，第5页。

※ 乡土文学的时代之变

　　两位艺术家的表现手法深刻领会了各自艺术属性的奥秘，贺友直处理画面时，在充分考虑艺术性的情况下还要兼顾通俗性。他从古人的技法中获取灵感，白描被选为最恰当的形式，既能获得读者喜爱，又令其在学术层面有所精进。李桦的木刻对《山乡巨变》的表达，注意突出艺术性和文字背后的深层意蕴。绘画、影视对文学作品的二度创作与文学经典化有着深刻的内在关联，二度创作不仅是一个叙事的问题，它包含了建构性阐释与澄明性阐释的方法。如果把这一现象置于文学现场、出版生产机制中，从文学史的角度考察其生成规律，可以发现《山乡巨变》木刻、连环画，借由视觉艺术的力量突破单一文本形式，对其加以研究可以令图像阐释的阐释学意义得以呈现。

# 第 七 章

# 王跃文《家山》的新乡土主义探索

## 第一节 乡村美学的氛围价值与情绪价值

《家山》中的真善美构成小说温暖的底色。以广大人民群众为叙述主体的乡村伦理、乡村美学的展示，弥漫着浓郁的素雅的氛围与温和的情绪，处处透着纯粹的中式美学。小说抛开常规的历史叙事粗大线条和矛盾冲突，着眼于普通人的精神史，将夹在时间褶皱里的普通人的悲欢从容地展开。以湘地乡村和风土人情为叙事基调，重心落在20世纪上半叶（1927—1949年），制度性的风险和结构性压迫，让美丽的乡村风俗、美好的人情关系，不时隐藏着惊心动魄的斗争，含蓄温和的沙湾人也在沉默中爆发。

### 一 浓郁的乡村美学的氛围价值与情绪价值

袅袅炊烟、小小村落，人们世世代代在此繁衍生息，早已形成一套完整的社会生存逻辑。乡村的美在于从容散淡，在于人情的温暖。"有喜担着抱鸭蛋出门，一路看着鸭子啄开蛋壳，颤颤晃晃的出来。鸭仔绒毛先是湿的，慢慢就干爽了。出门时挑笼里都是蛋，走上几个时辰鸭蛋全变成鸭仔了。"① 有喜耳朵尖，听见鸭仔啄壳的声音心上快活。绕几个村剩下的6只鸭子，遵照福公公的嘱咐："一担鸭子卖到舒家坪，剩多少都送给桂公公。"桂公公推辞很久才答应收下，夸奖有喜是个知事的孩子。乡人的道德评判标准也是知事、懂规矩、讲情义。人们与世间万物相处的方式遵照某种系统性平衡。民国年间湘西仍然有多神论倾向，沈从文在散文《湘西·凤凰》中提到少女落洞的现象。途经某一山洞的女子与洞神产生精神上的恋爱关系。黄永玉在《无愁河的浪荡汉子·朱雀城》中说到隆庆每回上山打猎要拜山神。树神、河神、山神，无处不在的神。人们认为掌握了与自然相处的秘密法则，沙湾人也相信某种神灵伴随在日常生活中。"天楼板上结着燕子窠。偏西的日头穿过窗子，照得燕子窠也红红的。"② 燕子进屋是旺家门，桃香就会与喳喳叫的燕子对话："你记得的，你记得的，是你的屋！"③ 燕子进进出出都从她头上过。纺车吱吱地响，燕子亮亮地叫。这是沙湾人的日常美学。燕子的角色在沙湾人眼中还通神灵，主吉凶祸福，燕子窠塌了，正好砸在德志头上。这个坏兆头因德志被舅舅打死而应验。桃香和四跛子事后"打几根竹签把燕子窠托起"。沙湾佑德公家的园林景观显出农人的实用性原则——菜园与花园的合体。"园子里种菜也种花，屋里其他人都喊它菜园，贞一把它当花园。菜园里长着十几棵大茶花，都是八十多年的老树，开花的时候墙外都看得见满树红。"④ 茶花开过又有月季，红的黄的爬满了贞一闺房外面的围墙。贞一透过闺房小轩窗看花蟢子（蜘蛛）。个人经验逐渐变成乡村的文化积累，劭夫看见垙墩岩上的水珠就说："岩坨出汗，要落

---

① 王跃文：《家山》，人民文学出版社、湖南文艺出版社2022年版，第84页。
② 王跃文：《家山》，人民文学出版社、湖南文艺出版社2022年版，第8页。
③ 王跃文：《家山》，人民文学出版社、湖南文艺出版社2022年版，第8页。
④ 王跃文：《家山》，人民文学出版社、湖南文艺出版社2022年版，第70页。

大雨了。"① 读书人说话需要典故撑起来，扬卿谈起建红花溪水库的设想，父亲远逸公提醒他学水利不假，毕竟只在纸上谈过兵，马谡也是熟读兵书的。

驱虫、降温、治病都有一套土办法，祖祖辈辈积累的经验，说不上科学，至少很环保。小病小痛采取土法疗法，月桂痄腮（腮腺炎），借叔公的墨汁搽一下。降温的技术含有生态美学和环境美学的理念，佑德公屋角古樟树下有一口水井，上面的方井叫娘井，底下圆池叫儿井。井水从暗道流过窨子屋三进天井。夏天将天井出水口半塞着。"快断黑时再把水放干，窨子屋里就清凉清凉。"② 扬卿与县长聊天赏雪是中国士大夫的交往情形，忧国忧民、壮怀激烈、雪落如梦幻。大有"愁看飞雪闻鸡唱，独向长空背雁行"的悲壮之感。扬卿与史瑞萍的恋爱过程用极长的篇幅铺排渲染，旨在强调自由恋爱对人的个性的舒展与美学价值的渲染。以《诗经》为情书和谈话内容，"扬卿笑道：'你送给我的《诗经·风雨》，就是用前人的光把我照耀了'。史瑞萍把头往扬卿身上靠，说：'卿卿，你先照耀了我，我又云胡不喜呢？'"③ 古雅高贵又不失浪漫。乡村学校课堂情景尤其是音乐课，使得沙湾成为先进文明的代表。大多数人没有机会上学，乡人之间粗陋的骂战仍然是乡村的日常。喜宴丧事遵循严格程序。工商业微乎其微，文化娱乐活动主要是辰河高腔戏文、婚丧唢呐、哭嫁歌。新旧知识交替混合，乡贤谈话间《论语》、古代典故随口引用。小说写到杨卿大婚，佑德公送喜联相贺，一副是"万里长风百年佳偶，弦歌相和天地一新"，另一副是"德星光接前徽，叠酒筵开南楚"。逸公老儿对对联的阐释体现了高山流水

---

① 王跃文：《家山》，人民文学出版社、湖南文艺出版社2022年版，第71页。
② 王跃文：《家山》，人民文学出版社、湖南文艺出版社2022年版，第71页。
③ 王跃文：《家山》，人民文学出版社、湖南文艺出版社2022年版，第356—357页。

※ 乡土文学的时代之变

遇知音的情境，只见他拊掌赞道："两副好喜联！南朝名将宗悫少时言志，愿乘长风破万里浪！卿儿东瀛留学归来，正是破万里浪。"① 接着赞第二副对联："佑德公书读得好。我陈家远祖仲弓先生德星聚会的典故是有些生僻的，佑德公居然想到了。"② 逸公老儿是癸卯科举人，饱读诗书，他称赞修岳大方、见得世面，引用《论语》："衣敝缊袍，与衣狐貉者立而不耻者，其由也与！"③ 修岳听不懂，史瑞萍给他讲解。

乡村诗意的纯粹美学与沙湾人的日常审美互相成就。小说表现出来的沙湾诗意是被提炼过的形而上学美学，是一种通过精英的审美眼光过滤后的美，这一美学的功效用于与现代思乡病读者的对话。这一层美学要素是从大量的沙湾人日常审美中提炼出来的，它是有根基、接地气的美学。尽管沙湾人自己的日常美学与精英所期待的乡村美表现出不同的样貌，但作者有效地将二者糅合在一起，成为一个东西。因此，读者看到的沙湾的美并没有一种强加给人的感觉。留洋回来的扬卿对美的感知大概与作者可以同频共振，而桃香与四跛子都是勤快苦干的农人，要表现他们的审美，需要回归到人物的本真。祠堂里辰河高腔目连戏唱了三天，因为"年年唱的都是老戏"，他们怕耽搁工夫都没去看。作者把他们的审美对象庄稼和菜园呈现出来："屋背后菜园的白菜已经满心，一蔸蔸都拿稻草捆着，顶上压着瓦片或土坨。菜园背阴处雪没融尽，青草已从残雪里钻出来。"④ 在有喜眼里，各种工程、工事才是美的。有喜把筌笼浸到塘里，牵绳绑在塘边乌桕树上。回到屋里，佑德公还在天井坐着。听见有喜关了门，佑德公说："大夜了，明朝还要去城里。"有

---

① 王跃文：《家山》，人民文学出版社、湖南文艺出版社 2022 年版，第 336 页。
② 王跃文：《家山》，人民文学出版社、湖南文艺出版社 2022 年版，第 336 页。
③ 王跃文：《家山》，人民文学出版社、湖南文艺出版社 2022 年版，第 335 页。
④ 王跃文：《家山》，人民文学出版社、湖南文艺出版社 2022 年版，第 5 页。

喜说："又不费力，明朝早起就是了。"① 用文化人的眼光看，有喜的生活细节有一种陌生化的美："有喜拿木盆先把筌笼里的鱼都倒出来，选了两斤多拇指大的鲫鱼、麻嘴、鳊鱼、鳅鱼，又把大些的鱼灌进筌笼，放在儿井养着。"② 读者体验到的陌生化的美与有喜自己体验到的生活美，两种交错的美形成沙湾古典农村的诗意美，于此作者、小说人物、读者达到一致的美学趣味。这种日常琐事构成了南方风土人情画卷，佑德公在儿井洗紫苏，看筌笼里的鱼跳得欢。隔灶屋老远，我都听到紫苏煎鱼的香味了。这是《漫水》的笔法，近乎散文诗。"那是冬天日头最后露脸的位置。日头从那虎口红红地吐出来，又是一年过去了。"③ 作家看到的诗意，也是小说人物体会到的意境，构成了《家山》的基本文风和美学基调。

　　小说特别注重意与境的相配，如"见梅花苞星星点点，已稀疏开了几朵。大风吹得墙外的松树呼呼叫，一只麻雀斗着风飞了几下，顺风落在树尖打秋千"。④ 红军走了，预示着大事要来。后面章节写到杀红属⑤。有喜和扬卿修水库起早贪黑，多处写月光，月光随着人的心境变化而变化，如"有喜望着齐天界漆黑的山梁上头，挂得丈把高的弯月亮像要掉下来"。这样的月光下，扬卿与有喜研究土层、地质构造和地下水的问题。有喜从水库工地回家，写到"亮云托着弯月，已挂在半天上"。又是月亮。高空中挂着月亮，人在地上忙碌的画面。容易让人联想到周立波的《山乡巨变》，也是多处写月亮，画家贺友直在《山乡巨变》连环画中把这种画面表现得高远、空灵。他们心中有月光映照，也有太阳暖暖地升起，"扬

---

① 王跃文：《家山》，人民文学出版社、湖南文艺出版社2022年版，第157页。
② 王跃文：《家山》，人民文学出版社、湖南文艺出版社2022年版，第157页。
③ 王跃文：《家山》，人民文学出版社、湖南文艺出版社2022年版，第33页。
④ 王跃文：《家山》，人民文学出版社、湖南文艺出版社2022年版，第387页。
⑤ 红属：指红军家属、亲人。

卿说话时，日光已从他的脚底往上爬，照得他的额头亮亮的。墙外花园里伸进来的老红梅树上，飞来两只喜鹊登着，叽叽喳喳地叫"。① 这是扬卿与沙湾的青年们组织代工队援助抗属家时的情景。水库开闸放水的大喜事，扬卿的心情既兴奋又紧张，"走到上马塅，看见日头刚从齐天界虎口上吐出来。田里翠绿的油菜叶上露珠闪亮，豹子岭上罩着玫瑰色的薄雾"。② 乡村意识形态、风俗与风景完美契合，风景与人的心情是构成社会行为美学的基本元素。

## 二　通过方言、文献表达的乡村氛围价值和情绪价值

方言的使用使小说韵味绵长。湖南方言斑驳复杂，参差交错，"湖南省的汉语方言主要有湘语、西南官话、赣语、客家话以及未分区的非官话方言——土话和乡话"。③ 湘地多丘陵、湖泊、河流，形成大大小小的自然村落，在以水上交通为主的时代自然分割成相对封闭的区域，素有"三里不同音，十里不同俗"的说法。湘地也因此保留了大量古汉字书写和古汉语发音。从小说语言可以看出，沙湾是湘方言与西南官话交错的地区。《家山》的方言写作使乡村美学包含多重意义，同时还有被忽略的文化实践意义，即人类文明发展中语言对人的性情和行为的影响。读者也从中获得某种乐趣，如阅读停顿、音节押韵、音韵训诂等。沙湾人高兴或愤怒都喜欢骂一句"朝天娘"。南方人若是用普通话骂人，自然少了神韵，"日嘛"就是骂人骂得比较狠。大多数时候，骂人不带脏字，采用赋比兴手法。例如，不直接骂放公老儿绝后，而是"屋里打烂碗的人都没有一个"。沙湾村保存着大量古汉语式的方言，小说找到方言发

---

① 王跃文：《家山》，人民文学出版社、湖南文艺出版社2022年版，第572页。
② 王跃文：《家山》，人民文学出版社、湖南文艺出版社2022年版，第500页。
③ 陈晖、鲍厚星：《湖南省的汉语方言（稿）》，《方言》2007年第3期。

音对应的词，蟢子（蜘蛛），盘毛钱（鸡毛毽子），栽眼闭（打瞌睡），醽茶（筛茶），揸火（烤火），难为（谢谢），听到气味（闻到气味），醒气（消气），绚（拴），葛人（笼络人）。

小说用大量地租、赋税、徭役方面的专门知识，还原民国历史情景，包括人物之间对话的语气。修根与知根老爷的对话显出作者对那段历史的深入研究，修根问田赋税捐减少的事："齐树笑起来，说：'哪里有减的事。'修根说：'你我都是从清朝手上过来的，怎么没有减的呢？自古逢灾蠲免钱粮是常例。'"① 小说频繁地插入布告、申请、指令、信函、报刊文章、喜帖、定帖，表现出作者扎实的文献功夫。扬卿上过洋学堂不会写定帖，一直被人笑话。布告大都来自真实的文献，如"重申禁止妇女缠足令，遵中华民国内政部《禁止妇女缠足条例》，特颁布禁令如左：一，未满十五岁之幼女……县长朱显奇，中华民国十七年六月十七日"。布告信息量大，"禁令如左"体现竖排行文，"十五岁之幼女"说明民国对女性性成熟年龄的考虑。民国时期为提高人口素质，防止早婚，"《民法·亲属》将法定婚龄规定为男 18 岁，女 16 岁，比传统社会婚龄有所提高"。② 从大量早婚实例来看，民国时期关于法定婚龄的规定只是一纸空文。有统计显示，"正定县 1934 年登记结婚当事人的年龄，结果是男方在 15 岁以下的占到 61.1%，而女性在 20 岁以上结婚的则达到 62.4%。结论是：这个县的绝大部分男子都未达到法定结婚年龄，属于早婚；而该县仍存在'大妻幼夫'习俗，与法定婚龄'男高女低'完全相反"。③《家山》中桃香为儿子齐明收的童养媳来芳就比齐明大 4 岁。

---

① 王跃文：《家山》，人民文学出版社、湖南文艺出版社 2022 年版，第 146 页。
② 许莉：《〈中华民国民法·亲属〉研究》，法律出版社 2009 年版，第 167 页。
③ 许莉：《〈中华民国民法·亲属〉研究》，法律出版社 2009 年版，第 167 页。

※　乡土文学的时代之变

公文凡例资料得来不易，作者将自己早期所著《大清相国》税费制度的知识随时流露出来，将历史文献、相关资料化入故事中，大量征收赋税的公告、专业性讨论、对话，使故事增添了可信度。曲折、幽默的笔调批判国民党迟愚的行政能力，如沙湾红属变成抗属后共产党及时发抗属证，享受优惠，而国民党军队的抗属却没有。还有通过扬高数青天白日旗的角到底是十一个角还是十二个角，说明国民党关于国家象征符号国旗的知识普及不够。信函的文言文气质，也是必要的呈现。例如，杨屹的家书："蜀道虽险阻，然进退守战皆有回旋。"[①]《家山》中涉及大量地租、赋税、徭役的专业政策和历史文献，作者巧妙地将文献与诗化文字融合起来，形成一种厚重的文献资料美学。

俗话是一种高度凝练的人类智慧结晶，小说对话、评价大量采用俗话的方式表达，言简意赅。沙湾人口中的俗话都是祖先积淀下来的智慧，"俗话讲，家藏千斛财，隔壁有斗量"。家家户户都在算别人家的账。乡村用通俗的语言说明事物的本质，经过加工打磨，变成谚语和俗话，人们甚至乐意用俗语的方式讲出真理。民间谚语与俗话不同，更具有地方性。民间谚语对乡村氛围的提升起到画龙点睛的作用。谚语是民间智慧的精华和淬炼，对文风的活跃和文本的可读性有提升作用。当朱克文与妻子牵手并排走，围观群众一路起哄："行路行排子，屁股夹岩子。猴子猴子打秋秋，红起屁眼没羞羞！"男女排排双双走路有伤风化。文献、诗词的运用显示沙湾村深厚的文化底蕴，如戏台上的64字上下阕的长对联。人物特定场合的赋诗吟唱需要作者自创诗词，有古雅之风。县长李明达罢官后拜访扬卿，离别时吟罢："大雪纷兮，白日晦兮。踽踽茕茕，吾

---

① 王跃文：《家山》，人民文学出版社、湖南文艺出版社2022年版，第446页。

将安归！"① 禾青出嫁时的哭嫁歌："禾青大喊一声'爹爹爷，妈妈娘'，哭起嫁来：'妈妈生我尺把长，喂奶喂到我会喊娘。五黄六月怕我热，十冬腊月怕我凉。'"② 女孩自小就学习哭嫁歌，学会将亲情、日常生活、社会现象即兴编成押韵的句子，到了做新娘时以便显示才华。湘西土家族至今还有陪十姊妹哭嫁歌。

饮食的氛围也是《家山》小说用心经营的部分。"寡鸭蛋煮熟切饼，煎得两面黄，放上油糊辣子、葱末和新鲜橘叶，想着就流口水。"③ 还有"扬卿把两个糍粑烧得双面焦黄，鼓得高高的像两个球，满屋子的糍粑香。他连着炕架把糍粑取下来，放在一边，说：'稍凉一下，会烫嘴巴。'"④ 作为鱼米之乡的沙湾人热衷于对饮食的精心烹制，糍粑有多种做法，齐树吃了半个糟煮糍粑，触犯了老胃病，"痛得清水长流"。糟即醪糟，俗称甜酒。文中还提到糟煮鸡蛋。烹调饮食、在村口吃烟讲笑都是沙湾人的娱乐。

### 三　温和的沙湾人在沉默中爆发

按照前现代社会中国的伦理纲常，家族本位主义与个人本位主义是对立的。民国的法律受新思想的影响开始强调个人本位，个人本位意义下的各家庭成员是享有完全人格的完全主体，对于普通人来说，这种过渡并不明显。因此，大多数没有接受现代教育的沙湾人体会不到这种变化。他们在传统伦理规约下，行为端正，与人为善，社会和谐。在国难当头时，沙湾读书人表现出崇高的使命感和高尚的人格力量。

祠堂、祖宗牌位仍然是沙湾人的精神神殿。家庭男性一个很重

---

① 王跃文：《家山》，人民文学出版社、湖南文艺出版社2022年版，第194页。
② 王跃文：《家山》，人民文学出版社、湖南文艺出版社2022年版，第197页。
③ 王跃文：《家山》，人民文学出版社、湖南文艺出版社2022年版，第140页。
④ 王跃文：《家山》，人民文学出版社、湖南文艺出版社2022年版，第193页。

※ 乡土文学的时代之变

的责任就是延续香火。宗族血脉的正统性通过修家谱和辈分的正确序列得以保证。放公老儿家人丁兴旺，对陈家家谱烂熟于心。满房的班辈高，大房头班辈小。辈分高的人有资格摆谱，但与晚辈开玩笑也要注意分寸。例如，桃香的花轿抬进沙湾时，轿夫起哄，虽然说"新婚三日无大小"，但扬高辈分上是叔，不敢开玩笑。沙湾首富、头号乡绅佑德公（陈修福）修字辈，在逸公老儿那里算孙子辈。尽管他依靠善行积德获得德高望重的地位，但仍然有一种辈分的压迫感。祠堂神龛上供着两尊祖宗雕像，祠堂和牌位对沙湾人都有无形的震慑。因此，沙湾村礼制严厉，进村有"下马田落轿下马，上马塬登轿上马"的规矩。由祖先崇拜构成的意识形态的钳制，统治着大多数人的精神——只有陈齐峰、陈扬卿等极少数受过新式教育的沙湾人淡化了这种观念。

沙湾的女性不再沉默。旧中国的乡村女性处于被遮蔽的状态，从《家山》女性人物可以看出作者实事求是的态度，小说并不讳言社会对妇女的制度性压迫。诗意、温暖的表象下，沙湾女性的抗争从未停止过。沙湾首富佑德公的女儿贞一费尽心思才获准去长沙求学的机会，贞一回乡后写呈文直言妇女缠足的危害。县长朱显奇回复了呈文，下令制止缠足。"乡约老爷"桃香因自己大脚板"吃了亏"，坚决反对放足，用四六八句把县长臭骂一顿。女儿月桂因放足风波身心遭受打击，最终削发为尼。贞一受到乡邻指责"竟日都在哭"，也反映了小知识分子革命不彻底。妇女贞洁观在沙湾一样牢不可破，银翠自由恋爱被逼上吊差点丢了性命。劭夫在《家山》中是光辉正面的形象，但根深蒂固的传宗接代思想，接受父母安排纳妾，比劭夫小20岁的小妾云枝并未感到不平，反而因此享受巨大的幸福和荣耀。民国十六年"法制局"在拟定亲属草案时规定："纳妾之制，不独违反社会正义，抑实危害家庭和平；衡以现代思潮及本党党义,应予废除,盖无疑义。"① 国民党军官身份劭夫（陈齐美）纳妾是顶着道德污点和违反法规的双重压力。史瑞萍是《家山》中女性意识觉醒的领路人,同齐峰一样,她也是地下党员,办新学、倡新风,从不畏惧,信仰坚定。

  人情的力量和人性的力量,同样令人感动。《家山》的章节的安排、写景抒情与文章内容的气质是一致的,第二十四章开头"一日,北风把雨都吹横了"。② 预示着沙湾将遭遇不祥之事。第二十五章、第二十六章沙湾人不由自主卷入"涉红"旋涡。沙湾与革命有关的事件,齐峰是核心人物。齐峰是基层革命者中的一座奇峰。他的地下党员身份以及他伟大的事业常常不被人理解,他不怕委屈,他组织抗租抗税自卫游击队（两抗游击队）。中华人民共和国成立前夕,他的"湘西纵队"成为湖南人民解放总队的重要力量。小说一开始并没点明齐峰的身份,自从红军大部队过沙湾,这些衣着朴素的军人,恭恭敬敬,说话和气,进出都唱着歌、喊着口号。不拿群众东西,用一块光洋换两箩筐炭。中国工农红军严明的纪律给沙湾人留下深刻印象,有12个人跟红军走了。红军走后,县自卫总队的马朝云奉命来沙湾捉拿红属。齐峰暗中指导佑德公营救,他们挨家挨户喊人,连夜送11家50多人上凉水界。第二天,城边茅草坪杀了80多个红属。陈有强一家偷偷跑回沙湾,有强和母亲被马朝云活活烧死。江东河边杀红属的残酷血腥的场面,通过目击者五疤子说出来更具有悲剧的力量。"一共杀了三十五个,老的恐怕有八十多岁,一个老头儿。小的恐怕只有两三岁。"③ 全县杀红属包括沙湾烧死的2人,共274人。救人的大功德都是佑德公的,革命胜

---

① 许莉:《〈中华民国民法·亲属〉研究》,法律出版社2009年版,第66页。
② 王跃文:《家山》,人民文学出版社、湖南文艺出版社2022年版,第368页。
③ 王跃文:《家山》,人民文学出版社、湖南文艺出版社2022年版,第413页。

利后，佑德公才说出实情。齐峰当时粗略统计："全县当红军去的有三千多人，至少牵连到三千多个家庭，老老少少只怕一两万人。县里有很多像你老这样的仁德之人，我们才保住了这一两万人的性命。这回县政府杀人，比民国十六年更多。"[1] 佑德公并不知道共产党伟大的意义，在保护宗族人丁时，不问主义，不管立场，尽其所能。文艺作品在反映杀红属的历史事件时，通常把残酷的杀戮和牺牲表达出来，形成一种悲剧力量。真实的情况是当时的革命志士冒着生命危险做了大量不为人知的善后工作，《家山》将这种复杂、温和的对抗手段呈现出来。

沙湾读书人平时温柔敦厚，乱时挺身而出，含蓄端正与怒发冲冠形成鲜明对比。国共合作，联合抗日。抽丁摊派时，人们千方百计逃兵役。克文、有信、云帆都是读书人，不顾家人反对，执意参军。扬高不解，问有信为什么这么傻，有信说："大家都不去打，迟早要打到家门口来。"陈扬高得出一个结论，愿意上战场的都是读书人，从此不让儿子修岳继续读书。县与县之间，保与保之间，都有各自的壮丁任务和指标。大宗族为了保护自己的人丁不受损害，采取抢人、绑票的极端方式完成任务。四跛子走武冈，凭借一身武功才没被外乡人抓去凑数。沙湾也采用收买、抢人替丁的办法，行不通后采取抓阄的方式，保长扬高自己家族的人抓到了阄，感到心疼。对兵役问题，远逸公发表了他的见解："我扳着指头算了，沙湾陈家阵前杀敌的子弟已有二十一人。我儿扬屹在重庆参与军机，也是效力抗日的人。不是抗日勇士们流血牺牲，日本人早打到我们家门口了！我前面说的话，为的是想说后面这几句话。我今日也不怕得罪了哪个，今后沙湾陈家不要再做逃兵役的事！出谷出

---

[1] 王跃文：《家山》，人民文学出版社、湖南文艺出版社2022年版，第414—415页。

钱逃兵役，不是本事，是丢祖宗的脸！"[1] 远逸公当过前清知县，反映当时进步乡绅实际上代表先进文化，作者表现人物性格时符合时代语境。

　　小说虽是一笔顺到底的顺叙模式，也有"伏脉千里，横云断岭，不写之写"的手法。通过陈修碧这个人物，反映国民政府对抗战老兵的忽略和亏欠，这就给沙湾暴动埋下伏笔。修碧是机枪手，屡立战功抗战胜利后乞讨回乡。他洗涤身上污垢浑了半条龙五溪。这只是国民党政府的恶政和腐败之一，接下来发生武装暴动也在情理之中，修碧成为湘西纵队的中坚力量。小说通过武装暴动将情绪推到高潮。起因是沙湾抗战胜利担谷劳军，第二年遭洪灾，地方免租不成，各种地方附加比田赋反而多四倍多，还额外多出桥梁捐、义渡捐、茶亭捐。扬高和全保13个甲长在粮库被关黑屋。闹饥荒的沙湾人不得不到凉水界、竹园、舒家坪借谷。接下来发生的一系列事件聚沙成塔，导致沙湾暴动：修岳带人烧粮库，乡公所的人朝老百姓开枪，有龙出于自卫打死了人；知根老爷齐树被人谋害；佑德公从赋税大户变为抗欠大户，普通老百姓更是怨声载道。含蓄端正的沙湾人忍无可忍：克文暗中救了齐峰，齐峰潜入沙湾，组织武装暴动；打入国民党军队内部的地下党员劭夫亮明身份支持暴动；克文在警察局做内应，退伍军人修碧、有信助力，齐岳发动乡邻组成自卫队外合。沙湾暴动时人才济济，在陈家祠堂列队，左边警察中队，右边自卫总队，警察中队43人，自卫总队38人，共81人，枪92条，成立"齐天界人民解放自卫队"。齐峰与组织取得联系后改为"湖南人民解放总队湘西纵队"。拉着队伍走了，不断传来打胜仗的消息。一个诗意田园的沙湾村最终摆脱旧体制，迎来他们想要的生活。这是《家山》最动人的诗意。

---

[1] 王跃文：《家山》，人民文学出版社、湖南文艺出版社2022年版，第483页。

※ 乡土文学的时代之变

具体的单个人的历史细节就是整体的历史，抛开具体细节，社会史、民间史将是空洞的言辞。个体的人既推动了历史，也被历史推动。作家选择了一条长篇小说写作中最艰难的路，没有大起大落的故事情节，没有悬念、高潮，甚至没有传奇人物。多肉少骨、结构模糊，通篇都在散淡、悠闲的节奏中展开，被放大的琐碎而冗长的细节。王跃文意在进行长篇小说创新实验，进行乡土小说的"范式转变"。他单纯用语言推动着情节，让读者掉入由诗化、智性语言编织的美学"陷阱"之中。用自然、生动，贴近人物的内心法则感染人。

## 第二节 沙湾的两股理性力量及人物群像图

《家山》的冲突与和解不是建立在沙湾村内部，而是每个人自己本身，以及每个人与沙湾外部即整个社会的意识形态。沙湾有完整的家谱体系，人们在这个体系中位置很清晰。以严密的人伦关系为底层逻辑，各种类型的人物成长过程都以沙湾人的视角展开，仁、义、礼、智、信的评价标准始终是有效的。千百年来，沙湾人随着历史的步伐，被既定的制度推动着前行，从未想过做出选择，实际上也没有选择的权利。沙湾的男人们的责任和梦想就是在家谱中留下一个名字，死后在祠堂留下一个牌位。但这并不影响他们享受人生，将有限的个人权限发挥到极大。《家山》中沙湾地处南方丘陵地带冲积平原，物产丰富，人杰地灵。沙湾人整体看起来过着诗意田园般的生活，整部小说弥漫着优雅散淡的氛围，作家也有意用田园美学与残酷现实形成对比。1927—1949年正是中国从封建王朝转入现代民族国家的关键节点，也是政治制度和思想文化最为动荡的年代，远离政治文化中心的沙湾村人也不得不卷入时代的巨大动荡之中，不得不脱离原先的位置重新定义人生。在《家山》中，作家用心塑造了扬卿、佑德公、齐峰、有喜、桃香、贞一、史瑞萍、劭夫等众多人物。作家撇开外貌勾画，通过人物言行、内心世界、外部评价，形成饱满生动的形象。反映了不同类型的人物典型性与历史性意义。

## 一 两种理性力量的构成

祠堂、家谱的权威性和象征性贯穿了整个《家山》小说，它们代表着某种秩序的力量。在中国相当长的历史时期，祠堂是宗族与国家连接的中介，宗族意识形态通过祠堂这个渠道将"地方认同与国家象征结合起来"[1]。而家谱则是较为系统地记录"祖先记忆、家园象征与族群历史"[2]，祠堂与族谱[3]皆为地方族群的精神性象征。家族男性长辈掌握着传统道德人伦的解释权，沙湾人凭借着这种精神象征过着井然有序的生活。道德伦理的约束力在某些方面甚至超越了法律的力量，其中的合理成分在现代国家法治体系中仍然有威慑力。沙湾村是一个富庶的村庄，更有能力建设他们的道德体系。时间来到了20世纪上半叶，有两股新的理性力量冲击着原有的体系：一股力量是新知识、新技术，以扬卿为代表；另一股力量是新观念、新制度，以齐峰为代表。史瑞萍是两股力量的黏合剂，使之合力推进沙湾的改变。最后，新观念、新制度掌握了主动权，形成不可逆的发展势头。这两种力量的结构代表了当时整个中国的情形，通过沙湾村这个样本更方便看清这个结构。

---

[1] ［英］科大卫、刘志伟：《宗族与地方社会的国家认同——明清华南地区宗族发展的意识形态基础》，《历史研究》2000年第3期。

[2] 赵世瑜：《祖先记忆、家园象征与族群历史——山西洪洞大槐树传说解析》，《历史研究》2006年第1期。

[3] 家谱是记录本家的谱系，族谱记录包括同姓同宗的谱系。

※ 乡土文学的时代之变

小说在比较靠前的位置就交代了沙湾人族群的内部关系，"沙湾陈家自祖公老儿起，分作五房。敬远公是满房头，至今班辈高。放公老儿同修权屋里是四房头的满房，班辈也高"。[1] 小说的扉页插入家谱图表，也使得人物的辈分一目了然。扬卿是《家山》的主要人物之一，他是扬字辈，比佑德公（陈修福）辈分高。齐峰也是主要人物之一，他是齐字辈，比扬卿低两辈，按辈分该叫扬卿公公（爷爷）。"敬远公手上第三回修家谱，派字往上数五代，往下排到三十二代，叫作：福贵昌隆，家声远扬；修齐有本，锡庆延长；怀祖崇善，世代辉煌；威振华汉，烜耀东方。敬远公是声字辈。发脉发派到今日，沙湾最高的是逸字辈，最小的是本字辈。"[2] 沙湾陈家辈分严整，朱家却独此一姓，沙湾村朱家和隔壁舒家村舒家才是原住民，两家"明朝手上是结拜兄弟，一起承头修青龙坝。沙湾朱家慢慢败了，陈家兴旺了。陈家最早也是朱家郎婿"。[3] 也就是说陈家与朱家也是由姻亲关系发展而来，尽管两家有怨恨，陈修岳与朱银翠的联姻再次证明两家牢固的亲戚关系。因此，整个沙湾人伦关系是清晰的。

佑德公是旧式文明的代表，他是这个体系的历史参照。扬卿利用知识确立自我与世界的关系，他要凭一己之力将自己学到的新知识、新技术回馈于沙湾村。他兴修水利，办新学，教育乡民，爱家乡、爱人民。他想让乡民们以新知识、新技术与世界打交道，以不同于过去的方法获得经济利益和社会地位。经过扬卿的引导，沙湾人打开了视野，主动地、自觉地产生对新世界的追求。有喜就是其中的佼佼者。齐峰走的是另一条路线，他有广阔见识和坚定信仰，

---

[1] 王跃文：《家山》，人民文学出版社、湖南文艺出版社2022年版，第60页。
[2] 王跃文：《家山》，人民文学出版社、湖南文艺出版社2022年版，第60页。
[3] 王跃文：《家山》，人民文学出版社、湖南文艺出版社2022年版，第42—43页。

看清了社会结构和所有人的处境,与当时的同道者一起要冲决这一道封闭的闸门。他选择了一条最艰难的道路:一项不被沙湾人理解的事业。他的悲壮不同于旧时武士舍生取义、儒生杀身成仁,他带领沙湾青年追求终极人文关怀:明理和觉醒,以一个当时看不到希望的名为"共产党"的组织为依靠,带领人们寻求彻底的解放。扬卿和齐峰并没有形成道路之争,他们最后汇合成一股力量。扬卿通过技术和知识的传授,获得沙湾人广泛的尊重。而齐峰的道路异常的艰难和崎岖,被喊作赤匪首领的周介民(齐峰),神龙见首不见尾。他坦然承受沙湾人强加给他的委屈,他甚至不在乎沙湾人包括父母对他的误解。关于委屈和误解,虽然笔墨不多,却显出悲剧的力量和崇高感。以扬卿为代表的改良主义,使沙湾充满了和谐和诗意,而以齐峰为代表的暴力革命,给沙湾带来了巨大的动荡。沙湾人本能地选择和谐和诗意,但最后在当局恶政和制度压迫下,又不得不跟随齐峰上齐天界打天下,成为"湖南人民解放总队湘西纵队"的一员。就连沙湾最大的乡绅佑德公,也从最初革命队伍的幕后支持者变成明确的后勤保障成员。《家山》并非有意展开对改良主义与暴力革命的辨析,在沙湾人的生存法则中,社会发展模式自然形成这样一个发展史和内在逻辑。

陈扬卿是在大地方读书做事的人,背着手走路,不怎么理人。他的新式打扮刷新了沙湾人对衣着的认知:"沙湾数不出几个五黄六月天穿鞋的男人,扬卿却是一年四季都穿鞋的。男女老少只要看见扬卿,都忍不住会朝他脚底下打望。他是穿皮鞋的,沙湾人没有见过。"[1] 他要求沙湾人喊他陈老师,沙湾人怕丑,喊不出口。这位"坐在天井里闪闪发光"的人,却在不久之后"打了背包,带十日

---

[1] 王跃文:《家山》,人民文学出版社、湖南文艺出版社2022年版,第12页。

粮米，腰挎五双草鞋，头戴竹斗笠，手里提剑，溯万溪江而上"，①准备修建红花溪水库。刚回村时，读者会误以为他是精致的利己主义者。他一腔救国心，让本县新增上则田一万二三千亩。历任县长支持水利建设，全县开征水利附捐。地下党员史瑞萍留在沙湾教书，两人产生感情结为夫妻，育有4个儿女。

工业化对沙湾的影响甚微，贞一写信说她寒假跟同学一起去裕湘纱厂勤工俭学，不回家过年了。沙湾人对工业化的想象无非是"棉花条子不要人搓，梭子自己长脚两头跑"。长沙早都用电了，再穷也用洋油灯盏。沙湾人坚持点桐油灯，说是祖宗"听不得煤油味"。扬卿在这样薄弱的工业基础环境下修建水库，其难度可想而知。水利工程工艺和材料落后，就地烧石灰，和三合泥，如果漏水就前功尽弃。小说将水库这项工程与革命爆发随着赋税矛盾同时推进。扬卿的水库修建成功与齐峰的革命成功证明了新理念战胜了旧传统。扬卿与史瑞萍办新学很顺利。私塾很快被新学打败，李先生讲《三字经》《增广贤文》，"先是有五十几个人读夜校，不到两个月就只剩几个人了"。②

有喜是扬卿的工程助手，这位有着理工头脑的地主家的长工，对工程技术一看就懂，一点就通。"天气热得猪打栏，有喜下半日就把三个天井的阳沟半塞了，天井泡凉了才把水放干。"③ 老屋结构有天井，这是一种降温的好办法。陈有喜平常就痴迷日常生活中的工事。有喜是孤儿，8岁给佑德公家放马，悟性好。梆老倌评价他："有喜知事，又晓得尊卑上下，见人春风儿好，沙湾人哪个不喜欢？"④ 有喜忙说："我哪里知事，都是福公公扯起耳朵教的。"

---

① 王跃文：《家山》，人民文学出版社、湖南文艺出版社2022年版，第113页。
② 王跃文：《家山》，人民文学出版社、湖南文艺出版社2022年版，第285页。
③ 王跃文：《家山》，人民文学出版社、湖南文艺出版社2022年版，第154页。
④ 王跃文：《家山》，人民文学出版社、湖南文艺出版社2022年版，第41页。

有喜从小没机会上学，全靠自学，上茅厕都带《三侠五义》。梆老倌敲梆用词不当，他背地里说应该怎样改。他知道"关好门窗，警醒强梁"这样的词句。他入赘竹园村瓜儿家（瓜儿是福太太侄孙女），竹园条件差，种的望水田，有顺口溜委婉地形容竹园村的窘迫："沙湾死人打丧，竹园叫花子讨汤。"有喜在扬卿的支持下，带领竹园村人建水库，彻底解决了长期缺水的问题。大儿子随瓜儿家姓刘，二儿子跟自己姓陈。

理性是通过教化把自己原始精神异化为一种自我意识。如果说扬卿的新知识和新技术对沙湾人的改变是在传统框架之下的旧瓶装新酒：学习新知识总归是有用的，尽管不能考科举。它与人类自我升华的诉求是一个自觉统一体。因此，沙湾人对扬卿的改革是称赞的。齐峰代表的新观念和新制度（蓝图）与伦理实体具有对立的性质，它不具有扬卿的知识理性的直接性，沙湾人一开始对此表现出排斥和对抗。齐峰的人文主义终极理想——作为理性的最高要求，需要双重否定才能实现，即对现实物质世界的否定和对现实精神世界的否定，在此基础上把自己的欲望从个别性上升到普遍性。齐峰的父亲修根是狂热的土地爱好者，每攒一分钱都是为了购买土地，土地是他的信仰和精神支柱。他对物的热爱的原始欲望不加修饰地表现出来，这个人物是中国农民的典型写照。中国乡土小说的经典性大都是写农民与土地的深厚联系。《白鹿原》里的白嘉轩、鹿子霖，《创业史》中的梁生宝，《山乡巨变》中的菊咬筋。西方文学也有狂热地热爱土地的典型人物，如《乱世佳人》（或译为《飘》）中斯佳丽的父亲杰拉尔德。修根同他们一样，把土地从生产资料上升为精神信仰，他勤劳本分，"屙尿都怕耽搁工的"。齐峰解构了父亲建立起来的精神性图腾，他所信仰的共产主义是要让所有庄稼人都有土地。

齐峰是这部小说的灵魂人物，同时也是沙湾人理性升华的一个

※ 乡土文学的时代之变

象征。齐峰年少负笈长沙求学,起初"修根本是不肯放他去的,说读洋学堂又考不得状元,读它有卵用!"[①] 修根是典型的实用主义者,扬高要他加入国民党,他就加入了。他虽然无法理解儿子的事业,但知道儿子干的是掉脑袋的事,出于父亲的本能,不惜背负公公与儿媳乱伦的污名,设法保护躲藏在阁楼上的儿子。红军过沙湾,救红属,抗战胜利捐谷,他都积极配合。史瑞萍扮演齐峰的同学,给修根家送银圆,当晚修根家遭抢。实际上是齐峰为游击队筹措经费,派人到自己家里"抢"了一部分银圆。平日连灯都舍不得点的修根打击很大。瑞萍第二天帮禾青接生,才洗掉"内应"嫌疑。小说通过这一对父子关系,从对立到融合,表明了精神成长的复杂性、艰难性。这段历史也就具有丰富的人文主义内涵。沙湾人对红军的好感是通过细节建立起来的。第一个细节是,红军过沙湾纪律严明,讲规矩,与之相反的是县政府调查组的强横和贪婪。第二个细节是抗战胜利后,躲凉水界的50多名红属成为受保护的抗属。陕甘宁边区给他们发的优待证,而国民党抗属却没有,反映了两个政党深入群众能力的差异性。沙湾人理性和觉醒是在对比中产生的,也才有后面抗税暴动,齐峰一呼百应。

齐峰对他所从事的事业充满信心,他曾委婉地劝过父亲修根,要他宽手放账、紧手置田,田置多了不是好事,却遭到修根的呵斥。他又问妻子禾青造反都是错的吗?禾青说真是奇怪了,造反还有不错的?你不要吓我,你屋三媒六聘讲了我,我嫁过来是要和你过日子的。禾青与齐峰结婚后好几年没有生育的迹象。家里人着急要给齐峰安排娶妾,"齐峰一听急了,说:'妈妈,都民国了,娶什么小?'"[②] 齐峰的母亲满莲只好到黑水公公那里给禾青讨水喝。那

---

① 王跃文:《家山》,人民文学出版社、湖南文艺出版社2022年版,第28页。
② 王跃文:《家山》,人民文学出版社、湖南文艺出版社2022年版,第266页。

几日齐峰全县四处奔走，救了上万条人命！齐峰在沙湾没有同道，跟组织联系简单，没有可说心里话的人。扬卿也是开明的知识分子，但不是同路人，又比他大两个辈分，从小就玩不到一起去。与劭夫（陈齐美）玩得好，劭夫不在家。修根和满莲都是勤俭持家的地主。做针线就要坐到门槛上。一家人的衣裤没有几件不是补过的。修根有一天问："齐峰，你洋书读了这么多年，如今也在洋学堂做先生了。你告诉老子，到底学了些什么？你不信佛不信道，到底信什么？"① 齐峰忍了半日，才说："我信的，不在皇土之上。"② 修根以为他信了洋教。这一段对话点到为止，用意深刻。齐峰是孤独的，他的事业需要超强的内心和伟大的人格力量。

### 二　诗意掩盖的清晰逻辑和因果关系

小说诗意的语言洪流缓慢地流淌，矛盾隐藏在日常琐碎的生活中。处处都是美丽的乡村画卷，美好的人情关系。沙湾人的饮食起居，山川美景。沙湾人自己身处美景而不自知，以至于他们也是美景中美的要素。小说开头就有一个美学基调，作家给第一个出场的人物桃香设置了一个冬日暖阳的场景，桃香坐在暖烘烘的太阳底下晒糍粑皮、炒米，纳鞋底，用响竹竿赶麻雀，屋角下一排排簸箕，一群麻雀在簸箕和柚子树之间起起落落。作家将这幅充满暖意的情景向更远处延伸，以桃香家的地理位置给沙湾村画了一幅全景图。"从柚子树下望过去"③（表明桃香家在沙湾高地上），一幅风景画尽收眼底：西边的豹子岭，东边齐天界，中间宽阔的田野，万溪江，远处的山没入云天，山上有虎、狼、熊等野物。所有沙湾村人

---

① 王跃文：《家山》，人民文学出版社、湖南文艺出版社2022年版，第205页。
② 王跃文：《家山》，人民文学出版社、湖南文艺出版社2022年版，第205页。
③ 王跃文：《家山》，人民文学出版社、湖南文艺出版社2022年版，第1页。

都是这幅全景图的具体细节。作家将每一个细节撑开，使这幅全景图饱满有力。沙湾不是世外桃源，人们的劳动和生活，以及所有的悲欢与生死都与外面的大世界紧密相连。现代报刊、电报的信息化变革，祠堂改作学校，其作为信息中心的功能被取代。扬卿与史瑞萍的情书，充分发挥《诗经》的赋比兴功能，古雅高贵，情感节制，乐而不淫，自由恋爱的灵魂与远古的浪漫主义完美对接。但乡村学校授课方式、课堂情景，尤其是音乐课又是西方模式。洋为中用，并无违和感。逸公老儿以及沙湾读书人聊天以天下家国大事为中心。精英层与普通民众并没有形成壁垒，倒有一种"渔樵耕读"的理想汇合。在精英知识分子的带领下，沙湾村这样的富裕村整体呈现着"渔樵耕读"的古典浪漫主义氛围。沙湾靠近县城，四季农活夹杂着产业经营的细节，手工作坊以及小买卖的工商业气息。农耕文明的乡村精英对代表先进文化的工业文明毕竟有抗拒心理，接受起来总是慢半拍。这种慢导致沙湾人必须解决不期而至的现代化难题。20世纪上半叶，自上而下、由外而内的现代化进程，打破了沙湾村平静祥和的古典浪漫主义节奏。为了与时代同步，沙湾人最后做出令他们自己都感到惊讶的举动。

作家笔下的沙湾人民表面过着祥和安逸的生活，实则动荡不安，时时刻刻激流暗涌。富足的沙湾也经不起折腾，最后民怨沸腾，发生暴动。他们在20年的光景里，在小小村庄经历了农会、宗族、恶势力多方力量较量，经历了赋税制度花样翻新，军政交恶，政治乱象丛生，匪患不断，官绅矛盾突出，男女平权冲突，杀红属，抗战抽丁征兵，参加革命等一波接一波的历史巨浪。沙湾人经历的每一桩事件，都是整个中国历史发展脉络的一个侧影。但《家山》并不显得是一部革命斗争史，作家将这些"好看"的要素按压下去，按照沙湾人日常生活自然流淌，用诗化的语言从容铺排，所有的事件也随时间顺序自然一一呈现出来。正是这种慢功夫见出作家的叙事功力，也正是这种平淡无奇显现作家塑造人物的能力。

从这部作品可以看出王跃文在小说写作方面开拓创新的雄心，他大胆抛开长篇小说必须遵循的艺术手法，如情节的悬念和冲突，结构上的复杂多变，意象的设定，多重隐喻暗示等。他一反常规，大道至简，在看似混沌的情节中，从人物的言行、状貌中展现清晰的底层逻辑和因果关系。他也做了一些巧妙的安排，将动荡和不安隐藏在宁静悠远的审美要素中。"天地不仁，以万物为刍狗"（《道德经》第五章），小说也一样，无所谓结构和技巧，万事万物自然展开，生生不息。过于运用技巧，反而影响表达的力量，不如顺其自然。小说的氛围营造延续了他的中篇小说《漫水》的写法，人物性情的淡泊，气氛的冲和、灵魂的虚静、气质的空灵。个人的悲欢也显得从容大气，人的灵魂也变得深刻厚重。作家想要写一部好看而有力量的小说，尝试用纯粹语言模式挑战繁复的技巧。情节的跌宕起伏，结构的眼花缭乱在康德看来是一种低级的美，因为它带有病理学上的刺激。康德认为这种刺激是"外来分子"，愉悦是一种纯粹的美，"因为没有任何利害、既没有感官的利害也没有理性的利害来对赞许加以强迫"。[①]《家山》正是追求这种无病理刺激的纯粹的美。

这种静水深流的结构对人物塑造同样也是一种挑战，人物都不具备传奇经历，即使像扬卿、齐峰、劭夫这样本质上具有传奇经历的人物，作家也有意让他们"低调"，并不刻意突出他们戏剧化的人生。沙湾人都在日常琐事中不露痕迹地生活着，他们个人没有机会经受重大而艰难的事件考验，大事来临都是集体面对，集体解

---

① ［德］康德：《三大批判合集》（下），邓晓芒译，杨祖陶校，人民出版社2009年版，第255页。

决。如何塑造这些数量众多的平凡而普通的人物,这是对作家写作能力的考验。沙湾权威人物是佑德公(陈修福),一辈子没有经历过生死大事,但这位沙湾村举足轻重的人物,形象丰富饱满,甚至颠覆了过去文艺作品中乡绅地主的刻板印象。他的外形仍然是那个时代的标准打扮,穿着黑缎面起团花的长棉絮袍,头上戴的皮帽子,手里铜烟杆光亮光亮。"佑德公家的大窨子屋同陈家祠堂隔着一片松林,松林间春夏都会落满白鹭。"① 一派大户人家的场面。有军官儿子劭夫(陈齐美),女儿淑贞、贤贞、贞一。佑德公家有三百亩良田,还与历届县长私交甚深。当然,佑德公仍然是一位守旧的乡绅,在做道德框架之内他认为好的事情,凭着尊重生命、家国兴旺的本能帮助乡邻、救红属、捐谷劳军、支持暴动。他的知识结构没有达到追求平等自由的境界,因此,他为了延续后代给劭夫纳云枝为妾,以最大的善意把凉水界800亩山林和80亩良田赠给云枝的父母作为彩礼(对方坚辞不受)。他给家里的长工有喜安排入赘竹园刘家。他支持新思想新事物,使得沙湾村成为当地先进文化的代表。另一个人物陈远逸(逸公)出场不多,他是癸卯科举人、前清知县。三个儿子都在东洋读过书。大儿子扬甫在上海做医生,老二扬屺在国民政府当差,三儿子扬卿日本留学后回家侍候爷娘。把一半房子赠送给堂兄弟陈远达一家。送的过程吃亏不讨好,达公一家人多地少,租种佑德公家的土地。祖婆心疼那么大个院子就白白送人了,又没落得个好人情。达公老儿养了六个儿子,老六扬高是小说的主要人物之一。他经历了沙湾所有大事件,他凭本能做事,在德行和理性上的修为尚浅,不自觉地扮演了阻止文明前进的角色。对于这两家的评判,作者有勇气呈现了一个富人好的一面、穷人恶的一面的多元结构。反映在中间人物的塑造上,陈齐树、朱

---

① 王跃文:《家山》,人民文学出版社、湖南文艺出版社2022年版,第9页。

## 第七章 王跃文《家山》的新乡土主义探索

达望、四跛子等，他们身上有着明显的优点和缺点。陈齐树是沙湾村的知根老爷，家藏远近几个村的鱼鳞册，官厅收地丁银都得经他家的手。他家不像佑德公和逸公老儿祖上有过功名，但每代都有几个识文断字的人，也被官厅和乡邻们看作绅士人家。这样一位尽职尽责的知根老爷落得被恶人打死的结局，可见当时土地赋税矛盾的尖锐程度。朱达望祖上是沙湾原住居民。很早以前，沙湾是朱家的村子。姓陈一位年轻人娶了朱家女儿，这后生就是沙湾陈家的祖公老儿明勋公。陈家人越来越多，朱家人越来越少。沙湾村与舒家坪村的宗族械斗就是由朱达望的一句玩笑话引起的，出了人命他还表现出无所谓。儿子朱克文却是优秀青年。陈齐岳（梆老倌）负责沙湾敲梆打更的工作，儿子有续、有统成为齐峰组建革命队伍的好帮手。

《家山》在人物塑造上开启集体平民英雄的模式。像修岳、有续、有统一干沙湾青年为齐峰的队伍做出的默默无闻的贡献，在54万字的《家山》里，他们属于极不起眼的一群人。五疤子（有仙）是小说中为数不多的具有成长性的人物，用剃头匠马师傅的话说，"听他讲话梆硬的，鸡都啄不烂，长大了只怕不是个善伢儿"。[1] 五疤子早出晚归，到江东场坪上赶场偷东西，被人绑起来吊在槐树上打。沙湾人看不过，给他壮气。五疤子回沙湾后并不悔改，说我自己做事自己当，关哪个卵事。齐树给他整家法，装在家法笼子里，让人轮着上去打屁股。沙湾抽丁时，五疤子替人顶名额，竟然发展成一门生意。经劭夫的教化，成为抗日英雄。五疤子被整家法，是《家山》中为典型的宗族利用私刑教化族人的案例。传统家法族规对维护治安、国家稳定发挥着特殊作用，统治者使之"成为封建法

---

[1] 王跃文：《家山》，人民文学出版社、湖南文艺出版社2022年版，第202页。

律体系的一个组成部分"。①沙湾人心理上普遍认可对五疤子的教化。农村天高皇帝远，也正是这套家法规约着他们的行为，使他们成长为符合道德标准的人。宗族社会在关键时候有凝聚力，抗战胜利，沙湾村五百人担谷劳军。第二年遭遇洪灾，田地颗粒无收，到邻村借钱借粮挺过饥荒。沙湾村在这两起事件中集体表现出团结向上的精神。其中国民党退役军人修碧的遭遇及之后的表现，修碧是机枪手，屡立战功，抗战胜利后乞讨回乡。小说关于修碧刻画不多，但包含了多重含义。朱克文是沙湾朱家的长子，他的优秀品质不输任何陈家子弟。他作为县警察局局长却暗中救了齐峰，修根误以为是克文害死了齐峰，见到克文就要拼命，克文忍辱负重。沙湾青年读书人在国难当头时挺身而出，踊跃参军。在大事面前沙湾人为家国着想的集体意识，在这个骑马坐轿都有规矩的小村庄，显出较高的整体道德水准。这一写照正是中国人民当时的整体状态，小说在民族精神塑造方面因此具有典型意义。

### 三 围绕赋税核心问题的人物群像

小说在官吏的刻画上用笔吝啬，沙湾所在的县走马灯似的换县长，其中李明达是被着力书写的一位。小说反映的年代正是南京国民政府从建立到灭亡的时段，这20多年始终没有形成高度集权的中央政府。"中心观念漂移、地方主义抬头，形成了若干相对独立的板块和结构性裂缝。"②地方保持较强的独立性，与中央的关系貌合神离。县政权从一开始就掺杂着各种复杂的关系。县长频繁更换。李明达被联名举报，去职前与扬卿辞行。"扬卿望着李明达，

---

① 刘广安：《论明清的家法族规》，《中国法学》1988年第1期。
② 项浩男：《南京国民政府时期的县长与县域社会——以徐建佛为中心》《区域史研究》2020年第2期。

说：'我也隐隐听到些风声，你得罪了一些豪强大户。你那个布告不给那些自以为有面子的人以面子，我读的时候很解气。'"① 李明达也借此机会一吐心中块垒。李明达的新政就是改革赋税制度。自民国以来沙湾村深陷以土地为核心的赋税纠缠之中。李县长是一位谨遵总理遗训的人，民国以来，国民党政府遵守总理遗教，晓法喻理，倡导革命精神，而致民心向上，上缴国税蔚然成风。他是个建党治县都很勤勉的人。他立志发展国民党员，要"消除国民党员空白村"。他借佑德公在民众中的影响力，将新政意图转换成民意，《激流报》头版粗字标题：《佑德公倡议赋从租出，全县民众齐声赞同》。扬高很气愤，他把报纸给了修根，说听了半日的会，原来是佑德公的名堂。事实证明，这是一个矛盾重重的政策。扬高站在佃户的立场上，反对田赋都由佃户出，地主与佃农矛盾对立起来。

陈扬高是《家山》中复杂多面的人物，这个人物塑造难度较大。他一方面自私、狡猾、傲慢，二十几岁就是沙湾农会执行委员，腔调很高。充分利用手中权力打击异己，反对朱克文在村校任教，只因克文不是陈姓家族的人。抗战抽丁抓阄抓到陈姓子弟，他就扯心扯肺地痛。他的利益关联由内而外，在沙湾村与外界发生利益冲突时，他眼里只有沙湾村，宗族利益又成为次要矛盾。他自己是佃农，他代表佃家立场。扬高说我佃家一年到头又是人力，又是牛力，又是肥力，起早贪黑，还要分担附加？田业人家坐在家里，也只分担一半附加？向远丰反驳他说，"你的工作是协助乐输"。田业人家出了田地，收益是正当的。有人评价扬高的儿子修岳脱种了，与父亲品性相反，为人正直善良。扬高同时又有善良仗义的一面，他在保护红属方面也出了力，佑德公说："保住这十一户人家，

---

① 王跃文：《家山》，人民文学出版社、湖南文艺出版社2022年版，第191页。

※ 乡土文学的时代之变

高坨是尽了大力的。乡公所和县政府要他查红属，他瞒得天紧。"①他虽然不理解齐峰的行为，却没有揭发他。但也不认同他，"扬高也来了，进屋就高声大气，说：'我早心上有数，齐峰是共产党。今日才晓得，他就是周介民！他做什么不行，硬要做共产党！害了一屋人！'"②他的一番言论被扬卿喝住。扬高身上的品质反映了真实的人性，人在利益攸关时的本能选择，他的未经提炼的理性无论在传统文化里还是在新知识里，都与他的位置不相称，因为他是奉行种群法则第一，社群法则第二，而他的职位是要站在社群的利益上的。

向远丰作为县里的乐输委员，同知根老爷齐树一样对复杂的赋税有自己的理解。沙湾各种身份的人，地主、自耕农、佃农、长工、短工，他们的赋税捐徭各有不同。向远丰要沙湾成为赋从租出的模范村，交满十成。齐树坚决认为只能交七八成。认为盘古开天地就这样，总有天灾人祸，总有三病两痛，完不成赋税的人家总是有的。沙湾遭灾，到凉水界、竹园、舒家坪借谷。遭洪灾的地方免租不成，各种地方附加比田赋反而多四倍多，还额外多出桥梁捐、义渡捐、茶亭捐。民与官的矛盾。知根老爷齐树被人谋害，连世代良民佑德公都要做抗欠大户，普通老百姓更负担不起。扬高和全保十三个甲长在粮库被关黑屋后，修岳带人烧粮库，乡公所的人朝老百姓开枪，有龙出于自卫打死了人。扬卿责备扬高说："你当保长的不晓得息事，不晓得讲理，你要害死沙湾人！"扬高眼睛血红说："你是读书读蠢了！如今哪是讲理的时候？你去讲你的理，我去打我的锣！"③扬高说出了事物的本质。这也是齐峰潜入沙湾组织武装

---

① 王跃文：《家山》，人民文学出版社、湖南文艺出版社2022年版，第428页。
② 王跃文：《家山》，人民文学出版社、湖南文艺出版社2022年版，第599页。
③ 王跃文：《家山》，人民文学出版社、湖南文艺出版社2022年版，第655页。

暴动成功的基础。

小说中人物对征税名目的专业知识的理解，表现出各自不同的性格。佑德公心想扬高爷儿父子是佃家，日子过得比修根还好，都住上大窨子屋了（大窨子屋是远逸公赠予的）。他跟修根说我屋几百年都没同佃家起过争，今年只怕麻烦。修根说告诉他今年收成好，谷价米价肯定就不好。谷米卖不起价，拿什么完赋交税？政府又只认银钱不收谷。佑德公说："今年我屋鸭儿好卖，谷子肯定价钱不好。我开了这么多年抱棚，晓得这个道理。"修根提醒他抱棚也要报业，另外纳税。沙湾还有几户人家，做炮仗的，开碾坊的，开油坊的，开铁匠铺的，推豆腐的，轧棉花的，烧窑砖的，都要报业。佑德公善于通过气候观察经济起伏，修根则有精深的赋税方面的专业知识。

### 四　桃香的焦虑及沙湾的女性生存图式

鲁迅在《娜拉走后怎样》中说娜拉走后，"或者也实在只有两条路：不是堕落，就是回来"[①]。他感叹如果经济制度改革了，上面的话题就不必讨论，"可惜中国太难改变了，即使搬动一张桌子，改装一个火炉，几乎也要血"[②]。他写《伤逝》，子君回乡以后也只有死路一条。近几年又有长篇小说着力塑造民国时期平凡而又伟大的女性。胡学文的《有生》中那位 100 多岁"半死之人"祖奶；陈继明的《平安批》里集智慧与威严于一身的 90 多岁的阿嬷（老祖）。她们都是民国女性极端个例，她们的特殊性取决于自身天才与后天的锻炼，与知识无关，她们都没有机会进学校。

《家山》中的女性塑造是有层次的，追求人类整体的自由是第

---

[①] 《鲁迅全集》第 1 卷，人民文学出版社 2005 年版，第 166 页。
[②] 《鲁迅全集》第 1 卷，人民文学出版社 2005 年版，第 171 页。

※ 乡土文学的时代之变

一个层次。史瑞萍是一个代表性符号,她是知识理性与制度理性的中介。第二个层次是推己及人追求个人自由,贞一是这方面的代表。她有信念支持,达到理性自觉的层面。第三个层次是反抗强加给自己身上的不合理的东西,银翠和月桂做了艰难的斗争。第四个层是传统不合理规定的受害者兼守卫者,她们是桃香、福太婆、云枝和容秀。瓜儿、禾青等众多沙湾女性是随大溜的,不具有革新或守旧的意识。大多数人没有能力觉察到社会结构的深层原因,甚至看不到资源分配不公的表象。她们的信条是"认命"或"从来如此"。《家山》写出了当时女性真实的状态。贞一鼓动放足,结果还落得一身不是,史瑞萍出面以旧习俗挽救了银翠的生命和婚姻。

桃香嫁到沙湾村后,大家对她的印象是打虎匠的女儿胆子大,讲话抓理,高矮都不怕,他拥有"出口成章,四六八句,沙湾没有哪个讲得过"的辩才。她打赢了官司,享有进祠堂坐上席的权力,被尊称为"乡约老爷"。她的局限性也很明显,对童养媳来芳的压迫,强迫女儿月桂裹足。桃香践行"女儿,还是包个小脚好看些"。这个想法与人物的身份相称,她的美学行为受周围人的支配,她没有独立自我意识。无法识别社会和经济利益强加给她的审美陷阱。"包你个尖尖脚,看你往哪里跑!"吓唬孩子的一句话反倒说出了包小脚的真相:限制行动自由,她认为这是一种保护。她同时又要求儿子"落得地,就开始学打。"男人就应该赋予他力量和自由。桃香同时也是思维严谨的人,她去县里打官司,髻子梳得紧实,头发油亮亮。她自己的一双大脚随时遭到嘲笑,轿夫抬她说,"吃半升米抬人,吃一升米抬脚"。扬卿希望齐明继续上学,桃香与四跛子对知识的定义也仅停留在识字的层面,不再供16岁齐明读书,逼他跟大他4岁的来芳圆房。

贞一和月桂是两种不同的反抗方式。贞一是佑德公的女儿,有机会看到了《湘报》《大公报》《湖南公报》上的新事物,她开始怀疑人生，说："哥，我就是那只蟢子，只能守在自己的网子里，到老到死。"她朦朦胧胧地感受到外面的变化，在长沙周南女校接受新知识后，关心国家大事，关心身边的女性，给县长写信关于妇女放足的呈情。有哥哥劭夫这样先进思想的男性的支持和鼓励，贞一力推废除裹脚习俗。给县长的呈文得到回应后，在乡里推行禁止裹足。矛盾的集中爆发点在月桂放脚事件上，桃香顽固的守旧观念导致女儿月桂的脚致半残。县长亲自给妇女放足，以示禁止裹足的决心，月桂也是被县长亲自放足的重要典型。女儿家的脚被陌生男人摸过被视为猥亵，贞一被桃香指责。沙湾女性反传统、反体制的唯一出路是尼姑庵。月桂反抗裹足的最后打算也是"落庵堂"，对于乡下女子，这是很真实的情景和出路。月桂最后出家当尼姑，她的反抗充满了悲情的力量。

关于妇女解放，农会在当时发挥了重要作用。一则为着平等自由，二则为着农民教育。人分男女，财有贫富，都应平等。民国时期也做过不涉及土地制度的改良农业的尝试。佑德公说："沙湾农会只办了两件事，就是准许妇女进祠堂烧香拜祖宗，还说不准女子包尖尖脚。"[①] 劭夫提醒爹，禁止女子缠足，清朝手上皇帝就有谕旨，只是老百姓自己不听。民国时期已经有自由恋爱的风气。扬卿与史瑞萍的自由恋爱用大篇幅渲染。而银翠与修岳的恋爱，却是有伤风化的大事。银翠娘要她在一根绳子和一把刀中做出"选择"，银翠第一次享有选择的权利，这是莫大的讽刺。银翠的哥哥朱克文从中周旋，补齐程序，请史瑞萍做媒人。

没有社会制度和男性的支持，女性无法取得独立。贞一的母亲福太婆是思想守旧的代表人物，极力阻止贞一上学。银翠娘、容秀、云枝则是旧思想不自觉的捍卫者。家谱、祠堂不仅压迫着女

---

[①] 王跃文：《家山》，人民文学出版社、湖南文艺出版社2022年版，第73页。

※ 乡土文学的时代之变

性，同时也是套在男性身上的枷锁。劭夫遵从传统孝道，也正是劭夫的这种"守正"行为，造成桃香这类女性产生焦虑。劭夫是一位有理想，道德品质优秀的青年，他是打入国民党内部当上师长的共产党员，与齐峰内应外合发起暴动。但他的思想解放没有齐峰彻底，他得知小妾为他生子，"喜极而泣。劭夫今日有后，虽百死亦不足惧耳"[①]。佑德公认为中山先生遗训跟《礼记》是相通的。他们懂《礼记》的核心思想，同样也懂《礼记》中孝的意义。劭夫的一妻一妾都以延续后代为人生目的。"只要说到生儿育女的事，容秀背上就出汗。"云枝则是因为对劭夫的爱慕，死心塌地地当妾。容秀、云枝身上拥有传统妇女的美德。沙湾祠堂供奉的祖宗牌位，以及每隔一些年份都要修订的家谱，既是沙湾人的精神象征，同时也是精神枷锁。小说写到祠堂神龛上供着两尊祖宗雕像，一位是文官光神，牌位上书"始祖明勋公神位"；另一位是武官光神，牌位上书"显祖敬远公神位"。这是沙湾陈家男性与女性的共同的压力与动力的根源。

## 第三节 丰赡温情下阒然崛起的人格力量

沙湾是一个普通的南方村庄。前现代农业社会的沙湾人，其物质生活和精神生活与中国其他地方大致相同，"体力＋家畜"的耕作模式，典型的"亚细亚生产方式"[②]。20世纪上半叶的中国农村，由于新思想的干预与工业化的影响，这种劳动密集型、效率偏低的

---

① 王跃文：《家山》，人民文学出版社、湖南文艺出版社2022年版，第568页。
② 亚细亚生产方式最早是由马克思于1859年在《政治经济学批判》序言中对其唯物史观进行概括时提出的。马克思明确指出，他以前的人类社会已经依次更替地经历了亚细亚的、古代的、封建的、资本主义的四种社会形态。现在一般认为，劳动密集型、效率偏低的传统农业，是亚细亚生产方式的代表。

传统农业已经无法满足日益增长的社会需求。沙湾村有着伦理型小共同体与行政型大共同体的双重管理模式，因此，土地制度上的私有制深化与共同体障碍问题越来越突出，从而使赋税矛盾贯穿始终。沙湾又有其特殊性，土地肥沃，物产丰富，人民富裕，红花溪、龙王溪与万溪江纵横交错形成的冲积平原。又有凉水界、青松界、齐天界等大小参差的丘陵和大山，风景秀丽，气候宜人。乡绅、新知识分子德行既美且善，沙湾民众丰衣足食，民风淳朴，人才辈出。时局动荡之下，沙湾仍然能够有限地保证农业社会的耕读理想，秉承以家庭为单位、以血脉为传承的繁衍生息模式，因此，沙湾的对抗性阶级矛盾并不明显。小说重视审视民国时期乡村文化，重新解释了乡民、乡绅、新知识分子、革命者等多元力量的关系，重新解释了由家庭、家族、乡村、国家由内而外形成的凝聚力。在沙湾最激烈、最突出的矛盾是民间与官府的矛盾，无论是地租、赋税、兵役等大事，还是邻里纠纷小事，都可以看出国民党行政能力的低下和混乱，最后导致沙湾这样富裕的膏腴之地都生存艰难，佑德公这样温和的乡绅都带头发起暴动。

## 一 抒情式日常生活下的沙湾伦理的底层逻辑

《家山》除了家谱和族谱谱系，另一条隐性谱系是沙湾所在县的县长、官吏、基层村官等官僚谱系。县长频繁更迭，"民国以来，年年都没得县长过年"[①]。小说中22年间更换了六任县长，真实的历史远远不止。沙湾籍的军人和知识分子又是重大历史事件的参与者。《家山》的情节实际上是在以普通人日常生活为叙事主体的乡村图景中，并行几条粗大的叙述线索。第一，以族长、乡绅为道德权威的宗族伦理线索，体现着千百年来稳定而温和的乡村图景。以

---

① 王跃文：《家山》，人民文学出版社、湖南文艺出版社2022年版，第191页。

※　乡土文学的时代之变

积善行德的乡绅大地主佑德公和享有清誉的回乡前清知县远逸公为代表，他们与家谱、家法、祠堂、仁义礼智信的伦理基础共同形成沙湾村的权威的象征，他们用德行和财富维护着一个温暖和谐的沙湾村，包括维护某些严厉的祖制和规矩。第二，以国家机器、行政长官为法规权威的基层行政管理线索，带有民主雏形的现代国家探索的愿景。李明达县长的赋税改革，朱显奇县长的放足运动，杨远衡县长对红花溪水库事件的妥善处理，郭景明县长治办抗税案件的理性态度等。县长是国家意识形态的执行者，历届县长的做派既相同又不同，相同的是他们大都热爱党国（刘子厚通共）、重视赋税，不同的是他们对待老百姓的手段，有的采取温和的手段，有的采取强征暴敛，有的采取"船过桨也过"的折中办法。政策的具体执行者是村长（保长）。村官须掌握行政事务与家族利益之间的平衡术，当二者发生冲突时，表面上维护国家利益，内心偏向家族利益。人物塑造的张力也在这二者的关系之间。第三，以各路军队为武力权威的高压统治线索，体现着暴力角逐、绝对权威服从。小说表现的时段与南京国民政府（1927—1949年）恰好重合。事实上，南京国民政府并未形成高度中央集权，各方武装力量轮番上场，有时发生火拼。力量的大小，势力的显隐，这些争斗不仅涉及沙湾村，有些武装力量由沙湾村发起，如以陈齐峰、史瑞萍为代表的中共党组织，以朱克文为代表的县警察武装队伍（后来起义），打入国民党军队内部官至师长的陈其美（劭夫）等。在沙湾以上的行政机构，枪杆子与话语权是成正比的。而在沙湾村内部则仍以族权为凝聚力，推动其他事项的达成。这一条线形成起伏带动着整个小说情节的走向。第四，以新思想带动下人与命运、制度抗争为线索，体现着人的个性觉醒和人格力量的崛起，决意冲破各种对人的压迫和钳制。这一条线索是《家山》小说的叙述基础。20世纪上半叶，中国现代化进程推进缓慢，一个主要原因是中国农村强大的传统力量。尽管佑德公、远逸公等进步乡绅也支持扬卿的改革，但普通民众并不明确不良风俗和陋习对他们的精神压迫。即使桃香这样的辩才，在女儿缠足这件事上的顽固和守旧，最后女儿足残出家做尼姑。齐峰、瑞萍、贞一新思想首先是自我示范，继而渗透，部分民众人格意识觉醒。第五，以新知识、新教育、新技术为强国理想的新式知识分子为线索，体现着行动派、实干家的知识救国的改良主义路径。扬卿办新学堂、修建水库、开化民智，这是一股新的理性力量，沙湾民众的认知在不知不觉中被提升。有喜从管抱棚（孵化鸡鸭）做杂务的长工成长为水利工程技术能手；克文、修岳都在扬卿的新式教育中成长为进步青年。中国近现代乡村发展大多处在这种多线交叉之中。作者将各种矛盾隐藏在抒情式的日常生活之中，平和温暖的美后面隐藏着流血冲突，小说正是依仗这一股股暗流推动着情节前进。这些隐匿的交叉线和矛盾冲突点托举着情节从容而笃定地展开，使其既有史诗级的长篇小说的厚重宏大，又有散文诗般的灵动鲜活。温暖和煦的乡村景观背后是劳动人民消化苦难、对抗不幸的能力和智慧。

宗族血脉构成村庄井然有序的人伦关系被充分肯定。小说打破了对地方大家族的批判性叙事这一文学传统，着力呈现家庭、家族的团结和稳定。陈家是沙湾的大姓，原住居民朱家人丁不旺，十几代单传，只剩一家。陈家在家族关系上有严格的辈分排序。县乡保甲的垂直管理与家族管理，既紧张对立又和谐互补。小说从桃香家的家常视角进入，簸箕里晒着糍粑皮、炒米，桃香晒太阳、纳鞋底顺手赶麻雀。桃香家住在沙湾村高地，"从柚子树下望过去"，整个沙湾村的地理条件呈现出来。田野、山峦、动物、植物一一介绍。这个长卷一经铺开，它需要坚实而严密的底层逻辑。

其一，以经济基础为底层逻辑的乡村秩序。经济逻辑直接影响人的思想和行为。沙湾村人的日常生活无不与经济相关，田租、赋税都是一本经济账，徭役也可以转化为经济行为，折合为稻谷和银圆。土地上的农作物是沙湾村的主产，小作坊、小买卖作为辅助经济（佑德公家有抱棚，四跛子常去武冈做买卖、赚差价），沙湾人整日考虑的是如何种好庄稼并获得丰收，风调雨顺、国泰民安，家业兴旺，子女孝顺。家底殷实且思想开明的人家送孩子外出求学为官。他们的诗意和审美在于田间地头实实在在的收成和子孙的兴旺发达。女子裹脚实际上也是出于经济利益的考虑。清朝曾颁发禁令禁止妇女缠足，但农业社会以宗族血缘为纽带的社会关系，小脚便于贞操和行动上的管理，这个理由用审美的方式呈现，得到各阶层心照不宣的认可。经济逻辑体现得最充分的是婚姻关系。银翠与修岳私定终身，珠胎暗结，这在沙湾是有伤风化的大事。男方父母金凤与扬高的一段对话说明经济比名声更重要，金凤判断："达望只是嘴巴讨嫌，他阿娘水英又是明事理的。人家也有六十多亩田，不嫌弃修岳就算好的了。"① 男方家是佃户，嘴上说自己家租种两百五十多亩田，也不比哪个差了，最后很可能是看在对方小地主的份上答应了这门婚事。表面光鲜的大道理背后都是一本经济账。佑德公家的长工有喜，仁义实诚、聪明能干，佑德公认为他跟瓜儿配，"梅英听着只是哭，想自己出嫁讲门当户对，落到女儿只能找个孤儿上门"②。人们潜在地用经济实力衡量一个人。小说以此为逻辑框架，每个人的言行都实在可信。

其二，以土地为"标的物"终极追求。土地的肥沃程度决定着人的等级，沙湾的田都是黑土，劭夫的外婆家在竹园村，"地不肥，又多天水田，穷人家多"③。竹园人自觉比沙湾人低人一等。赘婿有

---

① 王跃文：《家山》，人民文学出版社、湖南文艺出版社2022年版，第576页。
② 王跃文：《家山》，人民文学出版社、湖南文艺出版社2022年版，第359页。
③ 王跃文：《家山》，人民文学出版社、湖南文艺出版社2022年版，第76页。

喜带领竹园人修建红花溪水库,建成这一浩大工程的原动力也是为了土地的有效耕种。勤俭节约的小地主修根,晚上点灯都怕费油,死抠攒下的钱就是为了买更多的土地。《乱世佳人》中斯嘉丽的父亲对土地的评价是,"天底下只有土地最了不起……只有土地值得你出力"[①]。中国的修根与美国的杰拉尔德对土地热爱的理由是相同的。修根因土地税不堪重负,最后也支持儿子的革命;杰拉尔德却因南北战争造成农庄的破坏而神情恍惚,从马背上掉下来摔死。沙湾人年终祭祀也是先敬土地庙。民国各种捐税以土地为基础计量单位。知根老爷陈齐树家藏的鱼鳞册,远近几个村的官厅收了多少地丁银,他家祖辈几代人都是"知根","知根"最后反成为祸根,最后被恶人闷死丢进水塘里。《家山》的赋税矛盾无论是倾向于地主还是佃户,根子也在土地。土地赋予人的身份价值,自动形成阶层模式。乡绅作为乡村精英阶层,大都是拥有大面积土地的读书人。地主修根的儿子齐峰也是读书人,刀刃向内,革自己的命。最后又因为土地的共同利益父子结成同盟,小说以父子二人的正反向追求形成一种叙事张力。

其三,族权与民权共治的人情社会。民国时期农会、乡公所、保、甲为治理框架,主张伸张民权的管理者,同时也是宗族成员中精英分子。在民权与族权产生冲突时,依据管理者的思想觉悟而定。沙湾村农会主任、保长陈扬高,在两种权利之间,毫不掩饰地倾向于族权。陈扬卿规划朱克文上县城简师读书,毕业后回沙湾教书,作为保长的陈扬高站在宗族的利益上坚决不同意。陈扬卿提醒他的保长和国民党员身份,"他说'沙湾,保里就是族上!'扬卿

---

① [美]玛格丽特·米切尔:《乱世佳人》(上),陈良廷等译,上海译文出版社2010年版,第36页。

※　乡土文学的时代之变

又说：'你还是国民党员。'扬高笑起来，说：'我是沙湾的国民党员。'"[①] 地方末端管理者的立场以维护宗族利益为己任。这是被家族同盟赞扬和认可的方式，沙湾独门独姓朱达望处在族权与政权的双重压迫下。每一个沙湾人都生活在复杂的人情网络之中，齐峰发起暴动也是借助盘根错节的人际关系。扬卿刚从日本回来，已经与沙湾人的做派格格不入，他带进来的新的理性力量对沙湾传统具有"破坏性"，他的新技术、新知识、新观念慢慢渗透在沙湾人的日常生活中，改变了沙湾人的认知。佑德公比扬卿年长，辈分却比扬卿低，按乡村规矩，不能乱辈分。佑德公喊扬卿"卿叔"，扬卿说你年长，喊我陈老师吧。沙湾人不管老少都喊他陈老师，族权的权威被新知识一点点解构。

其四，以忠孝节义为行动指南的乡村伦理。沙湾并不是世外桃源，沙湾人的矛盾隐藏在美丽的乡村画卷和表面看起来和谐的人际关系之中。费孝通认为中国乡村伦理是一种"差序格局"[②]。在中国乡村的人际关系网络中，每个具体的个人的行动规范都符合"公义"。由儒家传统而来的忠孝节义是乡民的基本伦理框架，由这个伦理框架构成礼义廉耻的评价标准。沙湾村对于"忠"的理解体现在方方面面，沙湾热血青年主动参军的情节是沙湾人情操上的亮点，表现了沙湾人的道德高度和人性底色。佑德公、远逸公都是沙湾村仁义道德的表率，关键时候舍财施恩，抗战胜利捐谷劳军。就连点灯怕费油的修根，也在捐谷劳军时毫不吝啬。沙湾人相信"孝"乃人之根本，家谱被知识体系化，其根本动力来自维护家族（宗族）利益。孝作为表层逻辑，用于人伦秩序严明，下不敢犯上，

---

① 王跃文：《家山》，人民文学出版社、湖南文艺出版社2022年版，第289页。
② 费孝通认为，"在差序格局中，社会关系是逐渐从一个一个人推出去的，是私人联系的增加，社会范围是一根根私人联系所构成的网络，因之，我们传统社会里所有的社会道德也只在私人联系中发生意义"。费孝通：《乡土中国生育制度》，北京大学出版社1998年版，第30页。

辈分森严的祖训。孝文化在农耕文明的社会中的作用有"道德教育、稳定社会和民族凝聚的功能"[①]。"节烈""气节"则渗透在日常生活中，立志报国，杀身成仁的思想，追求清洁高标的人格。齐峰、瑞萍等共产党员投身革命，置生死于度外。女子节烈观在现代化进程阻碍着人的发展，沙湾女子放足运动推行困难就是例证。银翠寻短见、月桂出家都体现着负面的贞洁观。桃香这个人物的设置，体现了沙湾人在传统忠孝节义的现代性转化上的正反作用。在女子放足、儿子读书方面忠于封建礼教，她的认知局限性，使她意识不到内心坚守的东西已经与时代不符。四跛子失手打死外甥，虽然在县政府打赢了官司，在情理上是有亏的，桃香第三胎生了个儿子"赔偿"给了四跛子的姐姐。五疤子是游走在伦理纲常、礼义廉耻之外的特例，这位游手好闲、无法无天的小混混，自从做劲夫的随从后，他的勇敢灵敏的天性被用在正道上，战场杀敌立功，最终归为忠义，大节不亏。作家尽力把人物写得复杂真实，使遵循忠孝节义的沙湾人拼尽全力活出最好的自己。

其五，对家庭、家族的社会单元结构的文明表征的肯定。小说主要人物陈扬卿拥有新知识新观念，回乡建设家乡、侍奉二老。"封建大家庭"刻板印象在小说中被颠覆。沙湾大家庭佑德公、逸公两家都开明仁义。沙湾人的精神面貌是以家庭、家族为单元，拥有牢固而和谐的内在力量。在新旧文明发生碰撞时，沙湾的大家庭都表现积极拥抱新文明的态度。即使桃香这样死守传统的顽固派，对女儿出家这件事也想开了。有一个典型的例子，福太婆娘家侄儿佑善是个"痨病壳子"，还又嫖又赌，因抗税被乡公所抓去关了几天，身子扛不住一命呜呼了。福太婆忧心忡忡地回娘家料理侄儿的丧事，"梅英和瓜儿听到炮仗响，看见福太婆去了，跪下哭得双双

---

[①] 余玉花、张秀红：《论孝文化的现代价值》，《伦理学研究》2007 年第 2 期。

瘫倒在地上"①。除了三百亩田被苛捐杂税压榨而抗税的小地主这个表层信息,这段文字背后至少还有两个深层信息:一是福太婆对家族兴衰的焦虑,二是寡妇和孤女无力保护自己的财产。九岁的瓜儿都明白这个道理,她后来见到劭夫"牵着劭夫的手不肯放,嗓子早哭哑了"。在佑德公的操持下,有喜入赘瓜儿家,刘家再度兴旺。

## 二 舒缓叙事与诗意流溢下的真实意图

平稳的叙事结构和平铺直叙的方式叙事,更需要功底和才华。舒缓、温和、诗意地推进情节,篇幅较短的中篇小说或20万字以内的长篇小说,容易收到较好的效果。长篇史诗性作品往往需要大开大合的故事,需要悬念、高潮、故事张力。故事是小说的第一生产力,54万字的长篇小说《家山》,小说家敢于将故事进行弱化处理,本身就是叙事上的创新突破。故事所处时代有风云际会的时代大事件,有跌宕起伏的故事情节,如何把故事放在第一层叙事,又不影响小说的审美高度,处理故事与诗学的关系,是作家们探索的课题。作家接续了中国古典文学中的诗学传统,写自然风光干净、空灵,心境与景物对应,又继承了唐宋诗词的山水美学。将故事以散淡、悠闲、诗意化的节奏晕染开来。读者看到沙湾人民优雅、淡定、从容地生活着,而就在这种温和的气氛下,隐藏着的骇人的变故,时不时爆发出来。作家把沙湾诸多传奇故事"化"入山水田园诗学之中,达到一种清逸与肃穆并置的境界——一种中西文化共同赞誉的高层次的审美。王跃文的另一篇乡土题材中篇小说《漫水》,也是写家乡的人和事,写出了漫水这个村庄近乎桃花源式的闲适与美好;《家山》在叙事气质上与之一脉相承,但《家山》是"前漫水时代",正是《家山》沙湾村人民的人格力量的崛起,是齐峰、

---

① 王跃文:《家山》,人民文学出版社、湖南文艺出版社2022年版,第223页。

扬卿们的艰苦奋斗造就了漫水的太平景象，《漫水》中的风尘女子慧娘娘从良后当赤脚医生，她被平等对待才有经济基础和政治基础，她与余公公的纯洁友谊的精神高度为乡村立下了伦理性标杆。

小说通过这种创新模式的叙事，表现出的意图有五。

意图之一：锐痛与钝痛的辩证关系。《家山》的舒缓叙事是通过抒情诗手法与残酷的现实进行对冲，使锐痛感转化为钝痛感。这种叙事手法有某种地方性传统，沈从文在《边城》里提取湘西美景与良善风俗，将其铸造为一座精神圣殿，以此安放饱受苦难的乡民精神骨殖。黄永玉的《无愁河的浪荡汉子》系列自传体小说，则把自身的遭遇和苦痛进行艺术化地过滤、遮蔽，抽身出来，从高维度审视曲折坎坷的人生，以"爱、怜悯、感恩"的心态理解世界。田耳、沈念、谢宗玉、刘萧等作家也有用散文化叙事法讲述某种惨烈的故事。西方现代小说家中，加缪善于采用这一手法，他的长篇小说《鼠疫》，人们在瘟疫中失去亲人朋友的锐痛被未来不确定的低沉的情绪化掉而转为一种钝痛。尖叫式疼痛固然有吸引人注意的功效，而以极大的毅力隐忍，将看不见的"内伤"包裹起来，优雅地对待困难，让读者感到有力量的悲情。沙湾人对时间和人生的钝痛感，配以与心境相通的自然基调，用文字塑造的"剧场布景"式氛围感。正如齐峰与父母的那场对话，齐峰做出"外面世道变得快，还会变"的判断，妈妈满莲对当下世道的评价是："如今不是乱世，哪里还有乱世？强盗在山里杀人，衙门在城里杀人。"[1] 在讨论这个话题时，作家谈话场景配上变幻莫测的夜空："一家人坐在地场坪说话。云朵扫着月亮，地坪时明时暗。"[2] 人心与场景氛围营造在《家山》中随处可见。佑德公与县长李明达见面后，得知新政策赋

---

[1] 王跃文：《家山》，人民文学出版社、湖南文艺出版社2022年版，第132页。
[2] 王跃文：《家山》，人民文学出版社、湖南文艺出版社2022年版，第132页。

从租出，回来打听到米谷价又不好，心里十分窝火，一家人吃饭时气氛凝重。小说有一大段一家人被蚊虫叮咬的情节。佑德公以置气的方式"啪啪啪"地打蚊子，其他人都隐忍、煎熬，各自用不同的方式"无声地"驱赶蚊子：有喜用手摸，福太婆两腿互擦，容秀忍着偶尔抖一下腿，贞一端着碗走动甩开蚊子。

意图之二：打开被遮蔽的"有产者"的生存难题。革命是无产者的最后生存希望，而沙湾的暴动却由富裕阶层发起。小说人物几乎都是有产者，其中有几位无田产的地主家长工，但这类人物着墨不多。红二六军团过沙湾时带走的12个人，其中就有佑德公家的两位长工。20世纪上半叶，中国工商业不发达，南京国民政府的战争开支和国家机器运转开支所依赖的税赋来源有限，抗战前赋税开源有所提升，"关税、盐税与统税的整顿，使国家税收总额由1929年6月的33000余万元，增加至1937年6月的87000余万元。统而论之，这三种新开征的税收占战前国民政府岁入的95%"。①当时食盐是被国家管控的物资，在高额利润的驱动下，人们铤而走险。黄永玉在《无愁河的浪荡汉子·八年》中写到抗战部队行军时，长官命令士兵背盐巴，从福建背到江西，用于创收。政府所推行的赋税制度层层盘剥，竭泽而渔，富人和穷人的生存空间都被最大限度地压缩。土地税和农业税尽管占国民税收的份额很少，但盘剥的高压手段容易激起民愤。在一个没有赤贫者的富庶之地沙湾发起革命，其难度甚至还小于无产者聚集的地区。沙湾村在赋税矛盾爆发之前，一派和煦景象。佑德公家祖上5000多亩田，开枝散叶分脉别派下来，到佑德手上仅300亩，加上凉水界800亩山林50多亩土地。拥有几十亩田产的小地主陈修根、朱达望、陈齐树都家底殷实。"齐峰留在屋里帮着娘晒谷。地场坪铺了十床竹晒簟，屋

---

① 卓遵宏等：《南京国民政府十年经济建设》，南京大学出版社2015年版，第7页。

前阶头摆了满缸糊米茶。"① 而靠租种田地的达公老儿一家也是温饱有余。四跛子租种叔公十亩田，经常跨县做点小买卖也能养得起童养媳。沙湾没有遭受饥荒，② 没有经历直接的战争，没有遭受瘟疫。因此，大多数中国人经历的饥饿、战乱，到沙湾要显得轻缓一些。小说中没有一个人物是流浪者或穷汉，都能凭借劳动获得生存的机会。有喜虽然没有家业，给佑德公当长工，佑德公对有喜的调教、帮扶、安置，最后也成为小地主家的上门女婿。扬高家是佃户，赋从租出的政策下佃户有时候比地主还强势。他们大都家底殷实。沙湾人的广阔、文雅、达观也是符合逻辑的。也正因为沙湾田地的肥沃，沙湾人面对最直接的难题是高赋税的压榨，并最后造成强力反弹，青壮年沙湾人跟随齐峰加入"湖南人民解放军总队湘西纵队"。

意图之三：小说通过诗意与暴力形成审美反差。开头就是一幅岁月静好的乡村图景，桃香、四跛子一家四口过着平实的日子："日头慢慢偏西，搭在柚子树上。吃的晏中饭早夜饭。茶堂屋摆上满桌红红的菜，黑红的腊肉，酱红的腊鸡，水红的酸萝卜丝。"③ 只有桌子中央那碗鱼是木头雕的。宗族械斗是沙湾人经历的第一件大事。"依沙湾老规款，碰着外村打上门来，哪家壮丁不上阵，打完架回来就烧哪家的屋。"④ 沙湾村与舒家坪村杀红了眼。械斗中舅舅四跛子失手打死亲外甥德志。这种"被胁迫的暴力"在乡村伦理中是被允许的，甚至不会给当事人形成道德污点。"乡约老爷"桃香，尽管打赢官司并不能解决四跛子姐姐的仇恨，桃香生了小儿子赔给

---

① 王跃文：《家山》，人民文学出版社、湖南文艺出版社2022年版，第142页。
② 大洪水那年除外（按情节推算应是1946年）。为庆祝抗日战争胜利，沙湾村捐出5万斤谷子，第二年发生洪涝灾害，从邻村借粮食渡过难关。
③ 王跃文：《家山》，人民文学出版社、湖南文艺出版社2022年版，第8页。
④ 王跃文：《家山》，人民文学出版社、湖南文艺出版社2022年版，第10页。

姐姐才算平息。乡村伦理中常用超越法理之外的"情"来解决问题。作家在处理这个问题时，用"新历史主义"方法，以一个典型事件表明乡村宗法制度的非理性的乖张。

意图之四：制度缺陷与不可调和的社会病症。沙湾的治安处于政府（农会）、宗族、恶势力、土匪多方力量较量中。农会的出现对宗族权威有所削弱。《家山》中所指的农会是南京国民政府整治社会秩序的基层组织。蒋介石通过清党分共、宁汉合流、武力征讨巩固权力，以"以党训政"重建民众团体的组织体系，因此，"农会褪去了革命的色彩，而走入到国民党的乡村控制体系之内"①。农会对乡里事务、治安有一定的约束力，如赋税征收，男女平权，新式教育等。县长刘子厚利用农会和群众力量，把长期盘踞的恶势力县团防局恶霸局长马宗仁除掉。在沙湾村，由于陈扬高始终是宗族利益至上，农会没有体现出先进性。五疤子犯事被整家法"打屁股"，农会执行委员扬高并未出面制止。但在两村械斗，涉及陈家宗族利益时，陈扬高借农会势力"腔调很高的"斥责朱达望。让沙湾人民胆战心惊的是匪患，土匪来了要么遭抢掠，要么躲深山。民国期间匪患极其顽固恶劣。"在1911年和1949年中国的两次大革命之间，报刊充斥着内地农村土匪骚动和行凶的耸人听闻的报道。尽管一再通过'惩治土匪'的法规，土匪数量仍然有增无减。"②《家山》中写到沙湾人经常逃入深山躲避匪患。"到1930年，土匪人数的保守估计，为2000万左右。"③ 当时中国约4亿人口，按照这个统计，即每20人中就有一个土匪，土匪一般都是青壮年男性，

---

① 魏文享：《国民党、农民与农会：近代中国农会组织研究（1924——1949）》，中国社会科学出版社2009年版，第70页。

② ［英］贝思飞：《民国时期的土匪》（修订版），徐有威等译，上海人民出版社2010年版，第10页。

③ ［英］贝思飞：《民国时期的土匪》（修订版），徐有威等译，上海人民出版社2010年版，第10页。

## 第七章 王跃文《家山》的新乡土主义探索

妇女、老人、小孩除外，这个比例更高。比匪患更恶劣的是地方恶势力，县政府罗列恶霸马宗仁的十大罪状，仅命案就有两百多起。滥用私刑，敲诈勒索，民怨沸腾，有人要拿他的心肝下酒。匪患缓解，恶势力剪除，沙湾农会在大环境影响下也传播男女平权新思想，准许妇女进祠堂烧香祭祖，禁止女子裹脚。

意图之五：个人理想主义与制度的结构性缺陷之间的悲情色彩。改革赋税制度是贯穿《家山》的主线。小说写到了多位县长，其中对李明达着墨最多且带有敬意。李明达雪夜访扬卿，有悲情壮怀之感，扬卿说："今夜要不是大风雪，天上是清亮的圆月。但是，明月仍在天上。"[①] 李明达说不敢自比明月。他悲叹这场风雪过后就得离开，所有规划、理想都幻灭。李明达制定新政的初衷是利民，损害地主乡绅的利益，租种田地多的佃户也不买账。乡绅罗列十大莫须有的罪状将他告倒。李明达认为，"主佃雍和融洽，田赋踊跃输将，租赋无须催比"[②]。新制度使地主与佃农对立起来。保长扬高也发现农会职责的变化，"前两年县里要农会跟着共产党搞财主，如今又跟着国民党搞佃户"。地主希望"赋归赋，租归租"，佃户希望出租不出赋。修根预料到赋从租出要出麻烦。修根与扬高争执，向远丰与扬高吵闹，齐树与向远丰交恶，朱达望抗税被绑到乡公所。沙湾因此人际关系恶劣，官绅矛盾、官民矛盾层层叠加。李明达可谓有责任心的能吏，当时的土地制度无论他怎么努力，都无法收到好效果。正如赵俪生所说，地租是土地所有权的经济体现，赋税是国家机器存在的经济体现，而国家机器是阶级社会的产物，它所加给国民的赋税，就不能说是纯经济的。徭役是通过形式转换租赋的变种，几乎是暴力所强加在人民头上的东西，它在历史上引

---

[①] 王跃文：《家山》，人民文学出版社、湖南文艺出版社2022年版，第191页。
[②] 王跃文：《家山》，人民文学出版社、湖南文艺出版社2022年版，第113页。

起过若干次强烈的反应。地租可以说是纯经济行为。① 李明达把二者混为一谈，希望形成"乐输"局面，沙湾人虽然分不清地租、徭役、赋税的本质区别，但他们对租的认可和对赋捐的抵制也能看出他们并不糊涂。就连一向与人为善的乡绅佑德公也不得不跟官家翻脸。共产党员陈齐峰把三者的关系进一步理顺和提升，就能得到沙湾人各阶层的响应。

民国的管理乱象在于缺乏一个强有力的中央政府，军队、民权都可以随意介入政府人才管理体系。作者对政体、国体不作直接评价，而是通过一个不起眼的人物之口说出来，简笔塑造了人物，又有非同寻常的批判的力量。警备司令程翰璋老总在县府骂娘、横着往外走。这个无法无天的胖汉，身后跟七八个背着枪的随从，他可以手点着县长鼻子吆五喝六。直言："不是老子杀了刘子厚，轮到你姓李的来当县长？"天天蹲守在县府逼粮催款。县府的老门房见证了两朝县官的处境。小说以闲适之笔来揭示问题的真相，通过小人物门房聊天的口气把当时的军政矛盾、政治乱象揭示出来。

> 皇帝老儿封的县令，一个洋学生拿着一张纸来，咿哩哇啦读完，县令自己卷起铺盖就走了。一个县团防局长，一伙农民半夜把他从被窝拉出来，第二日绑到万人大会台子上，一声喊就打掉了。一个民国政府的县长，一个警备司令喊人拿机枪弹掉了，就像老铳弹麻雀子！②

门房说这话的前一分钟，警备司令带着枪兵进衙门，指着县长的鼻子就像骂孙子。从这一现象可以看出，政局动荡，有三股势力

---

① 赵俪生：《中国土地制度史》，武汉大学出版社2013年版，第11—12页。
② 王跃文：《家山》，人民文学出版社、湖南文艺出版社2022年版，第159页。

直接介入行政管理体系。第一股势力是学生和知识分子,"旧式社会结构的崩溃迫使学生阶层以领导者和救世主的形象站到社会生活的前列。他们继承了知识阶层以国家为己任的传统,认为读书的目的就是强国、救国"①。第二股势力是农会领导下的农民组织,"很短的时间内,将有几万万农民从中国中部、南部和北部各省起来"②。大革命时期以"两湖"为中心的农民运动迅猛发展,青年毛泽东进行了为期一个月的考察,他在《湖南农民运动考察报告》中写道:"打倒土豪劣绅,一切权力归农会。"③ 第三股势力是军队。中央政府缺乏威信和力量,任由地方武装力量坐大,甚至放纵军队对行政权力进行干涉。沙湾乡村田园牧歌的背后时时隐藏着惊心动魄的斗争。

### 三 通过语言动能拓展认知与表现的空间

通过语言构建沙湾环境美学,这使得小说像展开了一幅巨大的画卷。劭夫小时候在祠堂私塾上学时喜欢画松鹤,发呆时感受"冬天梅花开时,疏疏几枝映在清水墙上"的美景。山川大地,动物植物都气息相通。树被选上雕菩萨是一种因缘。选上了不雕,"活树会气死,干料会烂掉"。树的气性太大,按佛家的说法,树也着了相。《家山》所提供的丰富的经验和感觉,不是由故事带动的,而是语言制造出来的,故事简单清楚,读者很容易理清其中脉络。而由语言构建的一座巍峨的精神大山,却能生出无限的意象和觉性。语言不是外在的形式,而是事物本身,话语被理解为心灵的行为。正如施莱尔马赫(Friedrich Schleiermacher)所说:"个人的本质存

---

① [美]费正清:《中国:传统与变迁》,张沛译,世界知识出版社2001年版,第513页。
② 《毛泽东选集》第一卷,人民出版社1991年版,第13页。
③ 《毛泽东选集》第一卷,人民出版社1991年版,第14页。

※ 乡土文学的时代之变

在于心灵中,而心灵本身又通过话语得以发展。"[1] 话语是语言的具体表现形式,在具体的文本中说话人与受话人处在特定的语境中。人物展开的沟通活动依赖话语艺术张力,作品的艺术综合体现在作家对语言素材的把握和呈现,形成独特的话语形式,即通常所说的作家的辨识度。《家山》将历史文献、民间语文、原创诗文,以诗化语言呈现出来,脱离了语言的外在形式,而成为思想(或心灵)本身。王跃文有意脱离写作舒适区,适当地放弃了过去的写作经验,在《漫水》的非故事写作经验上又进行语言自主度的提升,这种写作难度带有实验性。艺术化和原创性的语言,拓展了人物的表现力,也打开了人的无限可能性的认知,带有实验性意味。

民间语文的征用对人物认知的创造性拓展。桃香在《家山》中不是主要人物,但这个形象具有不可磨灭的可辨识度。这个人物的独特性是由非常规语言建构起来的。对民间语文创造性利用,长达500字的讼词,以四六八句形式——一种民间性韵文(顺口溜):"我大字墨墨黑,小字认不得。人不识字不怕丑,人不讲理算条狗。"头两句6个字,押 ei 韵。三四句7个字,押 ou 韵。接着又是6字句组,3字句组,8字句组,一组一个韵,韵脚转换符合音韵美学规律。所讼内容层层递进,逻辑严密。乡村总有这样"出口成章"的文盲,作家显然是依据这类原型进行再创作。文盲桃香拥有这样的语言天赋和思辨能力,其形象一下子就立起来了。由桃香这个典型人物又引出社会重大问题,即女儿脱离家庭,要生存,有限的去处就是寺庙。月桂的师父慧净是沙湾嫁出去的女儿,男人得恶病死了,她回娘屋却无处可靠,只好去五云寺出家。银翠私订终身被舆论谴责,首先想到的是出家。五云寺有五十亩寺田,香火盛,

---

[1] Schleiermacher, *Hermeneutics and Criticism and Other Writings*, edited by Andrew Bowie, Cambridge University Press, 1998, p.9.

出家人的身份、经济、精神三类问题都得到解决,也算是一条活路。慧净师父与桃香的对话也体现了佛家语言所建构起来的天地无量之量。桃香跪下求慧净师父收下"铁了心"的月桂,慧净师父忙拉起桃香说,"我去接月桂来庙里住几日","喊她清静清静。出不出家,都看缘分了"。

个性化语言的私人定制对人物性格的拓展。人物身份与话语风格的协同,是每位小说家的基本功,长篇小说通常人物众多。《家山》的难度在于每个人物都有标签式的语言。同是县长,杨远衡说话稳步推进,策略得当,话语机锋半明半暗。李明达县长身上则体现出文人骚客气质,他与陈扬卿告别时气氛有些悲凉且不乏幽默自嘲,他先是仰天长叹:"大雪纷纷,白日晦兮。踽踽茕茕,吾将安归!"[①] 又接过扬卿送给他的糍粑道:"古贤做官一琴一鹤,我琴鹤两无,好歹背了一袋过年糍粑。"[②] 他的理想化政策在实施中无法落地。佑德公与远逸公同为乡绅大地主,他们都有家国理想,且重视族上子弟前途。佑德公人情练达、宅心仁厚;远逸公则国学底子厚、深刻笃定。他们的形象是通过不同风格的话语建构起来的,否则很容易混淆。佑德公为沙湾赋税与历任县长周旋,抗战胜利捐谷劳军,对长工有喜关照有加,擅长经营纵横交错的关系;逸公则散淡钱财,行事低调,他倡导办新学,拿出"三股之一租谷办学堂",还把祖屋分给堂弟达公一家,性格高古,格局宽广。人物对话采用缓慢精细的语言,乡村俚语、方言古语的运用增加了文字的信息量。在表现次要人物时,同是村夫村妇,着墨不多却个性鲜明:修根小气,五疤子顽劣,齐树谨慎,四跛子倔强,五春大气,满莲拘谨,金娥泼辣。福太婆和祖婆两位年长的奶奶辈人物,也通过符合

---

[①] 王跃文:《家山》,人民文学出版社、湖南文艺出版社2022年版,第194页。
[②] 王跃文:《家山》,人民文学出版社、湖南文艺出版社2022年版,第194页。

※ 乡土文学的时代之变

她们身份的语言使她们的形象具有一种历史性写照。两位"大地主婆"与影视作品中的地主婆相去甚远。她们都观念保守,不关心家庭以外的大事情。福太婆喜欢把"十五岁过到你陈家门上"挂在嘴上,体恤下人。祖婆则在大家庭中有威信,像《红楼梦》贾府中的贾母,对新事物也不排斥。他们共同构成一个人物梯队中的庞大的中间层次。

古典诗文与乡村文明的"耕读美学"。中国乡村伦理构建通过乡绅、家族知识分子对传统伦理纲常的阐释而实现,诗文(对联)、戏剧、神话传说既是伦理本身,也是阐释伦理的手段,所有的文明标准都包含其中。诗文是乡村读书人与外出求学归来学子的精神载体。小说通过诗文的征用与创新,将中国乡村伦理中的文脉清晰地呈现出来:一是符合农业社会乡绅的"耕读美学";二是符合小说中大量的县官与乡绅交往的人物和情节设置;三是符合知识分子的自由恋爱诗文书信的情节需要。远逸公与佑德公都有较高的辞赋修养,乡绅作为农业社会中农村的先进文化的代表。扬卿的水利勘测手稿,日文书信是确立他作为留日回国的水利专家的身份,他的精神家园是中国古典诗词,他与瑞萍的恋爱书信,都以古诗表达心意,引用最多的是《诗经》。也正是"既见君子,云胡不喜"中的"喜"字,才没有错过这场姻缘。他喜欢古诗词,愿意"活在前人的光芒里"。这既是宿命,也是福气。小说通过人物的诗词唱和全面地展示了作家在诗文方面的修养,小说中但凡有文人出现的地方,都有大量原创性诗文的呈现。例如,瑞萍的才女形象通过她的诗文、音乐建立起来,她写出"扬目采萍同窈窕,卿云瑞霭共婵娟"[1]的喜联,将她和扬卿的名字巧妙地嵌入,用典、吉祥、押韵方方面面都出新意,因此博得满堂喝彩。

---

[1] 王跃文:《家山》,人民文学出版社、湖南文艺出版社2022年版,第338页。

## 第七章　王跃文《家山》的新乡土主义探索

　　文献资料的精确运用具有社会学价值和史学价值。王跃文以情感语言支撑长篇史诗性作品，同时又给文献和史料留有充足的空间，二者相辅相成，使语言更有力量。文献与史料拓展出来的表现空间使精神更为广阔，使认知更为精细。戏台的32字精妙长联，道出戏剧的精髓；多种文体，信函、手令、报纸新闻、规章制度等大都是文言文，言简意赅。陈修根加入国民党的申请书格式参照李县长的布告，申请书比较敷衍，说明受县长之命，村长必须入党。这一细节说明国民党党建的粗糙和随意。而县长的征税布告却极其详细，措辞严厉，连哄带吓。信函出现频率较高，远逸公家子女的家信，佑德公家贞一、劭夫家信，沙湾乡绅与官府的通信等。信件的创作难度不在于格式和文风，而在于每一封信须写得入情入理。小说以贞一写给在台湾的女儿念梓的回信为结尾，将几十年历史风云、社会新变高度浓缩，精心锤炼，字字千钧，别致有力，与开头形成呼应，形成凤头豹尾。

　　文献、信函还有补充叙事与平行结构的作用，由历史性语言拓展出广阔而纵深的空间。如果撇开小说主体，单就文献和信函部分也可了解小说的故事主线。这些资料的密集信息化开后，同样给读者丰富的经验、情感和审美。略举一例，小说写到红花溪水库建成以后，涉及灌区田土"升等则"征收税赋，乡公所要将水库灌区的田都升为上则田，灌区几个村的老百姓火冒三丈，说还不如不修水库，"辛辛苦苦几年，搞得腰弓背驼，反给自己添税赋了？不如把水库炸了！"① 扬卿给县长杨远衡写信请求暂缓调税。这封信篇幅不长，信息量却大。首先感谢县政府对水利工程的谋划支持，说明南京国民政府当政时期也是重视水利建设的。"万亩天水田皆为自流灌溉"，说明受益面积大，但"升等则"征收税赋造成怨声塞

---

① 王跃文：《家山》，人民文学出版社、湖南文艺出版社2022年版，第517页。

道。接下来摆政策，有"新垦不起科之旧例"，又有"民国奖励垦殖之章程"，恳求灌区田土五年内仍按旧则征收税赋。落款地址"第二区第五乡沙湾村"（保改村），时间是"中华民国三十年三月十日"，1941年正处于抗日战争最艰难时期。杨县长第二天即回信，表示做法欠妥，并择日登门拜会请教。不久杨县长即来拜会陈扬卿，但并不是讨论税赋之事，而是同李明达一样，被民众控告调省听用。临走还提议由县财政管理水利附捐，也是一位为党国尽忠的能吏。

《家山》通过区别性语言建构，确立了多层次审美。其一，第三视角（作者视角）的美学思想与小说人物审美的视觉融合，被过滤后的景观和人物，不带感情的语言：有喜担着边走边出壳的毛茸茸鸭苗一路走卖，史瑞萍带着学生唱歌，扬卿佑德公与远逸公讲古对诗，贞一打开小窗看花等惬意美好的乡村图景。这是无利害关系的审美，一种纯粹的美。其二，带有隐喻和暗示性语言，有些美景的出现则预示着不好的兆头，伴随着祸患，预示着美好的东西即将消失。县长李明达雪夜造访陈扬卿，自然之美，友情之美，伴随着离别和税制改革的失败；知根老爷齐树拿着鱼鳞册测算税赋，沉重的赋税即将压在沙湾人的头上；桃香的铁甲一般的口才，逼迫女儿裹脚，欺压童养媳。人物的命运在美好的开端中渐渐走向灰暗，人们通过反抗和自救又迎来光明。月桂出家后法号涤音，齐峰派她给郭县长送信，她欣然前往并圆满完成任务。其三，通过人物心理话语和对话树立形象。不直接用评价性语言臧否人物，但从字里行间可以看出作家的人物褒贬，将某种意图深藏在话语氛围中，这种由隐性语言拓展出来的叙述空间，加大了艺术难度。例如，朱显奇县长出场时的描写，劭夫见他"僧不僧道不道的"。如果仅仅只是对一个人的穿着评价，还看不出作者的用心。接下来一句"个子高不像冬瓜，矮不像南瓜"，虽然也是一种对外貌的比喻，但在作者方言语境中就不是一句好话，加上他见人就打哈哈拍肩膀的做派。一个油滑、阴险的形象慢慢形成，他说刘子厚县长是通共的糊涂人，对扬卿的水利事业一阵哈哈敷衍过去，查封进步刊物《激流报》。

　　《家山》是小说家王跃文个人写作史的一次批判性总结，他把从写作《大清相国》以来所积累的历史文献知识，地租、税赋等作为小说的专业保证，将《漫水》古典乡村诗意美学扎根于残酷的现实，将《国画》《梅次故事》的细节化能力融入故事肌理和要物塑造，又把《喊山应》饱满的个人经验、乡村记忆、方言俗语化为艺术风格。王氏特色的个性化语言把这些要素一一撑开，形成《红楼梦》般的情绪与氛围，复杂中透着单纯的爱，丰富中留下最清澈的情谊，缓慢的节奏中隐藏着激越的历史动荡，饱满情绪背后是深深的悲悯。他试图挑战既定的写作范式，不动声色地进行某种观念重构：重新开启中式美学的乡村图景，打开被遮蔽的真实的乡绅文化，重新开启乡村大家庭、大家族的正面描写，是对知识救国与制度救国两种新的理性力量合作的肯定。王跃文同时又是一位大胆的实证主义者，他擅长微观观察法，敢于将大量的地方史志、文献、口头史、民间故事、官方档案、新闻史料、书信材料，不加修饰地嵌入文本，使小说有一种非虚构气质。《家山》让人们在喧嚣的工业化、信息化社会中感受到久违的宁静，感受到乡村的散淡与悠闲，同时也让人体验到诗意洪流下，一波接一波的静水深流式的生死搏斗。在这个搏斗过程中，以沙湾村为典型，将中国农业社会家庭、家族的社会单元结构的文明表征完整地呈现出来。乡村振兴，需要构建新的乡村文明与价值体系，中国式现代化还要看乡村里的中国。中华优秀传统文化的创造性转化和创新性发展，《家山》批判性对待传统文化中的糟粕和不足，同时将大量已经失传的礼仪和美德呈现出来。孔子曰："礼失而求诸野。"《家山》里的中国式美学，或许能给处在高速发展的现代社会的人们某种停顿与回味，在繁复与极简、泼墨与留白中找到自己合适的位置。

# 参考文献

《毛泽东选集》第三卷，人民出版社1991年版。

《马克思恩格斯文集》第3卷，人民出版社2009年版。

《马克思恩格斯全集》第1卷，人民出版社1956年版。

《习近平关于社会主义文化建设论述宣传思想文化工作的重要讲话摘编》，中央文献出版社2024年版。

《鲁迅全集》第1卷，人民文学出版社2005年版。

《鲁迅全集》第3卷，人民文学出版社2005年版。

《鲁迅全集》第13卷，人民文学出版社2005年版。

茅盾：《论如何学习文学的民族形式》，《中国文化》第1卷第5期。

杨义：《中国叙事学》，人民出版社2009年版。

周立波：《山乡巨变》，人民文学出版社2018年版。

胡光凡：《周立波评传》（修订版），湖南文艺出版社2018年版。

贺仲明：《一种文学与一个阶层  中国新文学与农民关系研究》，人民出版社2008年版。

贺仲明：《乡村伦理与乡土书写：20世纪90年代以来的乡土小说研究》，人民出版社2017年版。

卓遵宏、姜良琴等：《南京国民政府十年经济建设》，南京大学出版社2015年版。

魏文享：《国民党、农民与农会：近代中国农会组织研究（1924—1949）》，中国社会科学出版社 2009 年版。

赵俪生：《中国土地制度史》，武汉大学出版社 2013 年版。

童庆炳：《新时期文学审美特征及其意义》，《文学评论》2006 年第 1 期。

张江：《强制阐释论》，《文学评论》2014 年第 6 期。

［英］贝思飞：《民国时期的土匪》（修订版），徐有威等译，上海人民出版社 2010 年版。

［德］汉斯 – 格奥尔格·伽达默尔：《真理与方法》，洪汉鼎译，商务印书馆 2016 年版。

［意］伊塔洛·卡尔维诺：《为什么读经典》，黄灿然、李桂蜜译，译林出版社 2005 年版。

［法］热拉尔·热奈特：《热奈特文集》，史忠义译，百花文艺出版社 2001 年版。

金宏宇等：《文本周边：中国现代文学副文本研究》，武汉大学出版社 2014 年版。

［美］欧文·潘诺夫斯基：《图像学研究：文艺复兴时期艺术的人文主题》，戚印平、范景中译，上海三联书店 2011 年版。

［英］科大卫、刘志伟：《宗族与地方社会的国家认同——明清华南地区宗族发展的意识形态基础》，《历史研究》2000 年第 3 期。

［德］康德：《三大批判合集》（下），邓晓芒译，杨祖陶校，人民出版社 2009 年版。

［美］费正清：《中国：传统与变迁》，张沛译，世界知识出版社 2001 年版。